Wildeule

Das Buch

Manchen Menschen fällt der Weg auf den Friedhof schwer, doch der Friedhofsgärtnerin Gesine Cordes geben die Ruhe und besondere Atmosphäre neue Kraft. Sie vermisst nichts aus ihrem früheren Leben als Kriminalkommissarin.

Dann aber wird bei einer Beerdigung plötzlich ein Mordopfer gefunden. Bei dem Toten handelt es sich um einen bekannten Bestattungsunternehmer – den größten Konkurrenten von Gesines bestem Freund, dem Bestatter Hannes. Gesine ist überzeugt von Hannes' Unschuld. Doch die Beweise sprechen gegen ihn, und mit einem Mal ist er wie vom Erdboden verschluckt.

Gesine muss sich entscheiden: Wird sie sich weiter vor der Welt verstecken? Oder kann sie Hannes retten, den Mord aufklären und womöglich sogar in ihr altes Leben zurückkehren?

Die Autorin

Annette Wieners, geboren in Paderborn, hat für ARD, ZDF und WDR als Drehbuchautorin gearbeitet. Sie lebt als Autorin und Journalistin in Köln. *Wildeule* ist der dritte Teil der Krimiserie um Friedhofsgärtnerin Gesine Cordes.

Von Annette Wieners sind in unserem Hause bereits erschienen:

Kaninchenherz
Fuchskind
Wildeule

Annette Wieners

WILDEULE

Kriminalroman

List Taschenbuch

Besuchen Sie uns im Internet:
www.list-taschenbuch.de

MIX
Papier aus verantwortungsvollen Quellen
FSC® C083411

Originalausgabe im List Taschenbuch
List ist ein Verlag der Ullstein Buchverlage GmbH, Berlin.
1. Auflage August 2017

Umschlaggestaltung: Büro für Gestaltung – Cornelia Niere, München
Titelabbildung: © Gettyimages/Ingram Publishing (Landschaft);
Artwork unter Verwendung von shutterstock und trevillion (Vogel und Wald)
Grafiken Innenteil: © Katharina Hacka
Satz: Pinkuin Satz und Datentechnik, Berlin
Gesetzt aus der Kepler
Druck und Bindearbeiten: CPI books GmbH, Leck
ISBN 978-3-548-61259-1

1

Vom Dach der Kapelle hing Eis. Blanke Spitzen, in denen sich die Morgensonne brach. Der Wind schnitt scharf um die Ecke, und in den Nischen der Fensterbänke wirbelte trockener Reif.

Gesine lehnte rücklings an der Mauer. Sie mochte den Winter auf dem Friedhof. Der Frost vertrieb die Nebensachen und zeigte das Wesen der Dinge. Die Erde zog blank, und an den Gräbern standen nur noch die Leute, die es unbedingt brauchten.

Oder?

Sie hob den Kopf zum Fenster. Ein Spalt war offen, und der Wind fauchte am Rahmen, aber sie konnte auch die Stimme des Pfarrers in der Kapelle hören. Er dozierte, laut und inbrünstig, als wüsste er, dass sie lauschte.

Es wäre ja auch kein Wunder. Drinnen sah es aus wie in der Grabkammer eines Königs. Der Sarg hatte Beschläge aus echtem Silber. Rechts und links türmten sich Nelken wie dorische Säulen, und auf dem Boden davor, auf dem grauen Schieferimitat, lag ein zwei Meter breites Herz aus frischen Rosen. Und erst die Trauerkränze und

Gestecke: kein Gebinde unter vierhundert Euro. Selbst der Pfarrer hatte gestaunt, als Gesine die Ware in die Kapelle schleppte.

Aber es waren fast keine Trauergäste erschienen. Nur ein einzelner klappriger Herr saß drinnen in der Bank. War das nicht suspekt?

Jetzt stimmte der Pfarrer ein Lied an, »Großer Gott wir loben dich«, und Gesine entfernte sich vom Kapellenfenster. Sie sollte sich nicht einmischen, sondern lieber den klaren Tag hier draußen genießen. Die Kälte schmeckte nach Wacholder.

Oder vielleicht war es auch die Jacke, die nach Wacholder roch, denn beim Dekorieren vorhin hatte sie bis zu den Ellbogen im Grün gesteckt. Sie hatte sich beeilt. In der Annahme, es müsse sich um eine Prominenten-Bestattung handeln, hatte sie die Kränze mit Kraft und Präzision an ihren Platz gewuchtet. Die Leute würden doch in Scharen heranstürmen, Fotografen, Showbusiness, Geldadel, und sie wollte nicht stören. Aber dann war es still geblieben.

Der Pfarrer hatte so getan, als sei alles normal oder als müsse er nur noch ein wenig länger im Gebetbuch blättern, bis sich der Raum füllen würde. Dabei lag es auf der Hand, dass etwas nicht stimmte. Auf dem Parkplatz schlugen keine Autotüren, auf dem Vorplatz scharrten keine Schuhe. Erst recht klickten keine Fotoapparate. Nichts, nur Winterstille.

Bis der einzelne ältere Herr erschienen war. Fast lautlos, auf billigen weichen Sohlen, hatte er die Kapelle betreten und sich an den Bänken entlanggehangelt. Den

Blick hielt er auf den Sarg und die Blumenpracht geheftet, und dann setzte er sich in die zweite Reihe, ohne den Pfarrer, Gesine oder auch die leeren Plätze ringsum zu beachten.

Der Pfarrer hatte das Gebetbuch zugeklappt und Gesine ein Zeichen gegeben, den Raum zu verlassen, und kaum war die Tür hinter ihr ins Schloss gefallen, hatte er lauthals mit der Zeremonie begonnen.

War das in Ordnung? Wurde es dem Leichnam im Sarg gerecht? Und wo war eigentlich der Bestatter? Er musste doch während der Beisetzung nach dem Rechten sehen und dem älteren Herrn, vermutlich seinem Kunden, durch die schwere Stunde helfen.

Gesine streckte sich nach einem der Eiszapfen, die in der Sonne glitzerten. Die zarte Spitze brach ab.

Also gut. Im Grunde wusste sie Bescheid. Für die Beisetzung heute war Carsten Schellhorn vom Bestattungsinstitut Schellhorn zuständig, und natürlich passte es bestens zu ihm, seinen Kunden alleinzulassen. Schellhorn liebte das ganz große Ding auf dem Bestellzettel, den allerdicksten Auftritt auf den Friedhöfen der Region, aber fürsorglich war er nicht.

Wobei die Leute das nicht zu bemerken schienen. Ja, sie rannten ihm förmlich die Bude ein. Sie hörten, dass es bei ihm etwas Exklusives gab, und wussten nicht, dass die Betreuung jäh zu Ende war, sobald man alles unterschrieben hatte. Würde Schellhorn einen einsamen, älteren Herrn in der Kapelle auf dem Ostfriedhof trösten? Wozu, wenn es nicht explizit auf der Rechnung stand?

Gesine horchte. »Großer Gott« hatte viele Strophen,

sie ging weiter um die Kapelle herum. Dahinten, in der Nische am Brunnen, hockten die Sargträger, die Schellhorn engagiert hatte, und warteten auf ihren Einsatz. Männer in Phantasie-Uniformen, Mietpersonal, das man in all den Jahren auf diesem Friedhof noch nicht gesehen hatte und das sich mit den Gepflogenheiten vor Ort selbstverständlich nicht auskannte.

War das zu fassen? Sie rauchten und tranken und lungerten herum wie vor einem Baumarkt. Einer von ihnen winkte mit einer Thermoskanne herüber: »Auch einen Schluck?«

Sie lehnte natürlich ab. Der Kaffee war mit Cognac versetzt. Sie hatte die leere Flasche vorhin im Rhododendron gefunden.

Außerdem war es unglaublich, wie die Sargträger herausgeputzt waren. Die Uniformen saßen spack wie bei Bodybuildern. Auf den Schirmmützen leuchtete eine kleine rote Stickerei, fast wie Schmuck, aber Gesine wusste, dass es ein Emblem war. Dieselben roten, ineinander verschnörkelten Buchstaben hatte sie auf den Plakaten gesehen, die neuerdings an den Bushaltestellen hingen. *BCS. Bestattungsinstitut Carsten Schellhorn.* Effektvoll, knallig, wiedererkennbar. Doch seit wann wurde bei einer Beisetzung Werbung getragen?

Die Sargträger lachten rau. Gesine beschloss, eine kleine Runde um die Gräber zu drehen, um sich ein wenig zu beruhigen.

Schellhorn war ein Reizthema, und zwar für alle, die seit Jahren auf dem Ostfriedhof arbeiteten. Für die örtlichen Bestatter, die sich von dem großen Konkurrenten bedroht fühlten, aber auch für die Gärtner, die den neuen Zeiten mit dem überkandidelten Blumenschmuck skeptisch entgegensahen.

Für Gesine allerdings war Schellhorn leider auch noch ein privates Problem. Ein Ärgernis, eine Peinlichkeit, die sie quälte wie ein kratzendes Etikett im Nacken.

Sie hatte Schellhorn zwar noch nie persönlich getroffen, aber sie hatte sich seinetwegen schon ganz furchtbar mit Hannes gestritten, ihrem besten Freund. Weil sie beschwipst gewesen war. Und weil sie für einen kleinen Moment außer Acht gelassen hatte, unter welchem Stress Hannes als traditioneller Bestatter stehen musste.

Es war zu Silvester gewesen. Sie hatten zu zweit gefeiert. Hummus, Bagels und Bleigießen im Wohnwagen, in aller Freundschaft. Und es gab Sekt, und nach dem Essen war das Gespräch wie so oft auf den Job gekommen, und Hannes hatte Schellhorn als Raubvogel bezeichnet, der über dem Ostfriedhof schwebe, um ihnen allen die Aufträge wegzureißen.

Gesine hatte sich sorglos nachgeschenkt und einen großen Schluck genommen. »Keine Angst vor Wettbewerb, Hannes. Qualität setzt sich durch.«

»Ach ja?«, hatte er erwidert, schon leicht gereizt. »Wo geht es denn noch um echte Qualität, Gesine?«

Und dann waren die verhängnisvollen Worte gefallen. »Ich meine ja nur«, hatte sie gesagt und auf seine Lippen geschaut. »Vielleicht solltest du im neuen Jahr auch einmal etwas wagen, Hannes.«

Grauenvoll. Einfach nur schlimm. Sie hatte sogar ihre Wange an ihr Sektglas geschmiegt, plötzlich angetrieben von einer heftigen Lust, Hannes zu provozieren. Ihn! Aus dem Nichts heraus! Hatte sie sich in Zweideutigkeiten begeben.

Während er natürlich vor Schreck die Augen aufriss. Vollkommen entgeistert, was musste er hören und sehen, nach all den Jahren der Freundschaft? Er explodierte und warf ihr vor, ihn zu veralbern und seine beruflichen Sorgen nicht ernst zu nehmen. Sie ließ das Sektglas sinken, denn ihr dämmerte sehr wohl, dass sie drauf und dran war, alles kaputtzumachen. Aber es war längst zu spät. Denn Hannes fragte sie schon allen Ernstes, ob sie ihn für einen Schwächling halte und ob sie das Arschloch Schellhorn für seine Raffgier heimlich bewundere. Ihr Herz geriet aus dem Tritt. Sie hatte nicht antworten können.

Klar, dass die Silvesternacht dann nur noch einsam und lang gewesen war, ein Auftakt zu der höflichen Eiszeit, die seitdem herrschte. Auch von ihrer Seite aus, zugegeben, aber bei ihr war es doch nur schlichte Scham, wohingegen er vermutlich in allen Facetten wütend war.

Und wie könnte sich alles wieder einrenken? Möglichst bald? Könnte Gesine ihr Geplapper irgendwie ungeschehen machen und demonstrieren, wie fest Hannes sich auf sie verlassen konnte?

Ja. Denn vielleicht ergab sich heute die Gelegenheit dazu, bei der pompösen Trauerfeier aus dem Hause Schellhorn. Wenn Gesine es geschickt anstellte, könnte sie Erkenntnisse über das Geschäftsgebaren der Konkurrenz sammeln und Hannes später davon berichten. Zur Not übers Handy.

Sie kehrte zur Vorderseite der Kapelle zurück. Die

Sträucher zitterten im Wind. Das Licht, das eben noch im Eis gefunkelt hatte, loderte über dem Giebel. Drinnen hatte der Pfarrer aufgehört zu singen.

Gesine zog sacht an der Kapellentür, um einen Blick ins Innere zu werfen. Es war still. Der Pfarrer hielt die Hände gefaltet und das Gesicht gen Decke gehoben. Der ältere Herr saß reglos und krumm in der zweiten Reihe, noch immer allein, aber als Gesine die Tür schon wieder schließen wollte, drehte er sich plötzlich um.

»Die Toilette?«, fragte er laut.

Der Pfarrer runzelte die Stirn. Der ältere Mann jedoch stieg aus der Bank, und Gesine blieb nichts anderes übrig, als ihn mit nach draußen zu nehmen.

»Mein Beileid«, sagte sie.

Er drängte zur Eile. Dünn war er und blass. Sein Mantel bauschte sich, war zu weit in den Schultern und zu lang in den Ärmeln, und auch die schwarze Hose flatterte um die Waden, als sei sie ausgeliehen.

Als Gesine das WC-Haus aufschloss, drückte er ihr ein Geldstück in die Hand. Sie fuhr zurück: »Nicht!« Aber er verschwand schon zwischen den Kachelwänden und ließ sie mit dem Toilettengeld allein.

Halb vom Gebüsch verborgen, hatten die Sargträger das Geschehen beobachtet. Sie kicherten albern und wurden erst leiser, als der Pfarrer mit großen Schritten näher kam. Mit der einen Hand hielt er seine Stola fest, mit der anderen Hand wedelte er durch die Luft.

»Könnten Sie etwas für mich erledigen?«, rief er Gesine zu. »Ich weiß nicht, wo der Bestatter bleibt!«

»Ich habe mit dem Institut Schellhorn nichts zu tun«,

erwiderte sie und ging kurzentschlossen an ihm vorbei, um sich in der Kapelle noch einmal umzusehen.

Eine Taxiquittung lag auf dem Boden, dort, wo der Herr aus der Bank gestiegen war. Ein hoher Betrag, fast 120 Euro. Geld schien bei dieser Feier wirklich keine Rolle zu spielen, trotz der ärmlichen Kleidung des Hinterbliebenen. Und der Sarg, den er sich geleistet hatte, war wirklich sensationell. Er glänzte, als sei er mit Nussöl poliert. Die silbernen Beschläge spiegelten das Kerzenlicht, und das Rosenherz auf dem Boden schien zu bluten. Hätte der Wacholder nicht so stark geduftet, hätte Gesine gedacht, sie stünde vor einem Gemälde.

»Jemand müsste mir sagen, wie es weitergeht«, sagte der Pfarrer leise hinter ihr. »Kommen noch andere Angehörige? Ich kann die Feier nicht endlos in die Länge ziehen, wissen Sie.«

»Warum besprechen Sie das nicht mit Ihrem Trauergast? Ich bin nur die Gärtnerin.«

Der Pfarrer schüttelte den Kopf. Sein Schädel war lang und schmal, die Haare raspelkurz rasiert, wie es Mode war. Der Bart stand nur wenige Millimeter länger.

»Wenn Sie die Gärtnerin sind, muss doch irgendjemand mit Ihnen über die Feier gesprochen haben«, beharrte er.

»Nein. Ich weiß nicht einmal, wer gestorben ist.«

»Da kann ich aushelfen. Sie hieß Madeleine Jablin und war die Schwester von Herrn Jablin, den Sie eben aus der Kapelle gebracht haben.«

»Den Namen habe ich nie gehört. War Frau Jablin denn eine prominente Person?«

»Nein. Warum fragen Sie das?«

Seine Augen schienen eine flexible Farbe zu haben. Eben noch hellblau und offen, blickten sie jetzt dunkel und bekümmert.

»Es ist so«, er verlegte sich aufs Flüstern. »Normalerweise überlässt Herr Schellhorn mir ein paar Unterlagen. Ein Dossier über den Verstorbenen und die Familie, damit ich etwas Stoff für die Rede habe. Aber heute, wie soll ich sagen, heute schöpfe ich nicht gerade aus dem Vollen.«

»Das kann ich kaum glauben.« Gesine spitzte den Mund. »Gucken Sie sich die Blumenarrangements an. Die Ausstattung. Da hat sich jemand extreme Mühe gegeben.«

»Seien Sie versichert, dass mir die Situation sehr unangenehm ist.«

Seine Wangen liefen rot an wie bei einem Schuljungen, er schien schuldbewusst und gleichzeitig gewillt zu sein, trotz der Lage einen guten Eindruck zu machen. Gesine erkannte die Chance, Informationen zu gewinnen.

Sie reichte ihm die Hand. »Gesine Cordes. Wir sind uns, glaube ich, noch nie begegnet.«

»Franz Faust.« Er lächelte gequält. »Bitte keine Witze über meinen Namen.«

»Wo haben Sie Ihre Gemeinde, Herr Faust?«

»Draußen im Bergischen, nur eine Stunde von hier.«

»Wo auch das Institut Schellhorn sitzt?«

»Warum?«

»Weil Sie eine ganze Stunde anreisen, um jemanden zu beerdigen, den Sie nicht kennen, und zwar auf einem Friedhof, auf dem Sie noch nie gewesen sind.«

Das Schuljungengesicht verschwand, Franz Faust

wurde ernst. »Ein Seelsorger muss da hin, wohin er gerufen wird. Und Carsten Schellhorn hat mich heute nun einmal auf den Ostfriedhof bestellt.«

»Aber Sie beteiligen sich an einem Verdrängungskampf unter den Bestattern, Herr Faust. Einem Kampf, den Schellhorn als Schwergewicht der Branche mit ungleichen Mitteln führt.«

Der Pfarrer hob den Zeigefinger. »Na, Frau Cordes. Hat Ihre Gärtnerei denn nicht auch von dem Auftrag heute profitiert?«

Sie lächelte und schob ein paar Nelken in Form, aber es stimmte natürlich. Der Chef der Gärtnerei war regelrecht aus dem Häuschen gewesen wegen des Großauftrags und hatte keinen Gedanken an die örtlichen Bestatter verschwendet.

Franz Faust sah auf die Uhr. Ein großes, dunkles Ziffernblatt, das Display einer teuren Smartwatch.

»Also folgendermaßen«, er straffte sich. »Ich werde Ihrer Anregung folgen und Herrn Jablin freiheraus fragen, wie er sich den weiteren Abschied von seiner Schwester vorgestellt hat. Und mit Herrn Schellhorn werde ich in naher Zukunft ein kritisches Gespräch führen. Einverstanden?«

Die Tür knarzte. »Nein, ich kann nicht mehr.« Herr Jablin hielt sich an der Klinke fest und schwankte. »Ich will auch gar keine Trauerfeier, denn meine Schwester hatte mit der Kirche nichts am Hut.«

Der dunkle Mantel hing an ihm herab wie die Flughaut einer Fledermaus, und auch die Mundwinkel des Pfarrers sackten nach unten.

»Ihre Schwester muss doch in der katholischen Kirche gewesen sein! Daraus hat sich doch das alles hier ergeben!«

»Na und?« Herr Jablin ließ die Klinke los. »Ich habe dem Bestatter gesagt, dass meine Schwester eine anständige Person war und dass die Beerdigung zu ihr passen soll. Um mehr habe ich mich nicht gekümmert, erst recht nicht um einen religiösen Rahmen.«

Gesine machte auf sich aufmerksam. »Wann haben Sie den Bestatter denn zuletzt gesprochen, Herr Jablin?«

»Warum interessiert Sie das?«

Er kam auf sie zu, mit wackeligen Schritten, und zog dabei ein Gesicht, als sei sie die Person, die den Tag für ihn so anstrengend machte. Franz Faust ergriff seinen Arm.

»Schauen Sie«, sagte er. »Sie haben den Blumenschmuck für Ihre Schwester so liebevoll ausgesucht. Nun lassen Sie uns die Beisetzung würdig zu Ende bringen.«

»Wenn die Kirche alles bezahlt, gerne.«

Gesine musste nachhaken. »Es ist doch genau der Blumenschmuck, den Sie über das Institut Schellhorn bestellt haben, oder?«

Aber Herr Jablin antwortete nicht, sondern setzte sich auf seinen alten Platz und ließ den Kopf hängen. Franz Faust sprach leise mit ihm, dann rang er sich zu einer Entscheidung durch und rief die Sargträger herein. Sie machten sich umgehend ans Werk, mit stolzer Brust und bedeutungsschwangeren Mienen. Doch als sie den Sarg auf den Wagen hievten, hörte Gesine ein feines Geräusch. Ein Geklingel wie von einer offenen Gürtelschnalle, oder nein, es war, als ob die Sargbeschläge klirrten. Als ob sie locker säßen. Aber das konnte nicht sein, oder waren die Verschlüsse etwa offen?

Niemand reagierte. Der Pfarrer sortierte seine Insignien, Herr Jablin studierte seine Schuhspitzen, und die Sargträger waren womöglich so unerfahren, dass sie das leise Geräusch gar nicht zuordnen konnten.

Gesine ging näher heran und horchte. Nein, jetzt klirrte nichts mehr, natürlich nicht, denn der Sarg stand jetzt auf dem Wagen und wurde nicht mehr bewegt. Und dann schien der richtige Moment, in dem sie hätte eingreifen können, auch schon wieder verstrichen zu sein, denn der Pfarrer stieß die Kapellentür auf und bat den Tross hinaus ins Freie. Er marschierte voran, mit wehender Stola, die Männer gingen mit dem Rollwagen hinterher, und schließlich folgte Herr Jablin, einen Arm zum glänzenden Holz hin ausgestreckt, als wolle er seine Schwester noch einmal berühren.

Auch Gesine lief mit, wenn auch nur am Wegesrand. Sollten die Beschläge wirklich locker sitzen, musste sie für Ordnung sorgen, weil die Vorschrift zur Dichtigkeit von Särgen eindeutig war. Und weil sie als Friedhofsgärtnerin Verantwortung trug, und ja, möglicherweise fühlte sie sich auch als ehemalige Kriminalkommissarin angesprochen. Denn es stellten sich Fragen: Warum war der Sarg offen, falls er offen war? Hatte jemand geschlampt, oder hatte jemand widerrechtlich hineingeschaut? Mit welchem Ziel?

Der gefrorene Lehm knirschte hart unter den Reifen des Sargwagens. Der Stoff von Herrn Jablins Mantel schabte trocken im Wind, und unter Gesines eigenen Schuhen zerbröselte verdorrtes Laub. All das war nicht laut, aber laut genug, um das feine Klirren für den Moment zu übertönen, und so erreichte der Tross ohne Unterbrechung das offene Grab. Eine schmale Parzelle auf Feld D.

Pfarrer Faust breitete die Arme aus. »Wir nehmen Abschied von unserer Schwester, und wir wollen es so tun, wie es Madeleine Jablin gefallen hätte.«

Die Träger beugten sich geschmeidig vor, um den Sarg an den silbernen Griffen vom Rollwagen zu heben. Die Jacketts spannten sich über den Muskeln, es klirrte wieder, vernehmlich jetzt, und die Männer stutzten. Einer von ihnen fasste nach, wodurch der Sarg in eine Schräglage geriet, und dann geschah das Unglaubliche: Der Deckel verrutschte.

Herr Jablin stöhnte auf. Der Pfarrer drückte den Deckel in seine Position zurück und befahl den Männern, den Sarg sofort auf die Schultern zu hieven. Doch da musste Gesine ihren Beobachterposten verlassen.

»Halt! Stellen Sie den Sarg zurück auf den Wagen.«

»Frau Cordes!«, protestierte Franz Faust. »Wir sind mitten in der Beisetzung.«

»Aber wie wir sehen, sind grundlegende Vorschriften nicht erfüllt.«

»Das ist doch kein Grund ...«

»Doch.«

Widerstrebend setzten die Träger den Sarg ab. Gesine roch den Cognac in den Atemwolken. Ihr Herz schlug schnell.

»Warum ist der Deckel lose?«, rief Herr Jablin. »Meine Schwester. Madeleine!«

»Bitte«, Pfarrer Faust drückte seine Hände auf den Deckel. »Lassen Sie uns die Würde wahren, Frau Cordes.«

Sie betastete die Beschläge, sechs an der Zahl. Drei von ihnen standen tatsächlich offen. Herr Jablin fing an zu schluchzen, und wie auf Kommando nahmen die Sargträger die Uniformmützen ab. Der Pfarrer aber fühlte sich berufen, auch einmal an den Verschlüssen zu fingern, aber so, als ob er sie schnell zudrehen wollte, und Gesine dachte, dass ihr nicht mehr viel Zeit bliebe, wenn sie der Sache auf den Grund gehen wollte. Geschwind löste sie sämtliche Beschläge und lupfte, gegen den Widerstand von Franz Faust, den Deckel.

Das Sonnenlicht fiel auf die weiße schimmernde Polsterung, der satte, süß-widerliche Geruch der Verwesung quoll hervor. Und da lag sie, eine Leiche mit einem dunklen Vollbart.

»Was machen Sie denn da, Frau Cordes?«, stöhnte der Pfarrer.

Sie legte den Deckel wieder auf. »Herr Jablin, es tut mir sehr leid, aber das hier kann nicht der Leichnam Ihrer Schwester sein.«

»Nein?«

»Wir werden die Polizei verständigen.«

Die Sargträger erstarrten. Franz Faust bewegte sich hölzern nach vorn. »Wovon reden Sie?«

Herr Jablin aber stürzte sich auf den Sarg, bevor ihn jemand davon abhalten konnte. »Nein!« Seine Stimme überschlug sich. »Wo ist Madeleine? Meine Schwester!«

Krachend fiel der Deckel zu Boden. Franz Faust schlug

sich vor die Stirn. »Gelobt sei Jesus Christus, aber es wird sich doch klären, Herr Jablin!«

»Sie verdammter Pfaffe!« Der alte Herr spuckte vor ihm aus. »Ich zeige Sie an! Mitsamt Ihrer idiotischen Gärtnergehilfin!«

Nur Gesine blieb nach außen hin ruhig. »Herr Jablin, ich verstehe Ihre Aufregung. Am besten rufen wir Herrn Schellhorn an, Ihren Bestatter. In seinem Institut muss etwas verwechselt worden sein.«

»Haben Sie keine Augen im Kopf?« Jablin versetzte ihr einen erstaunlich harten Stoß. »Da liegt er doch selbst!«

»Wer?«

»Der Bestatter! Da liegt Carsten Schellhorn!«

2

Herr Jablin war kaum zu beruhigen. Die Sargträger zogen ihn zur Seite, aber er schimpfte in einem fort und beleidigte den Pfarrer. »Judas! Wo ist meine Schwester? Was haben Sie mit ihr gemacht, und wie ist Schellhorn in ihren Sarg gekommen?«

Franz Faust forderte den alten Mann auf, sich zu mäßigen, doch es war vergeblich. Von A bis Z sei er betrogen worden, rief Jablin. Schon die Zeremonie in der Kapelle sei höchst verdächtig gewesen, so aufgeblasen und katholisch, dass ihm schlecht geworden sei.

Gesine merkte sich jedes Wort, denn Herr Jablin sagte Dinge, die er später vielleicht nicht mehr wiederholen würde. Er zeigte seine spontanen Gefühle. Die Abneigung gegen die Kirche, den Verdacht, vom Pfarrer hintergangen worden zu sein. Griff er dabei auf Erfahrungen zurück?

Franz Faust drehte ihm den Rücken zu. »Ein Verstorbener liegt in unserer Mitte, ein Freund, unter Gottes freiem Himmel«, sagte er mit bebender Stimme. »Und gerade weil die Umstände schrecklich und unklar sind, sollten wir uns in Demut mäßigen.«

Er faltete die Hände, aber nur die Sargträger reagierten auf das Signal. Sie setzten die Uniformmützen wieder auf und postierten sich in einer Reihe am Wegesrand, als wollten sie Mahnwache halten.

Pfarrer Faust zeichnete vor ihnen ein Kreuz in die Luft und wandte sich an Gesine.

»Lassen Sie uns den Sargdeckel auflegen«, bat er. »Der Anblick ist schwer zu ertragen.«

»Nein. Im Sinne der Polizei sollten wir möglichst wenig berühren«, widersprach sie.

»Es wird doch nicht so schwierig sein, die Verwechslung von zwei Verstorbenen zu klären.«

»Und wenn es sich nicht um eine Verwechslung handelt?«

»Sondern?«

»Um ein Tötungsdelikt. Dann wird jede Spur, jeder Fingerabdruck wichtig sein.«

»Ach du liebe Güte. Unsere Abdrücke sind doch jetzt schon überall vorhanden!«

Seine Mundwinkel zitterten, und er schaute bestürzt auf den Sarg, den Deckel und die Leiche, den Bestatter, den er wohl recht gut kennen musste.

Carsten Schellhorn, ein Mann in den mittleren Jahren, lag in Unterwäsche da. Die Sonne stand grell auf seiner fleckigen Haut. Der Wind strich unbarmherzig über die bloßen Arme und Beine, so dass sich die Behaarung bewegte, auch im Gesicht. Unter dem Rücken schien ein dünnes Rinnsal Blut hervorgelaufen und eingetrocknet zu sein. Der rostrote Strich endete in einer Polsterfalte.

Herr Jablin sackte zeternd auf dem gefrorenen Boden

in die Knie. »Meine Schwester ist tot. Oder nicht? Vielleicht brauche ich gar keine Beerdigung?«

»Jesus Christus«, sagte Franz Faust leise. »Der Herr, der uns verbindet, über die Grenzen hinweg und durch die Zeit in Ewigkeit.«

Doch Jablin unterbrach ihn barsch. »Wenigstens kann Schellhorn mir keine Rechnung mehr schicken!«, rief er schrill und ließ sich nach hinten fallen.

Endlich fuhr ein Einsatzwagen vor. Zwei junge Streifenbeamte stiegen aus, eine Frau, die sich der Leiche annahm, und ein Mann, der sich breitbeinig aufbaute und nach den Personalien der Anwesenden fragte.

»Frau Cordes also«, sagte er halblaut, als er ihren Ausweis las. »Bei dem Namen klingelt doch irgendwas.«

Er drehte sich zu seiner Kollegin um: »Cordes?«, und dann konnte man förmlich mitansehen, wie beiden ein Licht aufging. Im Präsidium wurde also noch immer über Gesine geredet, über ihre Karriere und das Ende. Es blieb nur unklar, in welcher Art man über sie sprach.

»Ich habe die Kränze und den Blumenschmuck für die Beisetzung gebracht«, sagte sie rasch. »Als Gärtnerin.«

»Sie hat auch einen Schlüssel für das WC-Haus!«, warf Herr Jablin ein. »Aber am Ende wollte sie uns allen Kommandos geben.«

»Das kann ich mir vorstellen.« Der Beamte gab ihr den Ausweis zurück. »Ich habe schon lange darauf gewartet, Sie einmal live und in Farbe zu sehen.« Sein Schnurrbart zuckte unter der Nase wie ein Tier.

»Haben Sie schon mit Schellhorns Familie Kontakt

aufgenommen?«, fragte Gesine. »Oder mit dem Bestattungsinstitut?«

»Selbstverständlich«, antwortete die Polizistin eilfertig von hinten. »Mehrere Streifenwagen fahren zur Minute dort vor, Frau Cordes.«

»Stopp«, befahl ihr Kollege. »Wir geben keine Auskunft. Niemandem.«

Da erhob Pfarrer Franz Faust die Stimme, als stünde er am Altar. »Gehen wir doch besonnen vor. Ich bin mit der Familie Schellhorn gut bekannt und begebe mich am besten ebenfalls dorthin, um zu helfen.«

»Von wegen.« Der Polizist lächelte schmal. »Wir lassen niemanden hier weg. Jetzt gleich kommen die Leute von der Kripo, und Sie alle können sich darauf einstellen, die nächsten Stunden auf dem Friedhof zu verbringen.«

»Nein!« Herr Jablin hielt sich den Magen, als sei ihm schlecht, und er sah wirklich erbärmlich aus. Blau gefrorene Lippen, weiße Furchen auf der Stirn. An seinem Mantel klebten Tannennadeln, der Saum war grau vor Staub.

»Wir Gärtner haben einen Betriebshof auf dem Gelände«, sagte Gesine. »Wir alle könnten uns dort aufwärmen und für die weiteren Ermittlungen bereithalten.«

Der Polizist besprach sich leise mit seiner Kollegin und blieb schließlich beim Sarg, während die Beamtin mit den anderen zum Betriebshof ging.

Das Gebäude wurde im Winter nur selten genutzt. Es war feucht und kalt, aber im Aufenthaltsraum ließ sich die große Heizung andrehen. In der kleinen Küche lagen Teebeutel, deren Haltbarkeitsdatum noch nicht allzu lange überschritten war, und der Wasserkocher funktionierte.

Herr Jablin verkroch sich auf die Eckbank, und als er seinen Mantel öffnete, kam ein verschlissener Hemdkragen zum Vorschein. ›Er lebt wahrscheinlich allein‹, dachte Gesine. ›Und vielleicht ist er auch nicht reich, sondern hat schlicht den Bezug zu Geldsummen verloren.‹ Sie nahm sich vor, ihm die Münze, die er ihr vor der Toilette zugesteckt hatte, zurückzugeben.

Im Flur, ein wenig abgeschirmt durch die Garderobe, telefonierte sie mit der Gärtnerei, um sich für heute abzumelden. Der Chef war fassungslos, dass sie schon wieder mit der Polizei zu tun hatte, aber er machte sich auch um die Kränze und Gestecke Sorgen. Die Rechnungen waren noch nicht bezahlt. Wen konnte man ansprechen, wenn der Bestatter verstorben war? Gesine versprach, sich um alles zu kümmern, und legte auf.

Prompt erschien der Pfarrer im Flur und machte keinen Hehl daraus, gelauscht zu haben: »Sie können Ihren Chef beruhigen. Das Institut Schellhorn hat sich noch nie lumpen lassen.«

»Ich nehme an, Sie hatten noch nie mit einem Mord zu tun, Herr Faust?«

»Wieso?«

»Weil sich Gewissheiten auflösen, sobald es um ein Kapitalverbrechen geht.«

Sie öffnete die Tür zur Teeküche, und er folgte ihr in den kleinen Raum.

»Warum kannte die Polizei eigentlich Ihren Namen?«, fragte er.

»Ach, das ist eine alte Geschichte.« Sie winkte vage ab. »Früher war ich einmal bei der Kripo.«

»Ein interessanter Lebenslauf. Waren Sie deshalb so mutig, in den Sarg zu schauen?«

»Dazu gehörte kein Mut.«

»Doch. So wie auch Mut dazugehören würde, sich erschrocken zu zeigen.«

Sie nahm frische Tassen aus dem Schrank und ließ die Klappe zuschnappen. »Mir macht nur Herr Jablin Sorgen. Hoffentlich wissen wir bald, wo der Leichnam seiner Schwester ist, damit er sich beruhigen kann.«

»Und Sie? Wie geht es Ihnen, Frau Cordes?«

»Herr Faust, das ist jetzt nicht der richtige …«

»Doch.« Der Pfarrer berührte sie sanft am Arm. »Sie beobachten uns nämlich, uns alle auf dem Friedhof, und ich kann mir nicht vorstellen, dass Ihnen das guttut.«

Erst jetzt fiel ihr auf, dass er seine Stola abgelegt hatte. Sein Hals wirkte nackt, der Übergang zum Bart war sorgsam am Kieferknochen definiert.

»Der Tee ist gleich fertig«, sagte sie.

Er ließ sich nicht abwimmeln. »Ich meine, es wird doch einen Grund gegeben haben, warum Sie aus dem Polizeidienst ausgeschieden sind. Vielleicht ist es besser, darauf Rücksicht zu nehmen.«

Ihre Stimme nahm einen warnenden Ton an. »Vielleicht ist es auch besser, Sie lehnen sich nicht zu weit aus dem Fenster?«

»Wie heißt es so schön? Ein Pfarrer lehnt sich niemals weg, sondern immer den Menschen entgegen.«

Er sah Gesine an, nah und frontal, mit großen, runden Augen. Ein Priestertalent, dazu geschaffen, die Leute weich und mundtot zu machen.

»Entschuldigung, Frau Cordes, es geht mir nicht darum, Sie auszuhorchen oder Ihnen Vorschriften zu machen.«

Und ihr ging es nicht darum, sich zu rechtfertigen. Für nichts aus der Vergangenheit und für nichts von heute. Und erst recht nicht, wo sie die Einzige war, die während der Beisetzungszeremonie richtig gehandelt hatte.

»Schwamm drüber, Herr Faust.«

Er lächelte. »Ich denke, der Herrgott mag Sie.«

Sie verabschiedete sich und trat ins Freie. Die Sonne drang weiß durch die Kronen der Kiefern. Unter den Rhododendren verdunstete ein Rest von Schnee. Bekannte Bilder, klare, irdische Verhältnisse. Der Wegweiser aus Holz, der am Brunnen stand, war mit blitzsauberem Eis überzogen.

Friedhofsfeld D lag rechts. Das Feld mit der Leiche von Carsten Schellhorn und der Grube für Madeleine Jablin. Stimmen klangen herüber, offenbar war die Verstärkung der Polizei eingetroffen. Gesine machte sich auf den Weg, hielt aber an der nächsten Ecke inne.

Drüben versank Feld A im Gegenlicht. Kniehohes Gestrüpp und Hartriegel unter goldenen Sonnenschleiern. Feld A, für das sie nie einen Arbeitsauftrag annehmen würde. Feld A, das sie magisch anzog und unerbittlich abstieß. Das im Grunde ihr ganzes Leben bestimmte, denn es war das Feld der Kindergräber. Feld A, wo auch ihr Sohn begraben lag, mitsamt jeder Antwort auf jede Frage.

Vier Polizisten waren damit beschäftigt, die Gegend um den Sarg und die offene Grube abzusperren. Gesine musste unter einem Flatterband hindurchtauchen, wurde aufgehalten, verwies auf den Beamten mit dem buschigen Schnurrbart und durfte erst dann weitergehen. Aber wie schön war es zu sehen, welche Ermittlerin sich inzwischen über die Leiche von Carsten Schellhorn beugte: Marina Olbert von der Mordkommission war da.

Die Olbert drehte sich herum. »Schön, Sie wiederzutreffen, Frau Cordes.« Für die Begrüßung zog sie extra einen Handschuh ab. »Allerdings müssen Sie mir erklären, warum Sie an dieser verrückten Bestattung hier teilgenommen haben.«

»Ich habe die Kapelle für die Feier vorbereitet. Als Gärtnerin natürlich.«

»Aber warum sind Sie mit zum Grab marschiert? Wie eine Angehörige?«

»Mir waren Unstimmigkeiten an dem Sarg aufgefallen, die Beschläge klirrten, und das konnte ich natürlich nicht auf sich beruhen lassen.«

Die Olbert schloss ganz kurz die Lider. Gesine kannte die Geste. Gleich würde sie aufgefordert werden, der Ermittlerin die wichtigsten Fakten zu schildern. Oder doch nicht?

»Frau Cordes«, die Olbert stockte. »In welcher Beziehung stehen Sie zu den Todesfällen, sowohl zu dem Toten, den wir hier sehen, als auch zu der Verstorbenen, die verschwunden ist?«

»In gar keiner. Ich kenne keine Frau namens Madeleine Jablin, und auch den Bestatter Carsten Schellhorn habe ich zu seinen Lebzeiten nie persönlich getroffen.«

Die Antwort rief ein knappes Stirnrunzeln hervor, es

erweckte fast den Eindruck, als sei die Olbert enttäuscht. Doch bevor Gesine nachfragen konnte, gesellte sich ein Polizist zu ihnen, um mit der Chefin den Ablauf des Einsatzes zu besprechen. Die Olbert nahm ihn beiseite, und Gesine fiel die Gelegenheit in den Schoß, noch einmal in Ruhe die Leiche zu betrachten.

Carsten Schellhorn. Ein dicker Mann mit Dandyfrisur und Hipsterbart. Unter dem Unterhemd wölbten sich Brüste aus Fett, auf den Hüften saßen zwei Speckgürtel. Die Oberschenkel lagen aneinandergepresst in der weiß betuchten Form. Dicht behaart, mit kahleren Stellen, wo die Hosenbeine wohl besonders eng gesessen hatten. Die kantigen Füße wirkten überraschend gepflegt.

»Treten Sie zurück, Frau Cordes«, verlangte die Olbert.

Gesine gehorchte, obschon sie wegen der Strenge der Ermittlerin irritiert war. »Wenn wir uns nach den Feinden von Carsten Schellhorn erkundigen, Frau Olbert: Die Liste ist lang. Schellhorn hat den anderen Bestattern die Aufträge weggenommen.«

»Ich weiß.«

»Und haben Sie eine Meinung zu der Blutspur, die unter seinem Rücken hervorläuft?«

Marina dirigierte Gesine mit Nachdruck noch weiter nach hinten. Ein Hauch von Parfüm drang aus ihrer feinen Kleidung, wie immer. Aber ihr Gesichtsausdruck war neu, das musste man jetzt einmal ernsthaft registrieren.

»Frau Cordes, Ihr Freund zählt ebenfalls zu den Feinden von Schellhorn«, sagte die Ermittlerin ernst.

»Mein Freund? Hannes van Deest? Ja, natürlich, er hat sich wie alle anderen über Schellhorn beschwert.«

»Bei wem?«

»Bei mir zum Beispiel. Wieso?«

»Was hat Ihr Freund denn gegen den Konkurrenten Schellhorn unternommen?«

»Nichts. Soweit ich weiß.«

Marina Olbert bewegte tadelnd den Kopf, das blonde Haar wurde ihr vor die Augen geweht. »Lustig ist aber, Frau Cordes, dass ich Herrn van Deest soeben auf dem Parkplatz getroffen habe.«

»Wirklich?«

»Getroffen ist vielleicht das falsche Wort. Er hatte seinen Wagen extra abseits geparkt, als ob er sich unsichtbar machen wollte.«

Verwundert sah Gesine sich um. Hannes war hier? Und hielt sich den ganzen Morgen von ihr fern?

»Sie meinen bestimmt, dass sein Auto hinter der großen Eibe parkte«, sagte sie. »Aber das ist unsere berühmte Grüne Nische. Die Bestatter parken immer dort, wenn sie von den Kunden nicht entdeckt werden wollen.«

»Aus welchen Gründen?«

»Weil sie manchmal nur kurz über den Friedhof huschen wollen und keine Zeit haben, in Gespräche verwickelt zu werden.«

»Nun, wir haben Herrn van Deest sehr gemächlich in seinem SUV herumsitzen sehen.«

Wirklich? Aber dann hatte Hannes bestimmt gewartet, dass Gesine dort vorbeikam. Um sie zu überraschen. Um den albernen Streit von Silvester beizulegen, endlich.

Oder um sie zu fragen, warum sie die Kapelle heute ausgerechnet für eine Schellhorn-Veranstaltung dekorieren musste.

»Ihr Freund ist jetzt mit einem meiner Kollegen auf dem Weg ins Präsidium«, sagte Marina Olbert. »Wir wollen seine Aussage aufnehmen.«

»Tatsächlich?« Gesine tastete nach ihrem Handy, doch Marina hielt sie zurück.

»Ich wünschte, wir würden offen zueinander sein. Immerhin haben wir uns doch in den vergangenen Monaten ganz gut kennengelernt: Sie, Herr van Deest und ich.«

»Ja natürlich.« Gesine war zunehmend verwirrt.

»Dann überlegen Sie bitte, wie Sie mit mir umgehen.« Jetzt griff die Ermittlerin in ihre Manteltasche. »Herr van Deest hat mir das hier für Sie gegeben.«

Mit lauerndem Blick überreichte sie Gesine eine Armbanduhr. Eine fremde kleine Damenarmbanduhr. Was ging hier bloß vor?

»Herr van Deest sagte, Sie hätten die Uhr heute Nacht bei ihm vergessen.«

»Ich?« In der Nacht? Sie hatte Mühe, sich zu beherrschen. Bei Hannes eine goldene Uhr vergessen, mit der sie überhaupt nichts anfangen konnte?

Hinter ihr knisterte es, sie fuhr herum. Kriminaltechniker hatten damit begonnen, den Sarg mitsamt der Leiche in Folie zu hüllen und für den Abtransport vorzubereiten. In der alten Buche, deren Äste den Weg überspannten, saßen zwei Krähen und knabberten.

»Stimmt es nicht, was Herr van Deest uns gesagt hat?«, insistierte Marina Olbert.

»Das wäre vorschnell formuliert«, antwortete Gesine, überwand sich und ließ die Uhr in der Jackentasche verschwinden. Was sollte sie auch anderes tun? Sie konnte Hannes doch nicht geradeheraus als Lügner bezeichnen. Und sie konnte andererseits auch nicht selbst dazu übergehen, die Polizei anzulügen. Zumal Marina Olbert so ahnungsvoll guckte.

»Ich kann unter diesen Umständen nicht wie gewohnt mit Ihnen arbeiten beziehungsweise reden, Frau Cordes.«

»Ich werde alles klären, was zu klären ist«, erwiderte Gesine gepresst.

»Ich hoffe es. Denn dann werde ich Sie zum zweiten Mal fragen müssen, warum Sie heute, obwohl Sie als Gärtnerin nur für die Kapelle zuständig waren, mit dem Sarg zum offenen Grab marschiert sind.«

»In diesem Punkt wird meine Antwort gleich lauten, Frau Olbert.«

»Warten wir es ab.«

3

Hohe Nadelbäume umringten den Parkplatz vor dem Friedhof. Seidenkiefern, Schwarzkiefern, wuchtige Eiben. Der Mischwald mit den Buchen und Birken begann weiter hinten, aber hier vorne versuchte man schon seit Jahrzehnten, den Leuten einen Sichtschutz zu gewähren, der immergrün blieb.

Ein alter Wunsch der Menschheit, Tod und Trauer in Schach zu halten, und man dachte, es könnte gelingen, wenn man den Friedhofsbesuchern half, sich zu verbergen. Aber man täuschte sich. Je dichter der Sichtschutz wuchs, umso größer wurde die Neugier von außen.

Neulich hatte Gesine auf dem Friedhofsamt ein Foto gesehen, das offenbar heimlich entstanden war. Es zeigte den Parkplatz in den sechziger Jahren. Die Nadelbäume standen halbhoch, der Asphalt war glatt und leer bis auf einen Mann und eine Frau, die aus einem Alfa Spider stiegen. Beide trugen einen lässigen Chic, dunkle Kleidung, große Sonnenbrillen, aber beide duckten sich. Sie waren auf der Hut, als ahnten sie, dass sie von der Straße aus durchs Gebüsch beobachtet wurden.

»Der Mann in dem Anzug war damals unser Bürgermeister«, hatte der Angestellte im Friedhofsamt gesagt. »Ich war zu der Zeit noch klein, aber ich erinnere mich an die schlimme Geschichte. Der Kerl hatte sein eigenes Kind totgefahren. Aus Versehen. Die Presse war lange hinter ihm her.«

»Und wer war der Fotograf?« Gesine suchte das Bild ab. »Ein Voyeur, ein Friedhofs-Paparazzo?«

»Das Foto muss ja nicht jedem gefallen«, erwiderte der Angestellte kühl. »Obwohl der Bürgermeister an allem selbst schuld war.«

Sie hatte sich über diese Bemerkung geärgert, denn rund um einen Friedhof sollten keine Urteile fallen. Wenigstens hier sollte jeder mit seinem Schicksal im Reinen sein dürfen, allein und unbehelligt, egal, ob tot oder lebendig.

Ein Automörder sollte mit dem Cabrio vorfahren, um endlich zu trauern. Eine Mutter, in deren Garten sich ein Kind vergiftet hatte, sollte Blumen bringen oder auch nicht. Alles sollte von allen erlaubt sein, das Weinen und das Nicht-Weinen, sogar das Fernbleiben von einem Friedhof, und niemand sollte je in die Not geraten, sich mit seiner Art an den Gräbern verstecken zu müssen.

Aber natürlich blieb ein solcher Friedhof ein Traum. Denn auf der Nahtstelle zwischen Leben und Tod wurde der Verstand von der Angst aufgefressen.

Nach dem Wortwechsel mit Marina Olbert hatte Gesine das Gelände verlassen und, etwas außer Atem, den Parkplatz betreten. Mehrere Streifenwagen kamen ihr von der Straße entgegen. Die Olbert hatte also weitere Unterstützung angefordert, vermutlich von der Rechtsmedizin und der Schutzpolizei.

Der Pick-up, mit dem sie in der Frühe den Blumenschmuck für Frau Jablin zur Kapelle gebracht hatte, parkte vorn in der Nähe des eisernen Eingangstors. Weiter hinten, näher an den Kiefern, stand ein silberner Mittelklassewagen. Das Nummernschild gehörte ins Bergische, vermutlich handelte es sich um das Auto des Pfarrers Franz Faust. In einigem Abstand daneben war ein dunkler Kombi abgestellt worden, ein Zivilfahrzeug der Polizei, die Beamten waren nicht zu sehen.

Und der Wagen von Hannes? Stand er wirklich in der Grünen Nische?

Sie tauchte ins seitliche Gebüsch, drang bis zur großen Eibe vor, und noch ehe sie die Zweige auseinandergebogen hatte, sah sie den schwarzen Lack blitzen. Hannes hielt den SUV seines Instituts immer auf Hochglanz poliert. Der Schriftzug am Heck hob sich strahlend ab.

Sie schaute in den Innenraum. Auch hier war alles sauber, und selbst die Rückbank war aufgeräumt. Es fehlte nur die dicke braune Mappe, die sonst im Seitenfach der Beifahrertür steckte. Die Sammlung an Formularen, die Hannes für seine Kunden brauchte: Verträge, Informationsblätter über Behördengänge und eine Telefonnummernliste für Angehörige.

Hatte er die Mappe mit aufs Präsidium genommen? Warum? Und warum hatte er überhaupt hier herumgesessen, als die Polizei ihn fand? In der Kälte, mit der merkwürdigen Armbanduhr – und mit einer Lügengeschichte auf der Zunge.

Ratlos trat Gesine zwei Schritte zurück. Rund um den SUV war der Raureif zerstampft, ein Anblick, bei dem es in ihren Nieren zog.

Bisher war Hannes der ehrlichste und zuverlässigste Mensch gewesen, den Gesine kannte. Er war derjenige, auf den sie bauen konnte. Immer und jederzeit. Und nicht nur das: Ihm hatte sie im Grunde alles zu verdanken, was ihr Leben heute ausmachte. Die Arbeit als Friedhofsgärtnerin, den Wohnwagen, in dem sie sich zu Hause fühlte, und den angenehmen Grad an innerer Ruhe.

Denn vor Jahren, als sie nach der Kripo-Zeit arbeits- und obdachlos gewesen war und Tag für Tag nur deshalb über den Friedhof streifte, um sich Notizen über giftige Pflanzen zu machen, hatte Hannes sie angesprochen, um einen Blick in ihr Notizheft werfen zu dürfen. Er hatte darüber gestaunt, wie akribisch sie den Blauen Bergeisenhut zeichnete, und als er erfuhr, dass dies die giftigste Pflanze Europas war, hatte er Gesine nicht mehr aus den Augen gelassen.

Es fiel ihm auch bald auf, wie oft und wie lange sie sich die Hände wusch. Immer nur die Hände, den restlichen Körper nahm sie damals ja gar nicht mehr wahr. Nicht die verklebten Haare, nicht den knurrenden Magen oder die knochigen Schultern.

Irgendwann erkundigte sich Hannes nach dem speziellen Grab auf Feld A, um das sie ständig herumschlich. Nach ihrem Sohn. Woran er gestorben war. Und sie gab natürlich keine Auskunft, zuerst, bis ihr plötzlich jedes Wort guttat.

Und es tat nicht etwa deshalb gut, weil sie einsam gewesen wäre und Anschluss gesucht hätte. Oder weil sie auf billige Weise dankbar gewesen wäre, dass jemand sich mit ihr beschäftigte, nachdem sie ihren Job bei der Polizei, ihr Reihenhaus und ihre Ehe so rigoros in Schutt und Asche gelegt hatte. Nein, um das zu bewältigen, hätte sie Hannes nicht gebraucht. Aber da war ja noch die andere Hölle in ihrem Innern. Die Schuld, an der sie Tag für Tag krepierte.

Er blieb ruhig, als sie ihm davon erzählte, und er blieb immer noch ruhig, als er sah, dass sie nicht weinte. Er legte nur die Arme um sie, gab keinen sogenannten Trost und ermahnte sie nicht, sondern ließ sie einfach so sein, wie sie war.

Sie begann, ihm bei seiner Arbeit zu helfen, trug mit ihm Särge und schmückte an seiner Seite die Kapelle. Und so fügte sich plötzlich alles: Hannes entdeckte den wunderbaren Wohnwagen als Behausung für sie und verschaffte ihr außerdem den festen Job in der Friedhofsgärtnerei. Nur als er durchblicken ließ, wie gern er seine Zeit mit ihr verbrachte, kam er kurzzeitig ins Schleudern. Weil sie ihm beibringen musste, dass ihr Herz wohl für immer verschrumpelt und untauglich war und dass er das zu akzeptieren habe. Aber am Ende hatte er eingelenkt. Nicht ganz ohne zu klagen, aber er hatte ihr einfach das Beste geschenkt, was blieb: seine bedingungslose Freundschaft, stabil über Jahre.

Und jetzt? Hier und heute, gut vierzehn Tage nach dem verkorksten Silvester?

Gesine tauchte wieder durch die Eibe und lief quer über den Parkplatz zu ihrem Pick-up. Sie war am Zug,

Hannes zur Seite zu stehen. Was auch immer sein Problem war und was auch immer ihn zu der lächerlichen Lüge mit der Armbanduhr getrieben hatte, sie würde ihm helfen.

»Frau Cordes! Sie sind ja noch hier!« Pfarrer Faust eilte mit den Sargträgern durchs Friedhofstor und hielt auf sie zu.

»Oh, hallo.« Gesine wandte kaum den Kopf. »Hat die Polizei Sie schon gehen lassen?«

»Ja!« Der Pfarrer schloss zu ihr auf. »Die Kommissarin will heute Nachmittag schon die Unterlagen sichten, die zur Bestattung Jablin existieren, und ich muss zusehen, was ich im Gemeindebüro zusammentragen kann.«

»Dann viel Erfolg.«

»Wussten Sie, dass Herr Jablin und seine verstorbene Schwester Zwillinge waren? Das finde ich besonders traurig.«

»Allerdings. Böse Sache, das jetzt erst zu erfahren.«

Sie wollte in ihr Auto steigen. Der Pfarrer hielt ihr die Tür auf, ließ den Griff dann aber nicht mehr los.

»Auch wenn Herr Jablin zu meiner Gemeinde gehört, ist er nie in meinem Gottesdienst gewesen. Sehen Sie es mir nach, dass ich so wenig über ihn wusste.«

»Ich habe zwei kleine Nichten, Herr Faust, und sie sind Zwillinge. Wenn ich mir vorstelle, sie könnten auseinandergerissen werden, wird mir ganz anders.«

»Natürlich.« Er machte Anstalten, die Tür zuzudrücken, zog sie dann aber wieder auf. »Mir ist aufgefallen, dass ich gar nicht weiß, wie ich Sie erreichen kann, Frau Cordes.«

»Mich?« Der Herrgott mag Sie, ach du liebe Güte. Gesine steckte den Zündschlüssel ins Schloss. »Es tut mir leid, Herr Faust, aber nach dem heutigen Tag schwirrt mir der Kopf.«

»Habe ich es nicht gesagt? Sie sollten besser auf sich aufpassen.«

Ein Streifenwagen verließ mit hoher Geschwindigkeit den Friedhof. Gesine erkannte, dass der alte Herr Jablin auf dem Rücksitz saß. Sein Gesicht lehnte an der Seitenscheibe, hager und weiß. Der Wagen passierte, bremste dann aber scharf, und ein uniformierter Beamter winkte aus dem Fenster. »Pfarrer Faust? Hätten Sie Zeit, Herrn Jablin zu begleiten?«

Der Pfarrer hob bedauernd die Hände. »Tut mir leid, ich muss in meine Gemeinde.«

»Es wäre wichtig, bitte! Wir bringen Herrn Jablin zum Arzt, müssen aber direkt weiter ins Präsidium, und wir würden uns wohler fühlen, wenn noch jemand bei ihm bleiben könnte.«

»Verstehe.« Franz Faust warf Gesine einen Blick zu. »Oder könnten Sie das vielleicht übernehmen?«

»Eine Gärtnerin kann keinen Seelsorger ersetzen.«

»Nun, Herrn Jablin wäre es recht.« Er schmunzelte verhalten und trabte zum Streifenwagen. Sportlich, mit flatterndem Gewand.

Eibe

Nadelbaum, langsam wachsend, erreicht ein hohes Alter.

Vorkommen in Wäldern, aber auch in Parks und Gärten.

Als Strauch, Kriechstrauch oder Baum, dann bis zu 20 m hoch.

Dünne Stämme mit zunächst rötlicher Rinde, im Alter mit rötlich-grauer Borke, dann oft verwachsene Stämme.

Immergrün. Weiche Nadeln, bis 3,5 cm lang und gut 2 mm breit. Oben dunkel und glänzend, unten heller.

Blüte im späten Winter bis April. Männliche und weibliche Blüten auf unterschiedlichen Bäumen. Blattachselständig.

Samen dunkel und holzig, bis 7 × 5 mm. Becherförmig ummantelt, fleischig, erst grün, dann scharlachrot. Reife ab August.

Stark giftig.

Gift enthalten in allen Pflanzenteilen außer im Samenmantel. Wenige Gramm Nadeln und wenige Samen sind bereits tödlich.

Giftstoffe aus dem Bereich der Alkaloide. Trizyclische Diterpene, Taxine.

Durchfall, Krämpfe, Rotfärbung der Lippen. Herz-Kreislauf-Versagen. Leber- und Nierenschäden. Tod.

Erbrechen herbeiführen, Zufuhr von Wasser, evtl. Kohlegabe. Notruf.

4

Das Licht der Wintersonne rutschte über das Polizeigebäude wie über einen Kubus aus Eis. Die Scheiben schienen blind vor Kälte, und die Fensterbänke aus Zink reihten sich an der Fassade auf wie fliegende Harpunen. Aus den Lüftungsschächten stieg Dunst, an den Masten zerrten blasse Fahnen. Schatten fielen auf den Beton und glitten steif davon. Auf der Treppe vor dem Portal lag Salz in groben Körnern.

Gesine nahm die Stufen im Laufschritt. Die Glastür wich lautlos zur Seite, und die Kontrolle in der Sicherheitsschleuse dauerte keine zwei Minuten. Dann durfte sie das große Foyer betreten und den Polizisten am Tresen ansprechen. Im Großen und Ganzen gelang es ihr so, wie sie es im Auto geübt hatte: sachlich und ruhig.

Der Beamte gab sich zunächst hilfsbereit und telefonierte verschiedene Büros ab, um nach einem Ansprechpartner für sie zu suchen. Erst als er einen bestimmten Kollegen, dessen Namen Gesine nicht verstand, an die Strippe kriegte, geriet er ins Stocken und warf ihr einen veränderten Blick zu.

»Hannes van Deest«, schob sie als kleine Gedankenstütze nach, aber sie musste erneut ihren Ausweis vorlegen, und der Beamte wählte eine weitere Telefonnummer, bevor er sich wegdrehte und sie nicht mehr mithören ließ.

Also gut. Sie machte sich auf alles gefasst. Bemerkungen, Ironie oder Fragen. Schlimm wäre das aufdringliche Interesse an ihrer Vergangenheit. Gesine Cordes, ehemalige Kollegin mit dem Schicksalsschlag.

Doch es kam nichts. Der Beamte zeigte ihr stoisch den Rücken, Minute für Minute, und niemand sonst sprach sie an. Hinter ihr rollte jemand einen Wagen mit Aktenordnern zum Aufzug, fast fiel dabei eine Mappe zu Boden. Eine Servicekraft füllte gelangweilt den Getränkeautomaten in der Ecke und polterte mit den Plastikflaschen. Und vor der Fensterfront zur Straße stand der nicht zu vermeidende *Ficus benjamina* in Hydrokultur. Ein buschiges, dunkles Exemplar, mit Blattglanz behandelt.

Als Gesine die Hände in die Taschen schob, berührte sie die geheimnisvolle Armbanduhr und die Münze von Herrn Jablin. Das Toilettengeld, das sie doch eigentlich zurückgeben wollte.

»Entschuldigung«, eine junge Frau riss sie aus den Gedanken. »Könnten Sie bitte Platz machen?«

Die Frau trug keine Uniform, musste aber fest zum Präsidium gehören, so wie sie auftrat. Sie ließ einen Karton auf den Fußboden knallen, direkt vor Gesines Füße, und hob einen Stapel Broschüren heraus. Ratgeber gegen Einbruch und Vandalismus, die sie zackig in den Plastikständer auf dem Tresen sortierte. Die alten Broschüren wurden entfernt.

»Fördermittel?«, fragte Gesine.

»Bitte?«

»Ich frage mich, warum Sie die Broschüren auswechseln.«

»Weil wir sie überarbeitet haben.«

»Steht denn wirklich etwas Neues darin?«

»Sie können es gerne herausfinden.«

Die Frau unterdrückte ein Grinsen. Zwei Jahrzehnte Altersunterschied türmten sich auf, mindestens, doch bevor Gesine etwas dagegenhalten konnte, beendete der Beamte das Telefonat und klopfte auf den Tresen.

»Sie werden im Besprechungszimmer erwartet, Frau Cordes. Herr van Deest wird dort als Zeuge befragt, aber man hat es genehmigt, dass Sie dazukommen. Vierter Stock links.«

»Endlich. Danke!« Sie drehte sich auf dem Absatz um. Am Aufzug hatte gerade der Gong geschlagen, und wenn sie sich beeilte, konnte sie die Kabine erreichen.

»Stehenbleiben!«, der Beamte hieb auf eine Klingel, und das gesamte Foyer schien in Deckung zu gehen. »Frau Brinkmeyer wird Sie begleiten!«

»Ich?« Die junge Frau ließ die Broschüren sinken. Die Servicekraft äugte vom Getränkeautomaten herüber, und am Ficus stand jemand, der mit dem Finger auf Frau Brinkmeyer zeigte und lachte. War das ein neuer Umgangston im Präsidium? Gesine biss die Zähne zusammen.

Es war stickig in der Aufzugskabine. Das Licht war grell, der Spiegel fleckig, und die Fahrt in den vierten Stock ging nur langsam voran. Frau Brinkmeyer pfiff tonlos vor sich hin.

»Ich nehme an, Sie arbeiten als Praktikantin?«, fragte Gesine.

»Natürlich. Was sollten Sie sonst von mir denken? So wie ich herumkommandiert werde, muss ich wohl ganz unten angesiedelt sein.«

Sie hatte das Haar hochgesteckt, und man konnte sehen, wie ihre Halsschlagader pulsierte.

»Schüchtern sind Sie jedenfalls nicht«, sagte Gesine.

»Ich bin Hospitantin.«

»Aha. Und wo ist der Unterschied zwischen Hospitanz und Praktikum?«

»Möchten Sie sich bewerben?«

»Nein danke«, Gesine musste lächeln. »Aber ich könnte Ihnen einen Tipp geben, wie Sie vermeiden können, herumkommandiert zu werden.«

»Wer sagt, dass ich das möchte?«

»Sie sollten manchmal die Sinnfrage stellen. Wenn Sie wissen, warum Sie etwas ausführen sollen, fällt es Ihnen leichter. Und andersherum, wenn Ihr Chef Ihnen keine Erklärung für ein Kommando liefern kann, wird er beim nächsten Mal vielleicht vorsichtiger sein.«

»Ach ja?« Die Brinkmeyer betrachtete ihre Stiefeletten. Eine Locke baumelte von ihrer Schläfe. »Sie sagen das wegen der Broschüren, stimmt's? Weil ich Ihrer Ansicht nach nicht darüber nachgedacht habe, warum die Dinger ausgetauscht werden.«

»Nein.«

»Es geht Sie nichts an. Entschuldigung, dass ich das so klar festhalten muss, Frau Cordes, aber Sie sind nur zu Gast in unserem Präsidium. Anders als ich.«

Na wunderbar. Zwei Jahrzehnte Altersunterschied und eine Schlangengrube an Erfahrung.

Und dann war im vierten Stock links auch noch das Besprechungszimmer leer. Von Hannes fehlte jede Spur, ebenso von dem Beamten, der ihn angeblich befragte. Der Besprechungstisch sah aus, als habe man ihn hastig verlassen. Zwei Tassen waren noch halb mit Kaffee gefüllt, ein Kugelschreiber lag auf einem Block, auf dem nur das Datum notiert war.

Die Brinkmeyer nahm die Tassen hoch. »Sie kommen zu spät«, stellte sie schnippisch fest, und Gesine beschloss, im Büro nebenan nach Hannes zu fragen. Eine Beamtin saß am Computer und sah auf.

»Ja?«

»Guten Morgen. Wissen Sie, wo die Leute sind, die eben im Besprechungszimmer waren?«

»Wer fragt das?«

»Es geht um Hannes van Deest.« Gesine zog die Tür hinter sich zu. »Er ist Zeuge in einem Fall auf dem Friedhof von heute Morgen.«

»Wie Sie selbst heißen! Rede ich undeutlich?«

»Gesine Cordes.«

»Sagt mir nichts. Tür bitte von außen schließen.«

»Entschuldigung«, Gesine trat noch einen Schritt näher, auf dem Computerbildschirm lief Solitaire, aber sie tat, als habe sie es nicht gesehen. »Könnten Sie mir vielleicht verraten, welcher Kollege die Befragung nebenan durchgeführt hat?«

»Kollege?«

Jetzt riss es die Frau herum. Vollkommen übertrieben,

selbst wenn man bedachte, dass sich die Umgangsformen im Präsidium verändert hatten.

»Ganz bestimmt werde ich Ihnen keine Auskunft über unsere Leute geben«, schimpfte sie. »Sie befinden sich in der Abteilung Tötungsdelikte!«

Draußen auf dem Flur wartete schon wieder Frau Brinkmeyer. Die benutzten Kaffeetassen in der Hand, drängte sie sich an Gesine vorbei, kaum dass sie aus der Tür trat, und verschwand an ihrer Stelle in dem Zimmer. »Kaffee nur halb getrunken«, hörte man sie sagen, dann klangen die Stimmen nur noch gedämpft in den Flur. Gesine zog sich in den Besprechungsraum zurück, um ungestört zu telefonieren.

Doch Hannes hatte sein Handy noch immer ausgeschaltet. Es war vollkommen unverständlich, was geschehen war. Warum hatte er nicht wenigstens eine Nachricht hinterlassen? Er war doch darüber informiert worden, dass sie im Haus war, auf dem Weg zu ihm. Oder hatte man ihn schnell und gegen seinen Willen in einen anderen Raum gebracht? Hieß es nicht, es sei genehmigt worden, dass er mit Gesine sprach?

Vielleicht gab es einen Zusammenhang mit der merkwürdigen Geschichte um die Armbanduhr. Vielleicht sollte sie über die Uhr noch einmal nachdenken. Hannes könnte ihr damit eine Botschaft übermittelt haben, die sie bisher nicht verstanden hatte.

Sie holte die Uhr und die Münze von Herrn Jablin aus der Tasche. Die Uhr war klein, golden und hatte ein rotes verschlissenes Wildlederarmband. Es gab keine Gravur, keinen besonderen Markennamen, nichts, was auffällig gewesen wäre. Was könnte Hannes also gemeint haben? War die Uhr von jemandem getragen worden, an den sie sich erinnern sollte? Nein, ihr fiel niemand ein.

Unzufrieden mit sich, hob sie auch die Münze ans Licht, das Toilettengeld, und sah zum ersten Mal genauer hin. Es war ja ausländisches Geld! Italienische Lire, die längst nicht mehr gültig waren. Hatte der alte Herr Jablin sie mit Absicht getäuscht? Oder war auch das eine Botschaft in einem komplizierten, brisanten Kontext?

Sie hörte, wie die Hospitantin über den Flur kam, und steckte die Uhr und die Münze hastig wieder ein. Die Brinkmeyer lehnte sich lässig an den Türrahmen.

»Pech, Frau Cordes. Ihr Bekannter, Herr van Deest, hat das Haus schon wieder verlassen. Man hat ihm noch mitgeteilt, dass Sie im Anmarsch sind, aber daraufhin hatte er es sehr eilig wegzukommen.«

Gesine stand auf. »Das glaube ich nicht.«

»Wieso? Seine Befragung als Zeuge war beendet, aus Sicht der Polizei durfte er durchaus gehen. Allerdings war er wohl etwas aufgebracht, laut meiner Recherche. Er hat sogar die Treppe genommen, ich kombiniere: Er wollte Ihnen nicht begegnen.«

»Wo ist der Beamte, mit dem Hannes hier zusammengesessen hat?«

»Auch weg. Wieder auf dem Weg zum Friedhof, wie übrigens der Großteil der Abteilung.«

Ob das stimmte? Ob es wirklich wahr sein konnte, dass Hannes weggelaufen war? Nein, die Hospitantin plusterte sich auf, so wie das Präsidium insgesamt zu einem unmöglichen, feindlichen Ort geworden war. Schade, dass Gesine nicht Marina Olbert um Hilfe bitten konnte. Und schade auch, dass die Olbert womöglich nie erfahren würde, welche Sitten inzwischen in ihrer Abteilung herrschten.

Gesine war schon fast um die Ecke verschwunden, da merkte sie, dass die Brinkmeyer ihr nachlief. »Frau Cordes, es tut mir leid, aber Sie hatten ausgerechnet bei der Kollegin geklopft, von der man sowieso nie Hilfe erwarten kann.«

»Ach. Haben Sie Ihre Informationen denn nicht dort bekommen?«

»Doch. Aber ich war mir auch nicht zu fein, die schmutzigen Tassen abzuräumen, und das öffnet manchmal die Herzen.«

»Sehr bedauerlich.« Gesine konnte sich nicht zügeln. »Früher hatten wir andere Methoden, um Ziele zu erreichen, als dreckiges Geschirr!«

»Wann früher?«

»Als ich hier gearbeitet habe, Frau Brinkmeyer. Als wir ein Team waren und stolz darauf, unser Hirn zu benutzen.«

5

Gesine parkte an derselben Stelle vor dem Friedhof wie am Morgen. Ein Blick durch die breite Eibe: Der schwarze SUV von Hannes stand noch immer verborgen in der Grünen Nische, und es sah nicht so aus, als sei er in der Zwischenzeit bewegt worden. Und jetzt?

Sie fror. Der Wind wehte zwar schwächer als in der Frühe, und auf den Rhododendren schillerten schon halbgeschmolzene Kristalle, aber der Parkplatz lag nahezu vollständig im Schatten.

Um sich zu wärmen, schlug sie die Handschuhe gegeneinander, hart und schnell. Der Polizist, der fünfzig Meter weiter das Friedhofstor bewachte, sah herüber. Sie tat, als nähme sie ihn nicht wahr.

Ihre Laune war im Keller. Sie weigerte sich zu akzeptieren, dass Hannes ihr auswich. Es war doch absurd. Aber er ging beharrlich nicht ans Telefon. Öffnete auch nicht die Tür, weder zu Hause noch im Bestattungsinstitut. Sie musste ihm tatsächlich hier auf dem Parkplatz auflauern und in der Kälte warten, ob er irgendwann kam, um sein Auto zu holen.

Und wenn er nicht kam?

Sie stapfte umher. Der Parka war für Minusgrade gedacht, allerdings für Minusgrade, bei denen man als Gärtnerin die Schaufel packte und zustach.

Der Polizist schien sie inzwischen erkannt zu haben, jedenfalls hob er den Arm und grüßte. Sie grüßte zurück, stellte sich dann aber hinter den Pick-up, außer Sichtweite.

Jetzt fehlte nur noch, dass die Zwillinge vorbeikamen, Frida und Marta, und fragten, was sie hier Merkwürdiges tat. Die Schule müsste längst aus sein, und erfahrungsgemäß hielten die beiden Nichten sich nicht lange mit Hausaufgaben auf.

Sie wählte die Nummer der Kinder und war erfreut, das Freizeichen zu hören. Frida nahm den Anruf an und erzählte wie befürchtet, sie seien gerade dabei, sich auf den Weg zum Friedhof zu machen.

»Es geht heute nicht«, sagte Gesine. »Wir hatten eine schwierige Beerdigung, und ich muss mich noch um die Polizei kümmern.«

Das waren die falschen Worte. »Moment, ich stelle auf Lautsprecher«, antwortete Frida, hell alarmiert.

Es knackte und schrappte, und dann drängte sich Marta in das Gespräch. Gesines Herz wurde weit, sie sah es vor sich, wie die beiden ihre wildgelockten Köpfe zusammensteckten, um gemeinsam zuzuhören. Doppeltes Atmen am Handy, doppelte Neugier. Doppelte Liebe.

»Ihr braucht euch keine Sorgen zu machen«, Gesine schloss die Augen und hoffte, dass der Inhalt der Worte mit dem Tonfall übereinstimmte.

»Ist mit Mamas Grab alles in Ordnung, Tante Gesine?«

»Selbstverständlich.«

»Und warum ist die Polizei auf dem Friedhof?«

»Weil plötzlich ein Bestatter gestorben ist.«

»Doch nicht Hannes?« Es war Marta, die ins Telefon rief.

»Nein! Hannes geht es gut, und er hat mit der Sache gar nichts zu tun.«

»Wir rufen ihn an.«

»Er ist beschäftigt.«

»Macht nichts, und du hast doch sowieso keine Zeit für uns.« Die Kinder legten einfach auf, und Gesine griff sich an den Kopf.

Es war noch kein Jahr vergangen, seit ihre Schwester, die Mutter von Frida und Marta, gestorben war, und die Kinder hatten sich viel zu rasant entwickelt. Noch im Grundschulalter, verbrachten sie schon die meisten Nachmittage in Eigenregie. Ihr Vater steckte im Schichtdienst und wusste keine Lösung. Gesine als Tante half gerne mit, aber sie musste ja ebenfalls arbeiten, und manchmal bezweifelte sie auch, ob es richtig war, die Kinder so oft bei sich auf dem Friedhof spielen zu lassen.

Obwohl die beiden natürlich an der Friedhofs- und Pflanzenwelt großen Gefallen gefunden hatten. Sie hatten das Grab ihrer Mutter sehr sorgsam gestaltet und auch gelernt, harmlose Blüten und Samen von giftigen zu unterscheiden. Eines Tages würden sie sogar Gesines Notizbuch lesen, wenn sie es erlaubte, und einen enormen Nutzen daraus ziehen.

Sie holte das Büchlein aus der Innentasche und

schrieb einen kurzen Vermerk hinein. *Ficus benjamina*, die Pflanze aus dem Foyer des Polizeipräsidiums. Dann legte sie den Kopf in den Nacken und zog die kalte Luft in die Lungen.

Warten. Die Sonne streifte die Wipfel der Bäume, und das Licht fiel in kalten, irisierenden Schleiern. Die Zeit verstrich. Nach außen hin ergebnislos.

Nur im Handschuhfach des Pick-ups lag inzwischen etwas, das man als kleinen Fortschritt bezeichnen könnte. Zwei Plastikbeutel, in denen die Armbanduhr und die Münze steckten. Gesine hatte beides eingetütet, um etwaige Spuren zu sichern. Sie hatte die Gegenstände damit in den Status von Indizien gehoben. War das übertrieben?

Leider musste sie sich vorstellen, dass Hannes die Beutel sähe und missverstünde, nämlich als gegen ihn persönlich gerichtet. Das war heikel, solange Gesine nicht ergründet hatte, was mit ihm los war und welche Rolle die Uhr für ihn spielte.

Sie öffnete die Beifahrertür und klappte das Handschuhfach herunter, um die Beutel vorsichtshalber weiter nach hinten zu stopfen. Dabei rutschte die schwere Amboss-Schere heraus und polterte in den Fußraum, wo sie scheppernd auf die leere Wasserflasche traf. Oben in der alten Waldkiefer wurde es unruhig. Etwas plumpste auf das Autodach. Ein länglicher, dunkler Ballen, weich und verfilzt. Gesine hob ihn auf. Es konnte das Gewölle einer Eule sein.

Und wirklich, da saßen die Tiere. Hoch oben in der Baumkrone, ovale aufrechte Körper im Gegenlicht. Die Silhouetten von sieben, acht Eulen waren zu erkennen, und ein weiteres Dutzend würde gut getarnt am Hauptstamm sitzen. Waldkauze, ein paar Waldohreulen dazwischen. Für die kalte Jahreszeit hatten sie sich zu einer Schlafgemeinschaft zusammengefunden. Eine Ehre für den Ostfriedhof und seine mächtigen Bäume. Denn wo Eulen schliefen, musste die Welt noch halbwegs in Ordnung sein.

Ein Taxi bog auf den Parkplatz, Hannes, endlich. Er zog sogar ein erstaunlich entspanntes Gesicht.

»Hallo, Gesine, hast du schon Feierabend?«

»Wo hast du gesteckt, Hannes?«

Wie immer lehnte er seine Wange an ihre, Sandelholz und kratzige Stoppeln, aber anders als sonst war seine Jacke zerknautscht, und an seinen Schuhen haftete Schmutz.

»Ich war bis gerade eben im Institut«, sagte er. »Ein paar Dinge am Schreibtisch regeln. Die Polizei hat mir den Arbeitstag gründlich durcheinandergebracht.«

»Aber ich bin extra im Präsidium gewesen, um dir zu helfen. Und dann warst du plötzlich weg. Und als ich zu deinem Institut gefahren bin, hast du nicht geöffnet.«

»Echt? Das tut mir leid. Ich war zwischendurch mal draußen und brauchte frische Luft.«

»Haben dich wenigstens die Zwillinge erreicht?«

»Nein. Wieso?«

Sie überlegte gut, wie sie weitersprechen sollte, aber es half ja nichts, die Wahrheit musste auf den Tisch.

»Im Präsidium hieß es, du seist vor mir weggelaufen.«

»Nein! Das stimmt nicht.«

»Sondern? Was stimmt?«

Sein Blick fiel auf den Streifenbeamten am Friedhofseingang. »Komm, wir setzen uns in meinen Wagen, da können wir ungestört reden.«

Sie folgte ihm zur Nische hinter der Eibe und bemühte sich, gelassen zu bleiben. Aber natürlich nahm sie wahr, wie hoch er die Schultern zog. Was hatte er denn gedacht? Dass sie keine Fragen stellen würde?

Als sie in den SUV gestiegen waren, schaltete er die Sitzheizung ein. »Du musst mich für völlig durchgedreht halten, Gesine. Aber die Wahrheit ist, ich bin heute in eine ganz blöde Geschichte hineingestolpert.«

»Dann erzähl doch mal.«

Mehrfach atmete er durch. »Ich bin aus dem Präsidium verschwunden, damit wir beide nicht aufeinandertreffen, jedenfalls nicht vor den Ohren der Polizei.«

»Also bist du mir doch ausgewichen?«

»Nein. Es war nicht, weil ich dich nicht sehen wollte. Es ging nur darum, dass wir uns wegen der Armbanduhr noch nicht abgesprochen hatten. Ich konnte mir ja denken, dass du tausend Fragen dazu hattest, aber die Polizei sollte nicht mitkriegen, dass du die Uhr gar nicht kennst.«

»Na ja. Ich hätte mich schon passend verhalten, Hannes.«

»Wahrscheinlich. Aber ich selbst bin so ungeschickt. Mir fehlt einfach die Übung in solchen Dingen.«

Der Autositz erwärmte sich langsam. Und Gesine verstand immer noch nichts.

»Erzähl bitte von Anfang an«, bat sie, und er hauchte in seine Hände. Seine Ohren waren rot, die Bartschatten auf den Wangen schienen sich stachelig aufzustellen.

»Ich wusste, dass Schellhorn heute früh eine Beisetzung ausrichten würde«, begann er. »Madeleine Jablin ist tot. Aber eigentlich war Frau Jablin meine Kundin. Sie wollte, dass ich sie bestatte, und niemand sonst. Nur ist sie leider im Krankenhaus gestorben, und kaum dass sie tot war, ist Schellhorn dort aufgetaucht und hat sich die Verträge gesichert.«

»Warum war das möglich? Hattest du nichts Schriftliches von ihr?«

»Nur einen Vorvertrag. Aber ich wollte mich von Schellhorn natürlich nicht kommentarlos ausbooten lassen. Ich dachte, ich fange den Kerl heute vor dem Friedhof ab und rede mit ihm.«

»Aber ich war heute Morgen auch auf dem Friedhof«, erwiderte Gesine. »Warum haben wir uns nicht getroffen?«

»Ich wollte das alleine durchziehen. Meine Probleme mit der Konkurrenz ... also«, er schickte ihr einen Seitenblick, »ich hatte zuletzt den Eindruck, dass Schellhorn kein Thema ist, bei dem wir beide uns gut verstehen, Gesine.«

Er knetete das Lenkrad, und sie fand einen Fleck am Beifahrerfenster. Das blöde Silvester.

»Jedenfalls habe ich heute ziemlich früh hier geparkt«, fuhr er fort. »Und dann bin ich im Auto sitzen geblieben, um zu warten. Wenn Schellhorn vorgefahren wäre, hätte ich ihn überraschen können.«

»Überraschen? Was meinst du damit?«

»Ich wollte ihm den Vorvertrag zeigen, den Frau Jablin mit mir geschlossen hat. Jeder Konkurrent, der einen Funken Anstand im Leib gehabt hätte, wäre zu einem Kompromiss in der Lage gewesen.«

»Aha. Auch noch am Tag der Beerdigung? Wäre das nicht zu spät gewesen?«

Verhalten sah Gesine sich um. Wenn es Hannes um den Vorvertrag gegangen war, hatte er am Morgen ja wohl die braune Mappe mit den Papieren dabeigehabt. Aber jetzt war das Seitenfach der Beifahrertür leer. Hatte er die Mappe also mit ins Präsidium genommen? Und dann? Im Institut gelassen?

Er beugte sich zu ihr herüber, sein Atem roch nach Lakritz. »Plötzlich kam die Polizei«, sagte er eindringlich. »Von rechts und von links stiegen sie aus dem Gebüsch, sie mussten sich angeschlichen haben. Ich sollte den Wagen verlassen und wurde gefragt, ob ich derjenige bin, der den Sarg zur Kapelle gebracht hat.«

»Wirklich?«

»Ja! Und was habe ich Blödmann geantwortet? Dass ich den Sarg liebend gern hergebracht hätte!«

»Bitte nicht, Hannes.«

»Doch. Und wahrscheinlich hat es sich sogar stolz angehört, als ich das ausgesprochen habe, oder irgendwie triumphierend. Ich musste doch annehmen, dass es um Madeleine Jablin ging! Und Frau Jablin hätte ich ja tatsächlich gerne hierhergebracht.«

»Du konntest das Missverständnis aber wohl aufklären!«

»Nein. Ich musste mich mit dem Bauch an den Wagen stellen, und dann hielt ein Polizist bei mir Wache, der andere ging zur Seite, um zu telefonieren. Und dann erst habe ich aufgeschnappt, was los war. Ich hörte den Namen Schellhorn. Es war schrecklich. Ich kriegte ein ganz blödes Gefühl.«

»Du hättest klipp und klar nachfragen müssen, warum sie dich festhielten.«

»Ich war total verwirrt. Der Polizist kam vom Telefonieren zurück und wollte wissen, warum ich mich mit dem Auto hinter der Eibe versteckt hätte. Ich war so perplex, dass ich vorsichtshalber was anderes gesagt habe.«

»Hannes.«

»Es war dumm, aber ich wollte auf Nummer sicher gehen. Also habe ich behauptet, dass ich auf dich gewartet habe. Ich fand das am einfachsten.«

»Und dann hast du ihnen die Armbanduhr präsentiert, die du mir angeblich bringen wolltest?«

»Mir fiel nichts anderes ein, die Uhr lag in der Mittelkonsole und ich wollte etwas haben, womit ich glaubwürdig wirke. Aber so ist es eben: Mir fehlt wirklich die Übung im Lügen.«

»Das kann man wohl sagen.«

»Sie haben mich aufs Präsidium mitgenommen und die Aussage unterschreiben lassen. Ende der Geschichte.«

»Okay.« Gesine fasste sich. »Du hast ordentlich für Verwirrung gesorgt, aber es ist nichts, das wir nicht aufklären könnten.«

»Ich fühle mich ziemlich mies.«

»Wir gehen zu Marina Olbert und sagen ihr die Wahrheit.«

»Ach! Marina Olbert ermittelt wieder?«

»Je früher wir sie sprechen, desto besser.«

Er lehnte sich zurück. »Für die Polizei ist es völlig unerheblich, auf wen ich gewartet habe: auf dich oder auf Schellhorn. Mit dem, was passiert ist, hat es nichts zu tun.«

»Hannes, wir können doch der Mordkommission keine Nebelkerzen vor die Füße werfen.«

Er schwieg. Sie drehte die Sitzheizung aus, denn die Wärme nahm überhand. Außen auf der Windschutzscheibe schillerten Tropfen, und wo sich zwei trafen, zerrannen sie in schmalen Schlieren.

Schließlich hieb Hannes gegen das Lenkrad: »Oder ist es dir peinlich, wenn die Polizei denkt, wir hätten die Nacht zusammen verbracht?«

»Spinnst du?«

»Ich finde, du könntest mir mein Alibi ruhig lassen, Gesine. Anstatt mich wegen einer winzigen Notlüge vor der Olbert lächerlich zu machen.«

»Warum soll sie dich lächerlich finden? Es geht um ein Tötungsdelikt und um den Respekt vor der Wahrheit!«

»Aber nur aus Prinzip, oder?«, gab er zurück. »Und weil du dich der Polizei eher verbunden fühlst als mir, deinem Freund!«

Er stieg aus, knallte die Tür zu und lief ein paar Schritte vom Auto weg. Dann blieb er stehen, die Hände in den Taschen, die Schultern wieder hochgezogen.

Und Gesine saß einfach nur da. Freundschaft. Solidarität. Eigentlich musste sie sich noch wegen Silvester entschuldigen.

Sie stieg aus. »Hannes!«

Aber er stapfte wütend heran, schrammte grob an ihr

vorbei und öffnete den Kofferraum. »Wag es nie wieder, in meinen Türfächern herumzutasten und zu denken, ich merke es nicht, Gesine!« Er zog die dicke braune Mappe hervor. »Hast du die hier gesucht, als ich von dem Vorvertrag mit Madeleine Jablin gesprochen habe?«

Ja. Und der Reißverschluss der Mappe stand offen, und einige bedruckte DIN-A4-Seiten hingen heraus.

»Es tut mir leid«, sagte Gesine.

Da legte er den Kopf in den Nacken und stieß einen wüsten Schrei aus: »Mann!«

»Hallo?« Der Polizist am Friedhofstor wollte sich einschalten.

»Alles bestens!«

Hannes warf die Mappe in den Kofferraum, riss die Klappe nach unten, stieg ein und knallte die Tür zu. Das Echo hielt sich für Sekunden. Aus der alten Waldkiefer erhob sich eine der Eulen und flog davon, mit breiten, trägen Schwingen.

6

Marina Olbert hatte schon viele Leichen gesehen, auch in Unterwäsche, und konnte sich rühmen, stets professionell geblieben zu sein. Selbst wenn sie einer Obduktion beiwohnte, wurde sie nur intellektuell davon berührt. Der fiese Geruch, das Geschleime und Geschlinge gehörten einfach zum Job. Es drehte ihr nicht mehr den Magen um, und wenn die Säge im Einsatz war, wenn ein Schädel gespalten oder das Brustbein durchtrennt wurde, schaute sie ruhig und interessiert hin und dachte an ihren Erfolg.

Überhaupt war ihre Arbeit als Mordermittlerin nüchterner als allgemein angenommen. Ihre Aufgabe bestand darin, klar den Moment zu rekonstruieren, an dem der Tod das Leben abgelöst hatte. Wann war die Leiche in den Zustand geraten, in dem sie auf dem Obduktionstisch lag? Zerschossen, zerstochen, manchmal ausgeweidet. Manchmal auch vergiftet oder erstickt. Wie war es geschehen und warum? Es war ein Auftrag, mit dem Marina Olbert sich meistens wohlfühlte, weil er ihren größten Talenten entsprach. Aber sie dachte auch, dass sie noch viel besser sein könnte, wenn sie bei der Arbeit nicht ständig gestört würde.

Der Pathologe zum Beispiel konnte sich heute nicht darauf beschränken, den Körper von Carsten Schellhorn zu studieren. Nein, er musste sich immer wieder an Marina wenden.

»Wohlgenährt, der Herr Bestatter. Wussten Sie, dass man mit dem Job reich werden kann, Frau Kollegin?«

»Wann drehen Sie ihn um?«, fragte sie zurück und sah auf die Uhr. »Die Wunde befindet sich am Rücken, und ich wüsste vor der Teambesprechung gerne Bescheid.«

»Sie fliehen meine Gesellschaft?«

»Fliehen gehört nicht zu meinem Vokabular.«

Es war falsch, auf sein Gerede einzugehen, das wusste sie natürlich, und ja, wie erwartet musste sie jetzt wieder sein anzügliches Grinsen hinnehmen. Ein Automatismus: Wann immer sie die Wesenszüge zeigte, die nach dem allgemeinen Verständnis besonders wichtig waren, nämlich Robustheit und Zielstrebigkeit, geriet der Pathologe in Verzückung. Aber nur, um sich sofort als ein Mann aufzuspielen, der trotz allem die Oberhand behielt.

»Es ist nämlich so«, er stanzte eine Probe aus dem Bauchfett, »die Bestatter finanzieren sich heutzutage über die Vorsorge. Die Menschen kaufen sich schon zu Lebzeiten ihre eigene Beerdigung, um den Hinterbliebenen damit Zeit und Mühe zu ersparen. Für den Bestatter ist das ein tolles Geschäft, wegen einer bestimmten menschlichen Schwäche. Wissen Sie, welche ich meine?«

»Sie werden es mir gleich sagen.«

»Nein, denken Sie selbst nach, Frau Olbert. Psychologie! Das interessiert Sie doch.«

»Ich habe keine Zeit, um Himmels willen.«

»Wenn Sie nicht mitmachen, dauert es bloß länger. Aber ich gebe Ihnen einen Tipp. Wer gibt mehr Geld aus: der Hinterbliebene für seine Vorfahren oder der Lebende, der seinen eigenen Abgang inszeniert?«

»Der Lebende. Und nun ist gut.«

»Der Lebende, weil er sich selbst ein rauschendes Fest spendieren will. Richtig. Sehr gut. Und jetzt drehen wir den Herrn auf unserem Tisch um. Zurücktreten, bitte.«

Zwei Helfer, die sich bisher im Hintergrund gehalten hatten, packten zu. Kein schöner Anblick, wie die Leiche reagierte. Schellhorns Beine klappten schlaff auseinander, und sein Kopf kippte verdreht nach hinten, so dass man ihn neu ausrichten musste.

Die Wunden auf dem Rücken waren aber sehr interessant. Aus einer Stelle hatte es geblutet, zwei andere waren sauberer. Man hatte sogar schmale Streifen Pflaster darüber geklebt, quer, als habe man die Wundränder aneinanderklammern wollen.

Der Pathologe legte Sprachnotizen an. Aussehen und Größe der Wunden, allgemeines Hautbild, Muttermale, keine weiteren Narben. Dann nahm er seine Instrumente, spreizte das Fleisch an der blutigen Stelle, nahm erneut Maß und betrachtete die Ränder.

»Laienhaft formuliert, eine große und tiefe Stichwunde. Das haben Sie erkannt, Frau Olbert, oder?«

»Welche Waffe?«

»Ein Messer. Sehen Sie hier, auf dieser Seite ist der

Schnitt schärfer als auf der anderen. Eine einseitig geschliffene Klinge also, vielleicht sogar ein handelsübliches Küchenmesser.«

»Legen Sie sich fest?«

»Auf keinen Fall. Ich plaudere nur ein wenig mit Ihnen. Ganz unverbindlich.«

»Was ist mit den beiden anderen Wunden?«

»Abgetupft und mit Pflastern versorgt. Geklammert, und zwar ebenfalls nach Hausfrauenart.« Er machte Fotos und sprach wieder in sein Gerät, dann entfernte er die Pflaster mit einer Pinzette.

»Es hat aber funktioniert«, sagte Marina. »Durch das Klammern ist kaum Blut ausgetreten.«

»Ja, aber diese beiden Stichwunden sind auch weniger breit und tief. Vielleicht ist das Messer hier nur mit der Spitze eingedrungen, oder es wurde eine zweite, kleinere Waffe verwendet.«

»Und in welcher Reihenfolge wurde zugestochen?«, fragte Marina.

Der Pathologe schüttelte nur den Kopf. »Einen Augenblick Ruhe, bitte.«

Er legte seine behandschuhten Finger auf Schellhorns Rücken, als müsse er Kontakt zu der Leiche aufnehmen, dann griff er zu weiteren Instrumenten, um die erste Bestandsaufnahme abzuschließen. Er überprüfte den Nacken, die Ellbogen, den After und schwieg.

Marina ging um den Tisch herum. Für sie waren die nackten Füße besonders intim. Fußsohlen waren immer verletzlich, im Leben und nach dem Tod, denn sie sagten viel über das Verhalten einer Person aus. Waren sie gepflegt oder schrundig? Waren sie häufig benutzt oder plattgelaufen worden, hatten sie Druckstellen von schlecht sitzenden Schuhen? Nein, nicht bei Carsten Schellhorn. Seine Fußsohlen waren zart, fast ohne Hornhaut. Als hätte er seinen Füßen große Beachtung geschenkt, ja, als hätte er es genossen, sie zu pflegen. Übergewicht hin oder her.

Und für wen hatte er seine Zehen rasiert? Für sich? Für seine Frau?

»Unauffällig, unauffällig«, murmelte der Pathologe und schaute durch ein Spekulum. »Nicht penetriert, kein sichtbares Sperma, denke ich. Also kehren wir zu den Stichwunden zurück, da Sie es eilig haben, Frau Kollegin.«

»Warum wurden zwei der Wunden geklammert, die dritte aber nicht?«, fragte Marina.

»Die dritte war nicht zu klammern. Der Blutschwall muss erheblich gewesen sein, die wenig professionellen Pflasterstreifen konnten gar keinen Halt finden.«

»Denken Sie, dass die Wunden post mortem versorgt wurden?«

»Das Denken überlasse ich Ihnen. Aber ich höre Ihnen weiterhin gerne zu.«

Er faltete die Hände und ließ seinen Blick über ihre Bluse schweifen, bevor er sich optisch an ihrem Mund festsaugte. Eine nervtötende Provokation. Erstaunlich nur, dass er nicht merkte, wie er sein Renommee beschädigte, wenn er seinen Trieben auf der Arbeit so viel Platz einräumte.

»Auf dem Tisch spielt die Musik«, sagte sie kühl. »Und aus dem Verletzungsprofil lässt sich einiges ablesen. Der

Täter könnte zuerst zweimal leicht zugestochen haben. Mit einer Bewegung, die für ihn ungewohnt war. Er hat gewissermaßen geübt. Dann kam der letzte Stich, dieses Mal mit großer Wucht, und Carsten Schellhorn brach zusammen.«

»Aber warum soll Schellhorn stillgehalten haben?«, hakte der Pathologe nach. »Mehrere Einstiche in den Rücken, und er wehrt sich nicht? Dreht sich nicht einmal um?«

»Gibt es Hinweise, dass er fixiert war?«

»Überhaupt nicht.«

»War er betäubt?«

»Derzeit haben wir noch keine Drogen oder Medikamente nachgewiesen.«

»Gut«, Marina fasste ihr Haar im Nacken zusammen. »Nehmen wir an, die ersten beiden Stiche kamen schnell hintereinander. Schellhorn war überrascht, sprang weg, guckte hinter sich, wer ihn angegriffen hatte. Dann wollte er fliehen und drehte sich darum wieder nach vorn, aber der Angreifer gab ihm jetzt den Todesstoß.«

»So in etwa.«

Der Pathologe setzte seine Arbeit fort, als sei er plötzlich verstimmt. Als habe er mehr von Marina erwartet, und das war ziemlich unverschämt, denn auch sie musste die Lösung des Falls nicht aus dem Ärmel schütteln. Obwohl …

»Mal angenommen, es war alles ganz anders.« Sie verschränkte die Arme. »Schellhorn könnte seinen Angreifer auch unterschätzt haben. Möglicherweise wollte er gar nicht vor ihm weglaufen, weil er es nicht für nötig hielt.«

»Sehr gut!« Der Pathologe richtete sich auf. »Schellhorn könnte den Angreifer nach den ersten beiden kleinen Stichen für verrückt erklärt haben. Möglicherweise hat er verlangt, dass der Täter die Wunden verpflastert und Reue zeigt. So leicht nahm er die Sache! Der Täter gehorchte, zunächst jedenfalls, aber dann stach er doch wieder zu. Unvermittelt. Von hinten durch die Rippen bis ins Herz, wie ich gerade sehe.«

Marina spitzte die Lippen. »Aufgestaute Wut, die sich plötzlich entladen hat.«

»In diesem Fall werden wir ein Paradies an DNA-Spuren vorfinden. Ich freue mich darauf. Ein wütender Täter ist unvorsichtig und denkt nicht an später.«

Und ein überheblicher Pathologe zieht vorschnelle Schlüsse, dachte Marina. Was wäre nämlich, wenn der Täter nicht nur wütend, sondern auch raffiniert gewesen war? Ausgesprochen klug? Ja, richtig: Der Täter war möglicherweise eine Frau!

Eine Frau, die Carsten Schellhorn nicht ernst genommen hatte. Er, der erfolgreiche Geschäftsmann, das Alphatier. Er hatte die Frau ausgelacht, weil sie seiner Meinung nach nichts zustande brachte, zum Beispiel schaffte sie es nicht einmal, fest in sein Fleisch zu stechen, wenn sie schon ein Messer gegen ihn richtete. Sie hatte sich seine Tiraden angehört – dann kräftig ausgeholt und es ihm heimgezahlt.

Als Schellhorn aber tot war, ließ der Druck in der Täterin nach. Sie konnte einen kühlen Kopf zurückgewinnen und versorgte die Leiche, in weiser Voraussicht.

»Am Tatort muss es auf jeden Fall viel Blut gegeben

haben«, sagte der Pathologe. »Ins Sargpolster ist ja kaum etwas geflossen, darum wird man die Leiche zunächst außerhalb des Sarges auf den Bauch gedreht haben, damit die Wunden zur Ruhe kamen. Anschießend hat man den Körper gesäubert und erst dann in den Sarg gelegt.«

»Ein planvolles Vorgehen.« Marina betrachtete den Hinterkopf des Toten. Erster Haarausfall. »Ich vermute, Herrn Schellhorn und die Täterin verband eine lange, vielleicht qualvolle Vorgeschichte.«

»Die Täterin? Eine Frau? Wissen Sie, wie selten wir Messerstecherinnen haben?«

Ach, warum war es bloß so schwierig, von eingefahrenen Mustern abzuweichen? Und wusste der Pathologe eigentlich, warum er bloß im Keller bei den Leichen stand, während Marina im Präsidium in einem hellen Ermittlerbüro sitzen durfte? Weil sie mental offen und flexibel war.

»Als Mordermittlerin schließe ich keine Möglichkeit aus«, sagte sie. »Drehen Sie die Leiche bitte wieder auf den Rücken.«

»Ich bin mit den Wunden noch nicht fertig.«

»Damit können Sie später weitermachen. Aber jetzt«, sie lächelte maliziös, »zeigen Sie mir bitte noch einmal seinen auffallend kleinen Penis.«

Ficus benjamina

Birkenfeige, Maulbeergewächs, Strauch oder Baum.

Beliebte Zimmerpflanze. Immergrün.

Ganzrandige Blätter, 5–11 cm, gestielt, wechselständig, grün, gelbgrün oder weiß marmoriert. Oval bis lanzettlich, mit Träufelspitze.

Milchsaft.

Rutenartige, überhängende Zweige mit faseriger Rinde.

Blüht als Zimmerpflanze selten: Getrenntgeschlechtliche, kugelige Blüten in den Blattachseln. Grün, 1,5 cm Durchmesser.

Früchte orangerot, 2,5 cm Durchmesser.

Gift enthalten in allen Pflanzenteilen.

Furocumarine und Flavonoide, außerdem reizender Kautschuk.

Erbrechen, Bauchschmerzen, Durchfall. Verbrennungsähnliche Symptome auf der Haut. Meist keine Lebensgefahr für Menschen.

Für Latex-Allergiker aber anaphylaktischer Schock möglich, Notfallbehandlung.

7

Gesine war zu Hause. Der Wohnwagen stand einladend auf der glitzerkalten Wiese, aber sie war so niedergedrückt, dass sie den Anblick beinahe als Vorwurf empfand. Es war, als stehe es ihr nicht zu, in einem solch schönen Gefährt zu wohnen, weil sie am heutigen Tag so unglücklich agiert hatte. Sie hatte die Polizei gegen sich aufgebracht, insbesondere Marina Olbert, der sie nicht glaubwürdig erschienen war. Und sie hatte Hannes mit ihrem Misstrauen in die Verzweiflung getrieben.

Achtlos streifte sie die Arbeitsstiefel auf der Trittstufe ab, warf die dicke Jacke in die Schlafkoje und zog die Gardinen halb vor die Wohnwagenfenster, um die Sonne auszusperren. Dann räumte sie im Halbdunkel auf.

Das Frühstücksgeschirr stand noch im Spülbecken, die Gartenzeitschrift lag aufgeschlagen auf dem Tisch, und normalerweise fand sie es gemütlich, im Wohnwagen Spuren vom Morgen zu sehen, wenn sie nach Hause kam. Es wirkte bewohnt und vertraut. Sie hatte Kaffee gekocht, im Schlafanzug in der gemütlichen Polsterecke gefrühstückt und dann einen wunderbaren Tag als Friedhofsgärtnerin verbracht. Interessante Leute getroffen, Pflanzenprobleme gelöst, und konnte die Füße jetzt wieder hochlegen. Normalerweise.

Heute aber würde sie gern alles ganz anders machen, was seit dem Klingeln des Weckers geschehen war. Sie würde es sich verkneifen, schon beim Zähneputzen an die Beerdigung Jablin zu denken. Sie würde nicht über Schellhorn nachgrübeln und später auch nicht vor der Kapelle lauern. Mittags würde sie die Armbanduhr nicht anzweifeln und auf dem Präsidium kein Scharmützel mit Frau Brinkmeyer austragen. Selbstverständlich würde sie auf dem Friedhofsparkplatz auch keinen Streit mit Hannes beginnen. Keinen weiteren Streit.

Sie kauerte sich in die Polsterecke und zog die Beine an. Das Schlimmste, das Allerschlimmste war gar nicht, dass sie Hannes geärgert hatte. Sondern dass sie genau wusste, was ihrem Benehmen zugrunde lag: eine Anmaßung, ein geistiger Kurzschluss. Denn sie hatte sich wie eine Ermittlerin aufgeführt. Hannes hatte ihr vertrauensvoll seine Geschichte erzählt, sie aber hatte die Details abgeklopft und jedes seiner Worte überprüft, als habe sie einen polizeilichen Auftrag dazu.

Und war es etwa nicht plausibel, wie Hannes sich ihr gegenüber erklärt hatte? Doch, absolut stichhaltig: Er war zur falschen Zeit am falschen Ort gewesen, nämlich am Morgen auf dem versteckten Parkplatz hinter der Eibe; dann hatte er vor der Polizei die ungeschickte Bemerkung über den Sarg gemacht, und zu guter Letzt hatte er sich mit der spontanen Geschichte über die Armbanduhr den Rückweg zur Wahrheit abgeschnitten. Seine Lügen würden ein paar Folgen haben, aber na und? Musste man das als Freundin nicht mit ihm durchstehen?

Vorhin auf dem Friedhof, als Gesine noch einmal an sein Auto geklopft hatte, um sich zu verabschieden, hatte sie gewagt, sich noch schnell nach dem wahren Eigentümer der Uhr zu erkundigen.

»Sie gehörte Madeleine Jablin«, hatte Hannes zu ihrem Entsetzen geantwortet. »Sie hat sie bei mir liegen lassen, kurz vor ihrem Tod, als sie in meinem Institut war, um über die Beerdigungsvorsorge zu sprechen. Seitdem fahre ich die Uhr im Auto spazieren.«

»Madeleine Jablin? Hannes!«

»Ich weiß, dass es ungünstig klingt.« Seine Miene war verschlossen geblieben. »Aber als die Polizei mich bedrängt hat und wissen wollte, was ich hinter der Eibe mache, habe ich nach dem erstbesten Gegenstand gegriffen, der mir zur Verfügung stand.«

Sie hatte nicht weiter insistiert, doch jetzt hier, in der Stille des Wohnwagens, schien ihr das Detail beinahe gefährlich zu sein. Könnte Marina Olbert Hannes einen Strick daraus drehen, wenn sie erfuhr, dass die Armbanduhr von Madeleine Jablin stammte? Und wie würde sie reagieren, wenn sie hörte, dass Gesine längst über diesen Umstand informiert war?

Oh ja, Gesine würde sich anstrengen müssen, das Vertrauen der Mordkommission zurückzugewinnen. So wie sie sich auch bei Hannes ins Zeug legen musste. Nur anders als im Privaten würde es ihr bei der Polizei viel leichter gelingen. Zum Beispiel mit den Beweismittelbeuteln in ihrem Handschuhfach. Oder auch mit den Beobachtungen, die nur sie allein heute Morgen auf dem Friedhof angestellt und miteinander verknüpft hatte: Jeder, der auf der Trauerfeier gewesen war, hatte etwas zu verbergen, und sei es nur eine Kleinigkeit. Herr Jablin bezahlte mit wertlosen italienischen Münzen. Möglicherweise war er ein gewohnheitsmäßiger Betrüger. Pfarrer Franz Faust schwang große Reden, ohne zu wissen, um wen es eigentlich bei seinen Beisetzungen ging. War es nicht beeindruckend gewesen, wie Faust versucht hatte, seine Unwissenheit über die Familie Jablin zu vertuschen? So wie die Sargträger es wohl vertuschen mussten, dass sie Schwarzarbeiter waren. Geheimnisse und Halbwahrheiten, überall.

Und was Herrn Jablin im Vorfeld wohl dazu veranlasst hatte, sich über den erklärten Willen seiner Schwester hinwegzusetzen und die Bestattung nicht von Hannes, sondern von Schellhorn durchführen zu lassen? Und wie der Pfarrer wohl dazu kam, sich von einem geschäftstüchtigen Bestatter instrumentalisieren zu lassen?

»Ich denke, der Herrgott mag Sie.« Ein Satz wie eine Allzweckwaffe.

Gesine schob die Wohnwagengardine mit zwei Fingerspitzen zur Seite. Der Wintertag entrollte sich in exorbitanter Schönheit, auch jetzt am späten Nachmittag noch. Die Sonne, kurz vor dem Untergang, schien schräg in den Wald, so dass das Unterholz errötete, und aus Moosen, Erde und Laub, aus Braun- und Gelbtönen erhob sich eine Wolke aus Licht.

Auf der Viehweide, die an den Wohnwagen grenzte, war Bauer Josef noch bei der Arbeit. Um den Hals hatte er offenbar den gigantischen Schal gewickelt, den Frida und Marta ihm gestrickt hatten. Die Enden schleiften im Gras, die Zwillinge hatten sich mit der Größe verschätzt.

Gesine lehnte die Stirn an die Scheibe. Leben. Natur und Hof. Frida, Marta und Bauer Josef. Eine Familie, jedenfalls, wenn Familie nicht nur bedeutete, miteinander verwandt zu sein, sondern auch, sich zu mögen und füreinander einzustehen. Gehörte Hannes nicht auch ein klein wenig dazu? Warum haderte sie dann schon wieder, anstatt sich dem Fluss der Ereignisse hinzugeben?

Alles wuchs wild und zog seine Kraft aus der Erde. Die Heckensträucher, das Weidegras, die Wiesenpflanzen. Und nur, wenn alles im Einklang miteinander gedieh, war es vollkommen.

Bauer Josef hatte es doch auch geschafft. Er hatte das Kalkulieren einfach bleiben lassen, und es funktionierte. Auch wenn die meisten Äcker nicht mehr bewirtschaftet wurden, sondern brachlagen, und wenn einige Hofgebäude verfielen, so wie der alte Maststall und die große Scheune. Seine Kühe starben nur noch an Altersschwäche, und er fand es schön.

»Wildkräuter. Ackerlöwenmäulchen, Frauenspiegel, was für ein Reichtum, Gesine«, pflegte Josef zu sagen, wenn er mit ihr vor dem Wohnwagen saß und die Gegend betrachtete. »Früher habe ich das alles bis in die Wurzelspitzen bekämpft, und ich danke dem Himmel, dass die Blumen trotzdem zu mir zurückgekommen sind.«

Ja, es war ein Privileg, inmitten einer Oase zu leben, in einem Naturparadies, und an Tagen wie heute sollte man sich unbedingt daran erinnern.

Sie holte ihre Jacke aus der Koje und zog die Arbeitsstiefel wieder an. »Josef! Kann ich dir helfen?«, rief sie quer übers Gras.

Erstaunt schaute er hoch. »Du bist schon von der Arbeit zurück?«

Es klang nicht sehr begeistert, und als sie näher kam, beugte er sich über den nächsten Zaunpfahl, als habe er keine Zeit.

»Stimmt etwas nicht?«, fragte sie.

»Doch. Alles.« Er wollte sich abwenden, da blieb der Schal im Stacheldraht hängen, und als sie ihm helfen wollte, die Maschen freizubekommen, rupfte er mürrisch daran herum.

»Also, na gut, Gesine. Ich habe dir etwas mitzuteilen, das dir nicht gefallen wird.«

»Das macht nichts. Der Tag ist günstig dafür.«

»Ich brauche Geld. Ich werde die Weide verkaufen, neben der dein Wohnwagen steht.«

»Du ... was?«

»Du kannst deinen Wagen ein bisschen näher zum Haus rücken, wenn du willst.«

»Josef!«

Er pfiff nach dem Hund, der am Misthaufen schnüffelte, aber er tat es offensichtlich nur, um ihr nicht weiter ins Gesicht sehen zu müssen.

»Ich wusste, dass du dich aufregst, Gesine. Aber ich verkaufe die Weide für deine Nichten. Ich will die Scheune ausbauen, und das wird teuer.«

»Was haben Frida und Marta mit deiner Scheune zu tun?«

»Ich baue sie zu einer Spielscheune um. Neues Dach, neues Gebälk. Frida und Marta brauchen Platz zum Toben, wenn sie bei mir sind. Außerdem willst du doch auch nicht, dass sie wie Stadtkinder aufwachsen.«

»Aber Frida und Marta sind doch Stadtkinder! Allerdings wohnen sie mit ihrem Vater in einem Haus mit großem Garten, und entschuldige, sie sind wirklich selten bei dir.«

»Das soll sich ja ändern. Denn das Wichtigste fehlt ihnen: jemand, der immer für sie da ist.«

Gesines Stirn fing an zu kribbeln. »Dazu brauchst du ihnen aber keine Luxusspielstätte zu bauen.«

Der Hund drängte sich an ihre Beine, Josef bückte sich nach ihm. »Von Luxus ist nicht die Rede, sondern von einer Umgebung, in der die Kinder frei sein können. Und auch wenn es dir schwerfällt, es einzugestehen: Frida und Marta haben keine Freunde. Und ich bin der einzige Erwachsene in ihrer Nähe, der Zeit im Überfluss hätte, um sie ein wenig aufzufangen.«

»Und was ist mit mir? Sie besuchen mich fast jeden Tag auf dem Friedhof!«

»Eben. Auf dem Friedhof. Die beiden sind richtige Außenseiter geworden.«

Die Luft wurde Gesine knapp. Ihr Hals kratzte. »Frida und Marta trauern um ihre Mutter, das ist ihr gutes Recht, so wie es auch ihr Recht ist, anders zu sein als andere.«

»Ja. Sicher.«

Er wollte wohl versöhnlich klingen, blinzelte aber unbewegt und stur ins schräge Licht. Er liebte die Zwillinge, und es ehrte ihn auch, dass er für sie solche Pläne schmiedete. Aber er vergaloppierte sich, er vertat sich mit dem, was wirklich nötig war, trotz seiner besten Absicht. Denn wenn Frida und Marta sich überhaupt dazu bewegen ließen, ihre Nachmittage bei ihm und nicht bei Gesine auf dem Friedhof zu verbringen, wäre es ihnen wichtig, dass der Bauernhof in seinem ursprünglichen, vertrauten Zustand bliebe. Sie brauchten tiefe Wurzeln und Beständigkeit. Kein Trampolin und keine schicke Kletterwand. Die alte Schaukel im Apfelbaum würde ihnen immer am liebsten sein, weil sie wussten, dass diese Schaukel Generationen überdauert und Generationen getragen hatte.

Und überhaupt sollte Josef einmal die Folgen für sich selbst bedenken. Er brauchte sich doch nur umzusehen. Auf seinen sämtlichen Äckern, auf der Weide und am alten Hofgebäude hatte er als Kind schon Verstecken gespielt. So wie sein Vater auch. War das nicht unbezahlbar?

»Lass uns nicht schwarzmalen«, sagte er rau. »Kann ja sein, dass der neue Besitzer die Weide als solche erhalten will. Vielleicht will er höchstens ein paar Pferde daraufstellen.«

»Vielleicht aber auch nicht«, erwiderte Gesine. »Dann rücken hier die Bagger an, und es wird ein dickes Wohnhaus hochgezogen, direkt vor unserer Nase. Damit werden nicht nur die Kinder und ich unglücklich, Josef, sondern auch du wirst es werden.«

»Und wenn ich beim Verkauf der Weide Auflagen mache? Ich könnte das mit dem Makler besprechen.«

»Dem Makler? Du hast die Sache schon aus der Hand gegeben?«

»Ach, Gesine.« Er trat einen Schritt näher. »Ich bin ein

alter Mann, und ich muss daran denken, meine Dinge zu ordnen.«

Er schluckte, und ihre Empörung wallte von neuem auf. »Darf ich fragen, wie weit deine Vorsorge geht, Josef?«

»Ich muss darauf keine Antwort geben.«

Betrübt schüttelte er den Kopf. Natürlich. Sie musste ihm vorkommen wie eine Furie. Und dazu noch herzlos, was die Kinder anging.

»Kaffee?«, fragte Josef. »Zur Beruhigung?«

»Gerne.«

Er ging voran, im schwindenden Licht Richtung Hof, die Fransen des Schals zu beiden Seiten der Brust sorgfältig hochgerafft, und allein diese Geste war dazu geeignet, Gesine in den Wahnsinn zu treiben. Die großen Hände, die versuchten, zart zu sein. Konnte nicht alles so bleiben wie jetzt gerade? Alles so, wie es war?

»Um es klarzustellen«, Josef drehte sich abrupt um. »Ich meine es ernst, dass ich meine Dinge ordnen muss, und zwar auch für die Zeit nach meinem Tod. Darum bin ich auch bei deinem Freund Hannes im Institut gewesen. Er kann als Bestatter mehr für mich tun, als ich dachte.«

»Hannes?«

»Ja. Und wir haben auch über dich gesprochen, Gesine.«

8

Gesine trieb den Pick-up zügig die Straße entlang, dabei war es viel zu glatt. Die Morgensonne blendete, und auf der Windschutzscheibe saß ein schmieriger Film.

Sie musste etwas unternehmen. Sie konnte nicht so tun, als sei Alltag. Dass Hannes sich hinter ihrem Rücken mit Josef zusammengeschlossen hatte, war zu viel.

Als vor ihr der Streudienst in Sicht kam und der Asphalt griffiger wurde, fand sie keine Chance zum Überholen. Die Straße wand sich in Kurven, so dass sie hinter dem Wagen herzuckelte und Salzkörner gegen den Kühler spritzten. Bei der ersten Gelegenheit unternahm sie einen Versuch, die Spur zu wechseln, geriet ins Schleudern und ließ sich wieder zurückfallen.

Und dann, in der Stadt, bekam sie nur einen Parkplatz, der mehrere Straßenzüge von Hannes' Bestattungsinstitut entfernt lag. An anderen Tagen parkte sie auf dem Hinterhof vor der Garage des Instituts, aber heute kam ihr das zu vertraulich vor. Außerdem täte ein Fußmarsch gut, denn sie wusste sehr wohl, dass sie in einem erhitzten Zustand schwer zugänglich war.

Sie rief Hannes an, damit er sich auf ihren Besuch vorbereiten konnte. »Können wir reden? Ich bin in der Nähe.«

»Nein, das ist schlecht«, antwortete er und klang auffallend sachlich. »Die Polizei hat sich bei mir angekündigt. Marina Olbert muss jeden Moment hier sein.«

»Warum das denn? Aber na gut, dann komme ich eben dazu.«

»Fang nicht wieder mit der Armbanduhr an. Oder hast du endgültig beschlossen, mich bloßzustellen, Gesine?«

Die Leitung war klar und ohne Rauschen, die Stille nahm umso mehr Platz ein. Gesine eilte über den Bürgersteig, das Telefon am Ohr, die Lippen aufeinandergepresst, und konnte erst stehenbleiben, nachdem Hannes aufgelegt hatte.

Am Ende der Straße sah sie Marina Olbert auf ihrem Rennrad nahen. Die Ermittlerin steuerte das Institut an, Hannes hatte also in diesem Punkt nicht gelogen.

Sie kaufte sich im nächsten Geschäft einen starken schwarzen Kaffee und kehrte zum Pick-up zurück. In einer Stunde würde sie es erneut bei Hannes versuchen. Abwimmeln ließe sie sich jedenfalls nicht.

Am Pick-up stand jemand und betrachtete das Nummernschild. Es war der alte Herr Jablin, wieder im Fledermausmantel und mit einem mürrischen Gesicht.

»Dachte ich mir, dass Sie das sind«, sagte er zur Begrüßung. »Hatte dieses Fahrzeug ja schon auf dem Friedhof gesehen.«

»Sie wohnen in der Stadt?«, fragte Gesine und schloss auf. »Ich dachte, Sie leben im Bergischen draußen?«

»Natürlich. Ich habe ein Häuschen im Grünen. Aber

meine Schwester wohnte hier um die Ecke, und ich habe bei ihren Blumen nach dem Rechten gesehen.«

Schon wieder das Rätsel um die Gebietsaufteilung. Madeleine hatte hier in der Nähe gelebt, und trotzdem hatte der weit entfernte Carsten Schellhorn den Beisetzungsvertrag geschlossen.

»Wissen Sie, Herr Jablin, das Chaos auf der Beerdigung tut mir wirklich leid. Ich kann mir kaum ausmalen, wie es in Ihnen aussieht.«

»Richtig, das können Sie nicht.«

Sie stieg auf den Fahrersitz, doch er kam herum und blockierte die offene Tür.

»Sie schulden mir was«, sagte er streng.

»Ich?«

»Sie haben eine Beerdigung veranstaltet, bei der meine Schwester gar nicht beerdigt wurde.«

»Ich bin darüber genauso getäuscht worden wie Sie.«

»Aber ich will von meiner Schwester Abschied nehmen. Warum kapieren Sie das nicht, Frau …?«

»Cordes. Ich kapiere es ja, aber ich will Sie jetzt auch einmal etwas fragen. Warum haben Sie die Bestatterfirma gewechselt? Ihre Schwester wollte doch zu Hannes van Deest. Sie dagegen wollten zu Carsten Schellhorn.«

Er pfefferte die Tür zu, eilte um das Fahrzeug und stieg auf der Beifahrerseite ein.

»Bis ich ein Taxi bekomme, vergeht zu viel Zeit«, sagte er. »Aber Sie können mich mitnehmen, dann schulden Sie mir ein bisschen weniger. Und ich kann mich auch an den Spritkosten beteiligen.«

»Mitnehmen? Wohin?«

»Ins Bergische natürlich. Nach Hause.«

Gesine schüttelte den Kopf. »Ich wollte hier stehen und meinen Kaffee trinken.«

»Das also meinen Sie damit, dass Ihnen etwas leidtut?«

Vielleicht war er ein klein wenig verrückt? Auf jeden Fall beherrschte er die Kunst, sich durchs Leben zu schnorren. Und wieder kam Gesine der ungeheure Kontrast zwischen seinem Erscheinungsbild und der pompösen Trauerfeier in den Sinn.

»Also gut, ich bringe Sie ein Stück aus der Stadt raus«, sagte sie. »Erzählen Sie mir dabei etwas über Ihre Schwester?«

»Über Madeleine?«

»Ja. Wie hat sie gelebt, wie oft haben Sie beide sich gesehen?«

Sein Gesicht glättete sich. »Oft. Sehr oft.« Er strahlte Gesine förmlich an. »Wir waren Zwillinge.«

»Das finde ich spannend. Ich will alles darüber hören, ich muss nur noch schnell tanken.«

»Aber bitte Beeilung.«

Sie ließ den Tank nur zu einem Viertel volllaufen aus Sorge, Herrn Jablin zu lange im Wagen alleinzulassen, aber er wartete sehr geduldig auf sie. Als sie weiterfuhren, sang er ein Lied, das er liebte. Brüderchen und Schwesterchen, es stammte von einer alten Märchenplatte, die er heute noch hörte. Außerdem zog er ein Foto von seiner Schwester aus der Tasche und zeigte es stolz. Madeleine hatte fröhlich ausgesehen, klein und irgendwie patent. Herr Jablin liebkoste das Bild.

Dann jedoch, kaum dass sie die Stadt verlassen hatten

und auf der Landstraße waren, griff er plötzlich ins Lenkrad und riss den Pick-up zur Seite. Gesine musste mit Wucht auf die Bremse treten und seinen Arm wegschlagen. Die Reifen quietschten, und der Wagen rumpelte, und am Ende verfehlten sie den nächsten Viehzaun nur um wenige Zentimeter.

Sobald sie standen, verkrallte Herr Jablin sich in Gesines Jacke. »Sie werden die Rechnung bezahlen! Sie ganz allein!«, keifte er mit verzerrtem Mund.

»Sind Sie noch ganz bei Trost?«

»Es war eine Beerdigung ohne Beerdigung, und Sie werden dafür aufkommen, nicht etwa ich. Garantieren Sie das?«

Energisch hielt sie ihn auf Abstand. Sie fühlte seine mageren Knochen unter dem Mantelstoff und hätte ihn am liebsten geschüttelt, damit er zur Besinnung kam.

»Vaffanculo«, stieß er aus.

»Ja, das habe ich mir gedacht«, entgegnete sie. »Italien. Wann waren Sie zuletzt da? Bevor der Euro eingeführt wurde?«

Da klickte er flink wie ein Wiesel die Tür auf, stürzte aus dem Pick-up, strauchelte und warf sich zu Boden, um unter dem Viehzaun hindurchzutauchen. Gesine rief ihm nach, aber er rannte über die Wiese, so schnell er konnte. Er stolperte, stand auf, hinterließ dunkle Spuren im gefrorenen Gras und war auch durch Hupen nicht mehr zu stoppen.

Gesine sah zu, wie er kleiner wurde, ein flatternder Strich in der Landschaft, und dachte erleichtert, dass jenseits der Wiese, hinter dem Hügel, ja eine Siedlung lag.

Hoffentlich konnte der alte Mann dort Aufnahme finden. Und hoffentlich hatte er sich bis dahin wieder im Griff.

Seine Sprunghaftigkeit war wirklich komisch. Hatte er nicht eben erst gezeigt, dass er auch umgänglich sein konnte?

Aber Moment mal. Gesine erinnerte sich, wie er sie vorhin durchs Seitenfenster angeguckt hatte, während sie an der Tankstellenkasse stand und bezahlte. Ahnungsvoll öffnete sie das Handschuhfach, und verdammt! Das konnte nicht wahr sein! Der Beweismittelbeutel mit der Armbanduhr war verschwunden.

9

Marina Olbert fühlte sich unwohl. Es lag nicht an Hannes van Deest, der ihr gegenübersaß. Frisch rasiert, roch er phänomenal, und er trug einen Pullover in warmen Farben, der wieder einmal exzellent mit seinen hellbraunen Augen korrespondierte. Nein, es musste allein an den Räumlichkeiten liegen. An den Urnen im Schaufenster, dem dunkel polierten Schreibtisch und den Sargmodellen an der Wand. Ehrlich – wer wäre denn nicht befangen gewesen in einem Bestattungsinstitut? Marina hockte vorn auf der Stuhlkante und kämpfte mit sich.

Mord und Totschlag konnte sie mit Leichtigkeit verkraften, ohne Albträume zu bekommen, denn wenn es um Verbrechen ging, wahrte sie die Distanz. Sie wusste, dass sie mit den Erstochenen, Erschossenen oder Erschlagenen nichts gemein hatte, überhaupt nichts. Aber in einem Bestattungsinstitut? Die Atmosphäre drang heimtückisch in sie ein.

Die Druckvorlagen für Beileidskarten, die Kataloge für Sargschmuck und die aufdringlich große Taschentücherbox auf dem Beistelltisch. Insignien des Schreckens. Hier manifestierte sich, worauf alles hinauslief: Auf die Endlichkeit des stinknormalen Lebens, also auch auf ihre eigene Endlichkeit, und ob sie es wollte oder nicht, musste sie sich vorstellen, dass eines Tages auch ihre Beisetzung in einem solchen Institut verhandelt würde.

Bloß von wem? Wer würde sich um alles kümmern, wenn sie gestorben war? Vielleicht sollte sie rechtzeitig verbreiten, dass sie einen hellen Sarg brauchte. Etwas Schlankes, Junges, dahinten, das sah gut aus: Pinie, gekalkt.

Hannes van Deest schenkte Kaffee ein. »Ich wundere mich, dass Sie noch nie in einem Bestattungsinstitut waren, Frau Olbert.«

»Die Leichen einer Mordermittlerin liegen draußen am Tatort oder in der Pathologie«, erwiderte sie.

»Und Ihre Eltern leben noch?«

»Offenbar bin ich jünger, als Sie vermuten, Herr van Deest.«

Und klüger. Denn während der hübsche Bestatter jetzt milde schmunzelte, überwand Marina ihre Befangenheit und legte sich eine Strategie zurecht. Sie hatte van Deest immer gut leiden können, doch heute sollte die Optik nicht gewinnen. Denn der Mann strapazierte ihre Gutmütigkeit. Schon seine Ausreden vor den Kollegen auf dem Friedhofsparkplatz waren hanebüchen gewesen. Die Armbanduhr von Gesine Cordes! Lächerlich. Er hatte etwas zu verbergen, das wusste Marina genau, und vielleicht hatte er sogar die Cordes in etwas Dubioses hineingezogen.

Aber wie sollte Marina vorgehen? Sollte sie sich auf

einen Plauderton verlegen, damit van Deest sich aus Versehen verplapperte? Oder sollte sie ihn scharf angehen und seine Schwachstellen schleifen? Zum Beispiel seine Sympathie für Gesine. Wann immer das Gespräch auf die Cordes kam, stellten sich seine Antennen auf. Männlich und demnach gut nutzbar. Marina strich durch ihr blondes Haar und korrigierte den Sitz ihres eng anliegenden Sportpullovers.

Van Deest, noch immer mit dem Kaffee beschäftigt, sah flüchtig auf: »Zucker? Milch?«

»Einen Schuss Milch, bitte, ausnahmsweise.« Sie rührte um. »Herr van Deest, zurück zum Anlass meines Besuchs. Wenn Sie heute früh vor dem Friedhof auf Gesine Cordes gewartet haben, um ihr die Uhr zu geben …«

»Nicht schon wieder! Ich habe es im Präsidium ausführlich zu Protokoll gegeben, Frau Olbert.«

»… und wenn zeitgleich Gesine Cordes heute früh an der Kapelle gearbeitet hat: Warum haben Sie nicht miteinander telefoniert und sich abgesprochen? Warum haben Sie hinterm Gebüsch gestanden, anstatt kurzerhand vor die Kapelle zu fahren und Frau Cordes die Uhr quasi aus dem Autofenster herauszureichen?«

»Als Bestatter fährt man nicht bei einer Trauerfeier vor, die von einem Kollegen ausgerichtet wird.«

Er pustete in seine Tasse. Marina entschied, ihre sanfte Seite zum Klingen zu bringen.

»Es ging Ihnen nicht nur um die Uhr, richtig?«, fragte sie verständnisvoll.

»Nein.« Er setzte die Tasse ab. »Allerdings sehe ich nicht ein, warum ich meine persönlichen Dinge vor Ihnen breittreten soll. Das alles hat mit dem Tod von Carsten Schellhorn nichts zu tun.«

»Tja. Mir geht es im Grunde auch gegen den Strich, Ihnen diese Fragen zu stellen.«

Er beugte sich vor. »Für Ihre Ermittlungen sitzen Sie im falschen Institut.«

»Oh, Sie sind nicht der einzige Bestatter, den wir heute aufsuchen, Herr van Deest. Ich dachte nur, gerade Sie wissen es zu schätzen, wenn ich Ihnen keinen fremden Polizisten vorbeischicke, sondern persönlich komme.«

»Vielen Dank.«

»Ich hatte auch gehofft, Sie plaudern ein bisschen aus dem Nähkästchen. Denn wir haben ja nicht nur den Tod von Carsten Schellhorn zu klären, sondern auch den Verbleib des Leichnams von Madeleine Jablin.«

Er wurde misstrauisch, und das war seltsam. Sie hatte doch noch gar nicht richtig losgelegt? Er aber lehnte sich jetzt schon in seinem dunkelgrauen Bestattersessel zurück und verschränkte die Arme.

»Was meinen Sie mit Nähkästchen, Frau Olbert?«

»Klären Sie mich über die einzelnen Stationen auf, die eine verstorbene alte Dame bei einem Bestatter durchläuft, bevor sie eingesargt wird.«

Skeptisch runzelte er die Stirn. »Sie ist im Krankenhaus gestorben, richtig? Wer hat sie dort abgeholt?«

»Darüber müssen wir nicht reden. Aber wenn Sie der zuständige Bestatter gewesen wären, Herr van Deest, wo hätten Sie Frau Jablin nach ihrem Tod hingebracht?«

Er seufzte, durchquerte das Büro und öffnete ruckartig die hintere Tür. »Kommen Sie mit«, verlangte er.

Ungern. Marina wollte ablehnen. Nicht noch tiefer in das Bestattungsinstitut hinein, und dann auch noch auf Befehl! Aber andererseits mochte es von Vorteil sein, wenn van Deest dachte, er könne die Situation bestimmen. Sie legte ihren Fahrradhelm, die Satteltasche und die Sporthandschuhe ordentlich auf ihren Stuhl und folgte ihm in den Flur.

Es war eng, die Wände waren zugestellt. Ein Sarg lehnte hochkant in der Ecke. Offene Kartons mit Trauerkarten standen herum, und ein Regal schien unter Aktenordnern zusammenzubrechen. Von der klinisch reinen Atmosphäre, mit der sich das Büro vorne brüstete, war hier im Flur nichts mehr zu spüren.

»Wir haben gerade renoviert«, erklärte van Deest, und tatsächlich gelangten sie in einen größeren kahlen Raum, der frisch gestrichen schien. Die Wand vor Kopf bestand aus einer Glasscheibe.

»Hier bahren wir Verstorbene auf, die noch einmal im offenen Sarg gezeigt werden. Da vorne ist die Scheibe, hinter der die Angehörigen stehen und hereingucken können. In gewissen Fällen ist es aber auch erlaubt, dass sie diesen Raum betreten und unmittelbar am Sarg Abschied nehmen.«

»Wonach richtet sich das?« Marina zog die Hand zurück, mit der sie sich soeben an dem hüfthohen Podest festgehalten hatte.

»Es richtet sich nach den Wünschen der Angehörigen, aber auch nach den Anordnungen der Behörden und nach den Hygienevorschriften.«

Jetzt sah sie eine zittrige, verwaschene Bewegung an

der Glasscheibe. Aber ganz ruhig: Es war nur ihr eigenes Spiegelbild. Kein Grund zum Erschrecken.

Van Deest öffnete eine weitere Tür. »Und hier ist die ganz normale Kühlung. Manche Bestatter verfügen über Einzelzellen mit Schubfächern, wir benutzen diesen großen Kühlraum für alle.«

Wände und Decke waren gekachelt. Weiß und blank wie ein Obduktionssaal. Zwei Särge standen auf Rollwagen längs an der Seite, und ja, es war kalt.

Marina faltete die Hände. »Ich präzisiere meine Frage«, sagte sie etwas zu laut, denn die Kacheln warfen die Stimme zurück. »Wenn ein Leichnam vom Krankenhaus abgeholt wird, kommt er dann sofort in den Sarg oder erst noch in die Kühlung?«

»Das hängt davon ab. Bei den Kollegen mit den Schubfächern passen die Särge nicht mit hinein. Dort werden Sarg und Körper also getrennt voneinander aufbewahrt, und erst unmittelbar vor der Beisetzung wird umgebettet. Aber bei uns, die wir einen Großraum zur Kühlung benutzen, erspart man sich diesen Arbeitsschritt. Der Verstorbene wird sofort nach seiner Ankunft im Institut zurechtgemacht, in den zugehörigen Sarg gelegt und in diesen Raum hier geschoben, wo er auf die Beisetzung wartet.«

»Und wer macht ihn zurecht?«

»Ich natürlich. Ich säubere ihn, versorge ihn hygienisch, ziehe ihn um, manchmal schminke ich ihn. Je nach Wunsch.«

Marina nickte. »Danke, das hilft mir weiter.«

»Mir aber nicht.« Hannes van Deest trat dicht vor sie.

Sein Haar glänzte gesund unter den altmodischen Neonröhren. »Haben Sie im Institut Schellhorn nach Madeleine Jablins Leichnam suchen lassen?«, wollte er wissen.

»Selbstverständlich. Schellhorn benutzt diese kleinen Kühlfächer, über die Sie gesprochen haben, aber Frau Jablin lag nicht hinter der für sie vorgesehenen Klappe.«

»Sieh an!«, rief er aus. »Sie wissen also längst darüber Bescheid, wie es bei einem Bestatter zugeht! Warum stellen Sie mir dann diese Fragen, Frau Olbert?«

»Weil Sie ja recht haben: Jeder Bestatter arbeitet anders.«

Er ballte die Hände. »Aber meine Arbeit ist nicht von Belang, verdammt noch mal! Oder suchen Sie den Leichnam von Frau Jablin etwa bei mir?«

Warum nicht? Es war eine sehr gute Idee. »Öffnen Sie bitte die beiden Särge, die hier stehen«, sagte Marina.

Van Deest verschlug es die Sprache. Schnaubend lief er aus dem Kühlraum und kehrte mit einem Werkzeug zurück. Er machte sich damit an dem ersten Sargdeckel zu schaffen, lockerte ihn und wiederholte die Prozedur an dem zweiten, bevor er Marina mit einer barschen Geste aufforderte, alles Weitere selbst zu erledigen.

Sie musste sich Einweghandschuhe anziehen, was ihn zu einem ätzenden Kommentar inspirierte, und dann lupfte sie den Deckel am vorderen Sarg. Ein Rentner lag dort, im Sonntagsanzug und übel riechend. Im hinteren Sarg lag eine ausgemergelte Mittvierzigerin im Totenhemd. Blond wie Marina.

»Haben Sie irgendwo noch andere Särge gelagert?«, fragte sie und legte den Deckel wieder auf.

»Ja.« Van Deest schraubte die Verschlüsse zu und marschierte ungestüm auf den Flur zurück. Ein Kerzenständer fiel um, weil er dagegenstieß, dann nahm er einen Schlüssel vom Haken. Seine Augen blitzten.

»Draußen in der Garage stehen drei ältere Sargmodelle, Frau Olbert. Vorletzte Saison, Sonderangebote. Leer.«

»Gut, lassen Sie uns dorthin gehen, und erklären Sie mir unterdessen Ihre Logistik.«

»Ich werde gar nichts mehr erklären.«

»Doch, leider müssen Sie das, denn ich bin die Polizei. Also, wenn jemand bei Ihnen einen besonderen Sarg bestellt, sagen wir gekalkte Pinie mit Silberbeschlägen, wo nehmen Sie ihn dann her?«

»Vom Großhändler.« Er konnte die Kiefer kaum auseinanderbewegen. »Oder vom Tischler, wenn es mehr kosten darf. Ich mache es so ähnlich, wie Carsten Schellhorn es macht. Oder machte.«

»Sie wissen über seine Geschäfte Bescheid?«

»Nicht besser als jeder andere Kollege!«

»Wann haben Sie Schellhorn eigentlich zum letzten Mal gesehen?«

»Schluss jetzt!«

Er wich zurück, den Garagenschlüssel hoch erhoben. Ein Mann kurz vor der Explosion, für Marina also gut lesbar, aber ausgerechnet in diesem Moment rief eine Frauenstimme vom anderen Flurende aus dem Büro: »Hallo? Frau Olbert? Herr van Deest?«

»Wer ist da?«, brüllte er außer sich.

»Ist alles in Ordnung? Ich suche meine Chefin, die Ermittlungsleiterin.«

Marina überlegte, woher sie die Stimme kennen musste. »Wir kommen nach vorn«, antwortete sie laut und sagte dann leiser, an van Deest gewandt: »Schließen Sie Ihr Büro denn nicht ab, wenn Sie in den Kühlraum gehen?«

Wenn Blicke töten könnten. Er stürmte los, sie hinterher, und als sie das Büro erreichten, stand die junge Hospitantin aus dem Präsidium vor ihnen. Sie hielt einen braunen DIN-A4-Umschlag hoch und schwenkte ihn wie eine Friedensfahne.

»Nadine Brinkmeyer«, sagte sie und wollte van Deest die freie Hand reichen. Er aber regte sich weiter auf, weil er durch das Fenster einen Streifenwagen sah, der direkt vor seinem Institut auf dem Bürgersteig parkte.

»Was soll das? Warum steht da ein Einsatzwagen? Wollen Sie mich ruinieren?«

»Frau Brinkmeyer, warten Sie bitte draußen«, befahl Marina. »Und lassen Sie um Himmels willen den Streifenwagen umsetzen.«

»Es tut mir ...«

»Ohne weiteres Aufsehen. Sie sehen doch, wie die Situation auf Herrn van Deest wirkt.«

Die Hospitantin wandte sich zum Gehen. An ihrem Gesichtsausdruck hatte sie aber noch viel zu arbeiten, fand Marina, der mürrische Hospitantinnen zuwider waren. Außerdem war Frau Brinkmeyer nicht geistesgegenwärtig genug, denn als sie aus der Tür treten wollte, wurde sie von zwei dünnen Kindern überrannt. Ja, wirklich, zwei kleine Mädchen schafften es, an ihr vorbei ins Büro zu flitzen, und – Marina hob die Brauen: Es waren die Nichten von Gesine Cordes, Frida und Marta. Das pralle Leben. Wüste Locken, winterrote Wangen und dicke Anoraks.

»Das ist ja eine Überraschung!«, rief Hannes van Deest und ging in die Hocke, um die Kinder zu begrüßen.

»Ein Bestatter ist gestorben! Auf dem Ostfriedhof! Hast du ihn gekannt, Hannes?«

Er legte die Arme um die beiden. »Ihr habt euch doch wohl keine Sorgen um mich gemacht?«

Quirlig drängten sie sich an ihn, fast rührend, und Marina konnte nicht einmal verhindern, dass ihre eigene Miene weicher wurde.

»Hallo, Frida, hallo, Marta. Erinnert ihr euch an mich? Ich bin Marina Olbert von der Polizei.«

»Warum sind Sie bei Hannes?«

»Weil ich mich mit sehr vielen Bestattern unterhalten muss, um ein Verbrechen aufzuklären. Und es wäre schön, wenn ihr uns noch eine Weile allein lassen würdet. Wir haben viel zu besprechen.«

»Nein, ihr bleibt hier!« Van Deest sprang hoch. »Sie können sich die Särge in der Garage auch ohne mich angucken, Frau Olbert. Dann allerdings mit Durchsuchungsbeschluss.«

Na gut. Marina wusste, wann die erste Schlacht zu Ende war. Die kleinen Mädchen schielten richtiggehend trotzig zu ihr, und van Deest hatte sehr dünne Lippen bekommen. Er würde noch bereuen, einen formellen Durchsuchungsbeschluss bestellt zu haben, auch wenn er das jetzt noch nicht ahnte.

Ohne ein weiteres Wort verließ sie das Institut. Die Satteltasche schlug ihr gegen die Beine, die Tür knallte, und sie konnte gewiss sein, einen bleibenden Eindruck hinterlassen zu haben.

Draußen auf dem Gehsteig folgte ihr die Hospitantin leichtfüßig zum Rennrad, das um die Ecke an einen Laternenpfahl gekettet stand. »Frau Olbert, Entschuldigung noch mal. Aber ich dachte wirklich, ich sollte Ihnen das hier dringend bringen.«

Sie hielt Marina wieder den braunen Umschlag hin. Eine Hospitantin, die meinte, denken zu müssen, die aber nicht merkte, wann der Zeitpunkt ungünstig war! Und als Marina nicht sofort antwortete, öffnete sie auch noch den Klebeverschluss und schüttelte den Umschlag wie Fischfutter über einem Aquarium.

Unwillig nahm Marina zur Kenntnis, dass Papiere zum Vorschein kamen. Dann aber erkannte sie das Design des Briefkopfs und wusste, dass die Papiere es in sich hatten.

Den Helm schon auf dem Kopf, legte sie die Sporthandschuhe zur Seite und schaute nach. Tatsächlich. Sie hielt einen mehrseitigen Vertrag über eine Bestattung in den Händen. Ausgestellt für Madeleine Jablin, und zwar vom Institut Hannes van Deest.

»Der Vertrag wurde in der Wohnung der Dame gefunden, deren Leiche verschollen ist«, erklärte die Brinkmeyer. »Bisher wussten wir allerdings nicht, dass Herr van Deest und Frau Jablin sich kannten.«

Marina überflog die Seiten. Der Vertrag war von van Deest unterschrieben worden, aber Madeleine Jablins Unterschrift fehlte. Damit war er nicht rechtsgültig, doch er diente ganz hervorragend als Beweis, dass auch van Deest mit Frau Jablin Geschäfte machen wollte.

Was für ein Dummkopf dieser Bestatter war. Warum hatte er der Polizei nichts gesagt?

»Vielen Dank«, sagte Marina. »Ich nehme diese Unterlagen an mich, aber Sie verlieren bitte kein Wort über das, was Sie hier gelesen haben!«

»Warum nicht?«

»Weil man über einen Wissensvorsprung nicht spricht. Er könnte noch ein wichtiges Unterpfand werden, für alles, was aussteht.«

Marina schob den Umschlag unter ihre Jacke, zog die Handschuhe an und stieg auf ihr Rad. Die Brinkmeyer jedoch stellte sich forsch in den Weg.

»Sind Sie mit mir zufrieden, Frau Olbert? Dann geben Sie mir noch mehr zu tun. Ich könnte für Sie recherchieren.«

»Oh. Nicht nötig, danke.«

»Ich könnte das Institut van Deest im Auge behalten. Sie interessieren sich doch für die Garage, wie ich mitbekommen habe.«

»Bloß nicht!« Marina stieg noch einmal ab. »Was Sie hier lernen können, Frau Brinkmeyer, ist, den Gang der Dinge zu beachten. Bisher durfte ich van Deest noch recht informell befragen. Ab sofort aber wird alles behördlich standardisiert sein, mit Formularen und Beschlüssen. Auch, um uns selbst rechtlich abzusichern.«

»Aber als Hospitantin darf ich keine Formulare einreichen.«

»Ich weiß. Melden Sie sich einfach morgen früh in meinem Büro.«

»Und was ist mit der Sinnfrage?«

Ein Dackel kam angelaufen und erleichterte sich an dem Laternenpfahl. Die Pfütze dampfte in der Winterluft, Marina schob ihr Rad einige Meter weiter.

»Ich glaube, Sie haben mich nicht richtig verstanden«, sagte sie. »Die Sinnfrage steht Ihnen nicht zu.«

»Aber ...?«

»Aber Sie sollten sich trotzdem nicht davon abhalten lassen, Ihren eigenen Grips zu benutzen. Bewerten Sie die Situation. Bilden Sie sich ein Urteil über unseren Ermittlungsstand und berichten Sie mir. Gerne morgen.« Und damit radelte Marina los.

Seit wann hießen Hospitantinnen eigentlich Hospitantinnen und nicht mehr Praktikantinnen wie früher?

Sie bremste und wandte sich noch einmal um. »Frau Brinkmeyer! Wer hat Sie eigentlich auf die Frage nach dem Sinn gebracht?«

10

»Die Eulen machen es vor, Gesine.« Josef rückte zwei Sessel ans Kaminfeuer. »Im Winter hält man zusammen.«

Sie wartete, bis der Bauer saß, dann räumte sie den Strickschal an die Garderobe, weil Josef ihn auf den Tisch gelegt hatte, mitten auf einen Suppenteller. Normalerweise war ihr seine Unordnung egal, solange er sich in seiner Stube wohlfühlte. Aber heute hatte sie unter dem Teller eine Skizze vom Liegenschaftsamt entdeckt, die sie genauer studieren wollte. Josefs Besitztümer waren eingezeichnet. Die Weide war rot schraffiert, während der Wohnwagen selbstverständlich nicht erfasst war. Aber man sah den Wald und den Hof mitsamt dem gemütlichen Garten und der alten Scheune. Ihre gemeinsame wunderbare Heimat.

»Also, was hast du mit Hannes besprochen, als du bei ihm warst?«, fragte sie und schob den Teller noch weiter zur Seite, um das Blatt Papier freizulegen.

»Ihr beide seid euch im Moment nicht grün, oder?«, fragte Josef zurück. »Wegen Silvester, soweit ich weiß.«

»Ich hätte nicht gedacht, dass ihr hinter meinem Rücken über mich redet.«

Josef zerrte umständlich die gefütterten Gummistiefel von den Füßen und stellte sie neben den Sessel.

»Nein, es ging ja zuerst auch um das Bestattungswesen ganz allgemein«, sagte er. »Aber dabei kam die Rede auf einen Konkurrenten, der Hannes auf dem Ostfriedhof zu schaffen macht. Und wie ich hörte, nimmst du die Sorgen von Hannes nicht ernst.«

»Doch, das tue ich.« Sie stützte sich auf den Tisch. »Aber wenn Hannes es anders darstellen möchte, kann ich ihn nicht davon abhalten. Mit mir persönlich will er ja nicht mehr sprechen. Ich war heute in der Stadt am Institut, aber er hatte keine Zeit für mich.«

»Du musst das nicht persönlich nehmen. Er fühlt sich im Moment in seiner beruflichen Existenz bedroht, Gesine. Sein Bestattungsinstitut ist viel zu klein, um sich mit den Schwergewichten anzulegen.«

»Dieses Problem hat sich längst erledigt.«

»Wieso? Habt ihr euch ernsthaft zerstritten? Nur weil du zu Silvester zu tief ins Glas geguckt hast?«

»Hilfe! Wer sagt denn so was?«

»Es ist doch nicht schlimm. Zum Jahreswechsel gehen mit vielen Menschen die Gäule durch.«

»Ich war weder betrunken, noch ist es mit mir durchgegangen. Hörst du mir nicht zu?«

»Doch, Gesine.« Stirnrunzelnd sah Josef sie an. »Aber hörst du denn noch zu, wenn dir jemand sein Herz ausschüttet?«

»Ich bringe das Geschirr weg«, sagte sie knapp,

schnappte sich den Suppenteller und brachte ihn in die Küche.

Zu tief ins Glas geguckt. Wie grauenvoll, was Hannes über den Silvesterabend verbreitete. Und unfair! Und unzulässig zusammengefasst, denn erstens war ihr Zustand zwar furchtbar, aber nicht so furchtbar gewesen, und zweitens hatte sie zu Silvester auch ein paar wenige, aber entscheidende Dinge gut gemacht. Das leckere Essen, mit Sorgfalt und Mühe zubereitet. Die Luftschlangen, die im Wohnwagen hingen. Warum erzählte Hannes davon nichts? Oder von dem Spaziergang vor dem Essen, auf dem er ein Fuchskind und sie ein frisches Kaninchenherz im Schnee gefunden hatte. War das keine Erwähnung wert?

Und sie hatten auch getanzt. Den Plattenspieler angeschlossen, die Boxen aufgedreht und den Wohnwagen zum Wackeln gebracht. Zu uralten Liedern aus unglaublichen Jahren. Aus weit entfernten Zeiten, in denen Platten und CDs noch wichtig gewesen waren. Oder große Pläne. Noch kein Gedanke an Tod und Verlust. Nur rauchen und trinken und tanzen.

Und war es nicht komisch: Gesine hatte zu Silvester mitsingen können, die Texte von früher. Sie hatte fast nichts vergessen, und Hannes hatte gelacht. Was da alles hochkam! Sie quoll schier über. Mut und Lust. Ein ganz neues altes Kribbeln, verwegen und scharf. Es schlich sich mit den abgenudelten Melodien ein.

Und nach der ersten Sektflasche war es Hannes gewesen, der sofort die zweite geöffnet hatte. Und um schließlich mal eine Pause zu machen, stellten sie sich beide ins Freie, dicht nebeneinander. Der Plattenspieler schaltete sich aus, doch es knisterte und flirrte trotzdem noch weiter, überall in der Luft.

Bis Gesine, ohne es zu wollen, das Dumme gesagt hatte. »Im neuen Jahr etwas wagen.« Verfluchter Dreck, von wegen. Im neuen Jahr wurde sich nur noch über sie beschwert!

Sie suchte in Josefs Küche nach einem Taschentuch und schnäuzte sich verstohlen, dann kehrte sie ins Wohnzimmer zurück. Das Kaminfeuer warf zuckende Schatten, und der Bauer war tief in den Sessel gerutscht.

»Ziehst du die Vorhänge zu?«, bat er. »Es kommt kalt durch die alten Fenster.«

Sie riss am Stoff und fegte dabei ein Gesteck zu Boden, das auf der Fensterbank gestanden hatte. Ein vertrockneter Glücksklee, ein Schornsteinfeger aus Pfeifenputzern und eine Zimmercalla mit ihrer grausamen Blüte.

»Lass es liegen«, sagte Josef und schloss müde die Augen. »Ein Geschenk der Gemeinde.«

»Ich möchte etwas richtigstellen«, sagte sie leise, aber bestimmt, »die Stimmung zwischen Hannes und mir ist ein ganz eigenes Thema. Es ist wahr, dass ich ihn geärgert habe, weil ich auf die Konkurrenzsituation unter den Bestattern nicht besonders gut eingegangen bin. Aber wie er mich jetzt darstellt, finde ich frech.«

»Vielleicht tragt ihr zu viele berufliche Probleme in eure Freundschaft hinein?«

»Natürlich, es vermischt sich. Aber das liegt auch daran, dass der Konkurrent, wegen dem wir uns gestritten haben, inzwischen tot ist. Und ich habe seine Leiche im falschen Sarg entdeckt.«

»Ich verstehe nicht«, der Bauer wandte den Kopf zu ihr. »Wieso im falschen Sarg, und was hat das mit Hannes und dir zu tun?«

Sie hockte sich auf die Sesselkante und erzählte, was passiert war. Sie berichtete von der missglückten Bestattung und von der verschwundenen Madeleine Jablin. Von Marina Olbert, die Gesine weggeschickt hatte, weil sie von ihr enttäuscht war, und von dem Besuch im Präsidium, der Gesine in vielfacher Hinsicht nahegegangen war. Alles sprudelte aus ihr heraus, und noch während sie den Ablauf der Ereignisse Revue passieren ließ, wurde ihr klar, wie sehr Hannes und sie sich voneinander entfernt hatten.

»Und dann behindern wir auch noch die Polizei, indem wir an der Lüge mit der Armbanduhr festhalten«, schloss sie. »Ich weiß nicht, wie ich Marina Olbert noch einmal gegenübertreten soll, ohne es mir mit Hannes zu verderben.«

»Ach, Gesine, es geht doch gar nicht um die Uhr oder deinen Auftritt bei der Mordermittlerin. Frau Olbert wird sich durch eure Flunkereien sowieso nicht aufhalten lassen, wenn sie etwas von ihrer Arbeit versteht. Nein, ihr beide, Hannes und du, ihr dreht euch miteinander im Kreis, und das macht euch ganz verrückt im Kopf.«

Abweisend sah sie ihn an. »Du machst es dir zu einfach.«

Er angelte nach ihrer Hand. »Kann es sein, dass du Hannes nicht mehr richtig vertraust?«

»Es geht um Mord!« Sie zog ihre Hand zurück. »Um Gewalt, um die Ruhe unserer Toten und um das Recht der

Angehörigen zu erfahren, was passiert ist. Wie kannst du das kleinreden?«

Der Bauer stand mühsam auf, um mit dem Schürhaken zwischen dem Brennholz herumzustochern. Die Funken flogen, und für eine Weile erübrigte sich jedes Gespräch. Gesine spürte die Wärme des Kamins auf dem Gesicht und wünschte, es würde angenehmer sein.

Schließlich drehte Josef sich zu ihr um. »Du bist ungewöhnlich dünnhäutig, Gesine. So als ob deine gewohnte Welt nicht mehr in Ordnung ist.«

»Tut mir leid. Aber ich glaube wirklich, dass man die Probleme mit Hannes nicht von dem Todesfall Schellhorn trennen kann. Ich habe Hannes nämlich noch nie so erlebt wie im Moment. Er war immer ein Mensch, der geradeaus geht. Früher wäre er nie auf die Idee gekommen, Lügen zu erfinden, um sich aus einer Sache herauszuwinden, sondern er hätte immer zur Wahrheit gestanden. Das muss doch mit Schellhorn zu tun haben.«

»Aha.« Josef lehnte den Schürhaken an die Wand und ließ sich wieder in den Sessel fallen. Im Kamin brach ein dickes Holzscheit auseinander.

»Es könnte ja sein«, sagte er, »dass Hannes zurzeit ebenfalls dünnhäutig ist. Und ich sage es dir jetzt ganz unverblümt: Hannes hat immer Angst gehabt, dir zu zeigen, wie viel du ihm bedeutest.«

»Das möchte ich nicht hören.«

»Er hat es mir neulich erst zu verstehen gegeben. Er wünscht sich, dass du zugänglicher wirst. Dass dein Schutzwall auch mal Löcher bekommt.«

»Darüber unterhaltet ihr euch also?«

»Warum trägst du zum Beispiel immer noch dein Notizbuch mit dir herum?«

Gesine schoss das Blut noch höher in den Kopf, aber Josef sprach weiter.

»Wir alle kennen deine tragische Geschichte, und es zerreißt mir selbst das Herz, an deinen kleinen Sohn zu denken. Aber meinst du nicht, es ist Zeit, die Giftpflanzen links liegen zu lassen? Oder tut es dir gut, dich immer wieder in das schlimmste Kapitel deines Lebens zu vertiefen, auch nach über zehn Jahren noch?«

»Das ... Ich ...«

»Nur einmal als Versuch, Gesine. Was wäre, wenn du das Kapitel jeden Tag ein Stück weiter zuklappst? Oder, nein, für Hannes würde es wahrscheinlich reichen, wenn du überhaupt über eine Veränderung nachdenken würdest.«

»Das ist unglaublich! Und ich verbitte mir, dass ich von euch durchdiskutiert werde!«

Oder das Notizbuch, die einzigartige Liste, die nahezu vollständige Erfassung von Giftpflanzen im Alltag. Es war doch das Wertvollste, das Gesine überhaupt noch erschaffen konnte. Das Einzige, auf das es noch ankam, seit ihr Sohn gestorben war. Wie viele Menschenleben könnten wohl gerettet werden, nur durch dieses Notizbuch? Wie viele Kinderleben? Leben von kleinen Jungen, die sonst in den Gärten auf dem Rasen liegen und ersticken mussten, weil ihre Mütter keine Ahnung hatten, welch gefährliche Blumen an der Terrasse wuchsen.

»Ich wollte dir nicht wehtun«, sagte Josef leise. »Und es ist auch egoistisch von mir, Hannes und dich zu einer Versöhnung zu drängen.«

»Hannes würde nie von mir verlangen, dass ich meine Notizen aufgebe!«

»Das stimmt. Es tut mir leid.« Josef krümmte den Rücken und sah ins Feuer. Sein Seufzen kam aus tiefstem Herzen. »Kannst du mir denn wenigstens versprechen, dass ihr beide immer zusammenhalten werdet, Gesine?«

»Wie sollte ich?«

»Es geht mir doch um später, wenn ich nicht mehr da bin. Wenn der Hof leer steht und sich keiner mehr um die Tiere kümmert, die zurückbleiben.«

»Bis dahin haben wir hoffentlich noch viel Zeit.«

»Es ist nämlich so: Ich habe Hannes damit beauftragt, nach meinem Tod alles zu regeln. Ich dachte, es sei unproblematisch, weil er dein Freund ist. Und weil er auch Frida und Marta nicht vergessen wird.«

»Ach. Und das bedeutet genau? Ist Hannes etwa derjenige, der die Weide kauft, vor der mein Wohnwagen steht?«

»Nein. Hannes wird erst später aktiv. Er soll das, was eines Tages vom Hof übrig bleibt, organisieren.« Er hob die Hand. »Du bekommst natürlich ein Wohnrecht auf Lebenszeit, falls du in meine festen vier Wände ziehen willst, und vielleicht gelingt es euch auch, die Scheune zu erhalten, die ich den Kindern ausbauen will.«

»Das wird ja immer besser! Hannes wird hier also eines Tages das Zepter schwingen?«

»Es bedeutet nicht, dass er alles erbt, falls es dir darauf ankommt. Aber er ist Bestatter, und Bestatter helfen bei der Vorsorge, rein organisatorisch. Während du – korrigier mich, wenn ich es nicht richtig ausdrücke –, während du doch viel zu nah an mir dran bist! Nach meinem Tod wirst du keine Lust und keine Energie haben, kühle Verwaltungsentscheidungen zu treffen. Schätze ich.«

Jetzt hielt es Gesine nicht mehr auf dem Platz, sie baute sich mitten im Zimmer auf. Sah den alten Bauern unglücklich im Sessel hocken, sah den Plan des Liegenschaftsamtes auf dem Tisch. Die Fotos von früher auf dem Kamin. Die Gummistiefel auf dem Perserteppich, die Vitrine an der Wand mit den uralten Schnapsgläsern und dem guten Geschirr. Und sie? Zu Gast? Oder wohin gehörte sie?

Ach, es war doch egal. Sie war sowieso eine Expertin im Fallen. Im Sturz in das Nichts, wenn plötzlich alles verschwand, was einem eben noch sicher erschien.

Josef kam mit ausgebreiteten Armen auf sie zu. »Mach dir keine Sorgen, Gesine.«

»Ich verhänge ein Redeverbot über dich! Ein Denkverbot, ein Verbot, dich ständig mit deinem Ende zu beschäftigen! Du stirbst nicht, Josef!«

»Nein, natürlich sterbe ich nicht.«

Er nahm sie in den Arm, ungelenk, beharrlich und sanft. Sein Pullover roch nach Kaminfeuer und Wolle. Seine Hand wölbte sich um ihren Hinterkopf wie eine schützende Schale.

»Schnief ruhig in meinen Ärmel«, sagte er.

Zimmercalla

Ursprünglich aus Afrika, Zantedeschia aethiopica, Familie der Aronstabgewächse.

Als Zimmerpflanze bis 80 cm hoch.

Blätter glatt und breit, oft mit hellen Sprenkeln, Stiele hoch und aufrecht.

Blüte meist Frühjahr bis Frühsommer. Sehr auffällig.

Gelbe Blütenkolben, kelchartig von einem Hochblatt umgeben, meist weiß, aber auch Rot, Gelb und andere Farben möglich.

Nach der Blüte werden die Blätter gelb und fallen ab.

Als Pflanze empfindlich. Anfällig für Krankheiten und Schädlinge. Braucht eine trockene Winterpause.

Gilt als Glücksbringer, in der Trauerfloristik auch als Ewigkeitspflanze.

Gift enthalten in allen Pflanzenteilen. Auch im Saft, der über die Blattspitzen austritt.

Scharfstoffe. Oxalsäure, Calciumoxalat, Leucocyanidin, je nach Züchtung variierende Zusammensetzung.

Nach Hautkontakt Ausschlag und Blasenbildung. Nach Verschlucken Erbrechen, Durchfall, Krämpfe. Starke Schäden an der Magenschleimhaut. Fieber, Schüttelfrost.

Viel Flüssigkeit verabreichen. Schleimhäute behandeln. Arzt aufsuchen.

11

Gegen Abend fuhr Gesine in die Stadt und holte die Kinder zum Pizzaessen ab. Nach dem Gespräch mit Josef musste sie dringend raus, alles vergessen oder verdrängen, um wieder festen Boden unter die Füße zu kriegen. Außerdem hatte sie erfahren, dass Frida und Marta bei Hannes im Institut gewesen waren. Es hatte ihr einen kleinen Stich versetzt, dass die Kinder dort sogar Marina Olbert getroffen hatten. Es wurde Zeit, dass sie selbst einmal mit ihren Nichten sprach, damit die Kinder einordnen konnten, was auf dem Friedhof passiert war und warum Marina Olbert und Hannes miteinander zu tun hatten.

Nebenbei wollte sie ein kritisches Auge auf den Zustand der Mädchen werfen. Waren sie wirklich zu Außenseiterinnen geworden, und war es wirklich nur Gesine, die in den manchmal ungewöhnlichen Verhaltensweisen der Kinder kein Problem sah?

Das Restaurant war fast leer, und es duftete nach knusprigem Teig und warmem Käse. Frida und Marta waren gut gelaunt und studierten so konzentriert die Speisekarte, als wollten sie nicht wieder das Gleiche bestellen wie immer. Die Sommersprossen auf ihren Nasen waren über den Winter blasser geworden, dafür schienen die Locken sich noch dichter zu kringeln. Ungestüm, so wie das Innenleben der Mädchen, was Gesine sehr gut gefiel. Ja, es war wunderschön, hier mit ihnen zusammen zu sein.

Natürlich hatten sich die Zwillinge seit dem Tod ihrer Mutter sehr zurückgezogen, auch in der Grundschule, und natürlich waren sie gerade zu den Kindern auf Abstand gegangen, die noch mit beiden Elternteilen zusammenlebten. Aber es war doch kein Neid, sondern die übliche Schwierigkeit, sich mitzuteilen. Frida und Marta konnten sich in den anderen Kindern einfach nicht mehr wiederfinden, und auch andersherum, wenn sie den alten Freunden etwas von ihrem neuen Alltag erzählten, stießen sie auf eine bedrückende Ratlosigkeit. War es da nicht vernünftig, sich zurückzuziehen? Zumindest vorübergehend, weil doch auch Kinder nach einem Verlust das Recht hatten, sich zu vergraben und erst dann wieder aufzutauchen, wenn der passende Moment gekommen war.

Aber nein, Gesine wusste es, nach der allgemein herrschenden Meinung sollte man Kinder aus ihren Schutzhöhlen zerren und an ihnen herumdoktern, damit sie sich gefälligst entwickelten, nämlich in die Richtung der anderen, unbeschädigten Menschen. Der fremden Leute, die vom Tod nichts verstanden und auch nichts davon wissen wollten.

Verführte Gesine die Kinder also zur Verschrobenheit? Machte sie die beiden inkompatibel? Vielleicht war sie nicht der allerbeste Umgang für sie, erst recht auch kein Vorbild, weil sie ja selbst so abgekapselt lebte – und allein.

Sie blätterte in der Speisekarte und war froh, dass niemand ihre Zweifel kannte. Vor allem Hannes und Josef nicht, die sich gar nicht wieder einkriegen würden, so erstaunt wären sie über den großen Einfluss, den sie vermeintlich auf Gesine hatten.

Aber möglicherweise sollte sie tatsächlich einmal etwas ändern. Als Erstes den Mädchen die kleinen Manöver abtrainieren, zu denen sie griffen, um den Tod der Mutter durch den Alltag zu zerren. Manöver, die für trauernde Kinder selbstverständlich waren, allen anderen aber unangenehm auffielen. Zum Beispiel, wenn sie so taten, als säße die Mutter mit ihnen am Tisch.

Auch heute Abend wieder: Frida hatte für die Mutter ein Stück Brot auf den leeren Platz am Kopfende geschoben, Marta hatte ein Glas dazugestellt, und Gesine hatte sie gewähren lassen. Als der Kellner kam und das herrenlose Brot mitnehmen wollte, hatte sie ihn sogar davon abgehalten und Frida dabei zugezwinkert, anstatt sie zur Vernunft zu bringen. Oder zu dem, was man Vernunft nennen wollte.

Aber eigentlich, sie legte die Speisekarte weg, eigentlich war es doch richtig gewesen? Und was kümmerten sie plötzlich die anderen Leute?

Der Kellner räusperte sich neben Gesine. Als habe er ihre Gedanken gelesen, brachte er einen kleinen Teller und bat darum, das Brot für den geheimnisvollen Gast darauflegen zu dürfen, damit es schöner aussehe. Im Weggehen strich er Frida über den Kopf. Danke, dachte Gesine.

Marta hatte unterdessen den Käse von ihrer Pizza gezogen. Sie aß gerne alles getrennt. Mit vollem Mund nahm sie Gesine ins Visier: »Vielleicht ist der Mörder auf dem Friedhof auch an Mamas Grab vorbeigekommen?«, fragte sie, und Frida musste wie immer nachhaken: »Hilfst du der Polizei wieder, den Mörder zu fangen, Gesine?«

»Nein«, antwortete sie entschieden. »Ich habe dieses Mal nichts damit zu tun.«

»Das finde ich gut«, lobte Frida.

»Ich nicht«, widersprach Marta. »Es ist schließlich unser Friedhof, auf dem es passiert ist, und da musst du aufpassen. Wusstest du, dass die Kommissarin mit den blonden Haaren sich mit Hannes gestritten hat?«

»Nein, Marta, es hat sich vielleicht so angehört, als ob sie streiten, aber in Wahrheit hat die Kommissarin nur ein paar Auskünfte eingeholt.«

»Du warst doch gar nicht dabei!«

»Ich kenne das aus Erfahrung. Oder habt ihr zufällig mitbekommen, worüber die beiden gesprochen haben?«

Frida legte den Kopf schräg und fixierte sie. »Du interessierst dich ja doch für den Fall.«

»Und du für Verhörmethoden.« Gesine lachte. Sie waren ein so gutes Team, sie drei, allzu eingeschworen vielleicht, aber es ging einfach nicht anders. Und wer je an Frida und Marta herumerziehen wollte, der musste erst an ihr persönlich vorbei.

Ein gutes Gefühl zog durch ihren Körper, endlich an diesem Tag, ein starker Strom, der viel an die Seite spülte, was schiefgelaufen war. Mut kam zurück, so einfach und warm. Denn wenn man wusste, wo man hingehörte, wuchs auch die Kraft.

Sie drehte sich nach dem Kellner um, der an der Theke stand und pfeifend die Gläser polierte. Er war neu hier, ein echter Italiener, wie es schien, und sie hatte eine Idee.

Mit den Winterjacken der Kinder tat sie so, als suche sie die Garderobe. Wie erwartet, sprach er sie an. »Alles in Ordnung, Signora?«

»Ich würde Ihnen gern eine Frage stellen«, antwortete sie leise, und er folgte ihr um die Ecke.

»Nur eine Kleinigkeit.« Sie hängte die Jacken weg. »Ich möchte wissen, wo man italienische Lire in Euro umtauschen kann.«

Er war überrascht. »Sie sitzen auf alten Devisen? Von Ihren Urlaubsreisen?«

»So ungefähr.«

»Schade. Für italienisches Geld ist die Umtauschfrist leider abgelaufen.«

»Also wohin damit? Haben die Münzen vielleicht einen Sammlerwert?«

»Münzen?« Er riss die Augen auf. »Bella donna, die sind doch noch nie etwas wert gewesen! Ich dachte, Sie hätten Scheine!« Er schnalzte mit der Zunge. »Mit den Münzen können Sie eher die Leute ärgern. Das 500-Lire-Stück passt in manche alte Automaten.«

»Wirklich?«

»Na ja, die Deutsche Bahn hat ihre Fahrscheinautomaten inzwischen umgerüstet, aber Sie können ein wenig rumprobieren, wo es noch klappt. Flipperautomaten, Souvenirautomaten, etwas in der Art. Das 500-Lire-Stück ist exakt so groß und fast genauso schwer wie ein 2-Euro-Stück.«

»Bekommen Sie solche Münzen auch hier im Restaurant, als Falschgeld beim Bezahlen?«

»Signora, ich weiß nicht, was in Ihnen vorgeht, aber gleich, bei Ihrer Rechnung, ich schwöre es Ihnen, werde ich aufpassen wie ein Luchs.«

»Keine Sorge.« Sie lachte leise. »Ich will nur jemandem zur Ehrlichkeit verhelfen.«

12

Gesine brachte die Kinder nach Hause und hielt an der Tankstelle, um sich Bier für den weiteren Abend zu kaufen. Sie würde spät zu Bett gehen, damit der Schlaf sie sofort überfiel und die Gedanken nicht kreisen konnten.

Erstaunt stellte sie fest, dass sie Hemmungen hatte, zum Wohnwagen zu fahren. Hatte es das jemals zuvor gegeben? War sie jemals zuvor Bauer Josef ausgewichen? Aber genau darum ging es wohl: Dass sie Sorge hatte, Josef könnte auf sie warten und zu neuen Erklärungen ansetzen. Es war wirklich ein Fehler gewesen, in seiner Anwesenheit zu heulen.

Und dann war da ja auch noch Hannes. Hannes, dem wohl nichts mehr heilig war, weder Josefs Leben noch Sterben, ganz zu schweigen von den Rechten, die Gesine als Freundin hatte.

Wie wäre es eigentlich, mit dem Bier in der Hand bei ihm zu klingeln? Würde er wissen, warum sie vor seiner Wohnungstür stand, und trotzdem öffnen? Und wusste sie es denn, warum sie bei ihm sein wollte, obwohl sie sich über ihn ärgerte? Wollte sie wirklich reden?

Man sollte einmal in Erfahrung bringen, wie andere Leute es machten, wenn sie sich gestritten hatten. Tranken sie Bier und schwiegen, bis alles wieder gut war? Wie viel Schweigen konnte man denn im Allgemeinen verkraften, ohne sich an die Gurgel zu gehen?

Entschlossen startete sie den Motor. Sie würde nicht zurück, sondern nach vorn schauen, und zwar auf die Probleme, zu deren Lösung sie effektiver beitragen könnte: den Todesfall Schellhorn, die vermisste Leiche von Madeleine Jablin und den alten Herrn Jablin, der über seine Taschenspielertricks noch stolpern würde.

Es war spät, im Radio lief entspannte Musik, und sie nahm die Route, die Richtung Osten aus der Stadt führte. Auf einer nächtlichen Tour ins Bergische wollte sie sich die Örtlichkeiten anschauen, um die es ging, vor allem Carsten Schellhorns Firmensitz.

Sie fuhr langsam. Es war schon wieder deutlich unter null, und der Asphalt glitzerte eisig. Anstatt auf die Autobahn zu wechseln, blieb sie auf der einsamen Landstraße. Die Scheinwerfer schnitten durch die Nacht, sie drehte das Radio aus und lauschte dem sonoren Geräusch des vertrauten Pick-ups.

Bald erreichte sie das Waldgebiet am Fuße der Hügel. Tannen und Kiefern drängten sich an den Asphalt, Leitplanken und Pfähle waren schmutzig, so dass die Reflektoren nur matt schimmerten. Im Gebüsch dagegen glommen helle Funken auf, blaue Lichteffekte, die das Wild davon abhalten sollten, auf die Straße zu laufen. Auf dem Beifahrersitz klirrten die Bierflaschen, wenn es um eine Kurve ging.

Sie war früher oft hier im Wald gewesen. Damals, als ihr kleiner Sohn noch lebte. Sonntags waren sie hier spazieren gegangen, Kekse in der Tasche. An der nächsten Kreuzung lag der kleine Parkplatz. Die alte Mühle dahinter, der Teich, das Café und die Schaukel aus Autoreifen.

Sie hielt an, öffnete die Seitenscheibe und steckte den Kopf ins Dunkle. Die Luft war neblig feucht. Der Mühlenteich lag still. Die Enten von damals, die ihr Sohn noch gefüttert hatte, waren natürlich längst tot, die Schwäne auch. Nur sie selbst atmete, immer noch.

Sie lehnte die Wange an das klamme Fenstergummi und schmeckte die Nacht. Das eisige Moos, das in der Lunge wuchs.

Plötzlich eine Bewegung in der Luft. Kein Laut, keine Gestalt, eher eine Ahnung von etwas, das heranraste, mit gewaltiger Spannweite. Ein Wischen. Ein Vogel, der den Kegel der Scheinwerfer durchquerte und schon wieder verschwand.

Etwas erschrocken wollte Gesine das Seitenfenster schließen, aber da kehrte das Tier zurück. Kurvte mit enormer Geschwindigkeit über dem Pick-up, kam wieder näher ans Licht, hatte riesige Schwingen, stockte, hing sekundenlang vor der Fahrerkabine, einfach so, und sah Gesine an. Große dunkelgelbe Eulenaugen. Der Schnabel öffnete sich, der Kopf schaukelte, pendelte, dann ruckte die Eule und stieg in einem steilen Bogen nach oben.

Gesine blieb noch lange so sitzen. Eine Eule jagt und kämpft und lässt dabei ihr Leben. Auf die Idee, von sich aus alles bleiben zu lassen, kommt sie dabei nicht.

Als Gesine weiterfuhr, wurde die Straße bald breiter. Unter die Tannen mischten sich Buchen und Birken, und dazwischen lag in schimmernden Flecken alter Schnee. Dann ging es steiler bergan, der Baumbestand lockerte auf, und die Scheinwerfer strichen über offene Wiesen. Ein halber Mond trieb in den Wolken, für einen Moment schien es, als werde die Luft klarer, aber dann tauchte der Pick-up unvermittelt in eine Nebelbank.

Gesine bremste, die Bierflaschen rutschten vom Sitz, und das Heck des Wagens brach aus. Sie lenkte dagegen, es holperte und knirschte, Gras und Eis, und ihr fiel ein, wie der alte Herr Jablin ins Lenkrad gegriffen hatte. Da riss der Nebel wieder auf, ebenso plötzlich, wie er gekommen war. Nichts war passiert, sie hob die Flaschen auf und kam ohne Probleme in die Spur zurück.

Im Schritttempo passierte sie ein Dorf, es war menschenleer, doch zwischen den Häusern entdeckte sie das Schild, das sie suchte: *BCS*, die gleiche rote Schrift wie auf den Plakaten am Ostfriedhof und auf den Mützen der Sargträger. *Bestattungsinstitut Carsten Schellhorn, 1800 Meter rechts.*

Sie folgte den Wegweisern. Das Institut lag außerhalb des Dorfes auf der Kuppe eines Hügels und ragte aus Nebelbänken empor. Eine lange Einfahrt führte nach oben, *Privatstraße*, Gesine blieb ordnungsgemäß unten am Tor. Obwohl sie mit etwas Großem, Protzigem gerechnet hatte, staunte sie über den Anblick, den das Bestattungsinstitut bot. Es war ein prachtvolles historisches Gehöft. Fachwerk, hell erleuchtet und weithin zur Schau gestellt. In der Mitte das Haupthaus, daneben schmucke kleinere

Gebäude und davor ein laternengesäumter Platz, auf dem zwei Autos parkten.

Sie stieg aus. Die Einfahrt war mit Grauwacke gepflastert. Schlanke, kahle Bäume und kniehoher Liguster säumten den Weg. Alles war mit Reif überzogen. Als sie die Hand auf das schmiedeeiserne Tor legte, flammte ein Spalier von Laternen auf, und sie sprang in den Schatten zurück.

Was waren es für Autos, die oben vor dem Gehöft parkten? Das eine war silbern, ein Mittelklassewagen, sie erinnerte sich, am Morgen genau so einen Typ vor dem Friedhof gesehen und ihn Pfarrer Faust zugeordnet zu haben. Saß Franz Faust also gerade oben im Anwesen und tröstete die Hinterbliebenen?

»Ich denke, der Herrgott mag Sie.« Der Weichklopfer, der Seelenbohrersatz, den Franz Faust vielleicht auch bei der Familie von Carsten Schellhorn anbringen konnte.

Endlich schalteten sich die Laternen auf der Einfahrt wieder aus, doch als Gesine zurück in den Pick-up steigen wollte, knackte es hinter dem Liguster. Auf dem Grundstück schlich jemand umher. Wie lange schon?

Möglichst ruhig, wie jemand, der nichts zu verbergen hatte, stieg sie auf den Fahrersitz. Dass sich die Innenbeleuchtung anknipste, passte ihr nicht, aber da gab es schon einen lauten Knall über ihrem Kopf. Etwas hatte das Autodach getroffen. Vor Schreck rutschte ihr der Türgriff aus der Hand. Noch ein Knall. Sie duckte sich, angelte nach der Tür, da sauste etwas an ihrem Gesicht vorbei, dicht am Auge, und schlug mit Wucht in den Wagen ein. Die Bierflaschen zerbarsten.

Endlich war der Wagen geschlossen, und sie drückte die Verriegelung. Dann rangierte sie mit drei Zügen in eine günstige Position und schaltete das Fernlicht an. Die Stämme der Bäume strahlten auf, die überfrorene Rinde reflektierte, und dazwischen hingen Nebelfetzen wie japanische Paravents. Der Rasen wölbte sich glitzernd bis hoch zum Haus. Aber es war kein Mensch zu sehen.

Sie wagte es nicht, nach dem Geschoss zu forschen, das eingeschlagen war, sondern fuhr ins Dorf zurück und hielt an der einzigen Kreuzung, die beleuchtet war. Im Fußraum der Beifahrerseite fand sie einen hellgrauen Stein mit scharfen Kanten. Grauwacke, vielleicht aus dem Schmuckstreifen von Schellhorns Einfahrt gebrochen. Sie meinte noch einmal den Luftzug von eben zu spüren, als der Stein an ihrem Gesicht vorbeigeflogen war. Ob der Angreifer wirklich ihren Schädel hatte treffen wollen? Die Zähne, die Augen?

Verstört kümmerte sie sich um die zerbrochenen Flaschen. Die Scherben sammelte sie in eine Tüte. Auf das mit Bier getränkte Polster legte sie einen Lappen.

Ihr Handy klingelte. Eine unbekannte Nummer, und das um diese Uhrzeit, es war fast Mitternacht. Sie fühlte sich unbestimmt beobachtet, zögerte, das Gespräch anzunehmen, und als sie endlich die grüne Taste drückte, war schon die Mailbox angesprungen. Sie hörte sie ab, keine Nachricht.

Dann wickelte sie den Stein in eine Tüte. Er war nass, und bei der Kälte hatte derjenige, der ihn geschleudert hatte, vermutlich Handschuhe getragen. Aber die Polizei würde das Geschoss sicher gern untersuchen.

Was passiert war, war gefährlich gewesen. Bedrohlich und gerade noch mal gutgegangen. Aber Gesine meinte, darin auch ein persönliches Signal zu erkennen: Der Fall Schellhorn fand ab sofort nicht mehr ohne sie statt.

Das Streugut knirschte unter ihren Sohlen, als sie über die Dorfstraße ging. An den Häusern waren die Rollläden heruntergelassen. Ein Hund kläffte hinter einem Hoftor. Irgendwo schien ein Stall zu sein, denn es roch nach Mist.

Im Ortskern fand sie einen kleinen dunklen Supermarkt. Gegenüber lag eine Gaststätte, durch die Gardinen drang ein schwaches Licht. Ihr war danach zumute, ein wenig Klatsch zu hören über das schicke Bestattungsinstitut auf dem Berg oder den örtlichen Pfarrer. Leider ließ sich die Tür der Gaststätte nicht öffnen, und auf ein Klopfen wurde nicht reagiert.

Nur aus der Wohnung im ersten Stock kamen Geräusche. Ein Fenster war gekippt, der Rollladen hochgezogen. Sie hörte Schüsse, scheppernd und mit Musik unterlegt. Ein Fernsehkrimi.

Schon wieder klingelte das Handy, aber als sie es aus der Jackentasche zog und nachschauen wollte, bog jemand um die Ecke und lief in sie hinein. Ein weicher kleiner Mensch im Mantel, eine alte Frau. Sie hielt einen Hund an der Leine, der augenblicklich an Gesine hochsprang. Die Frau riss ihn zurück. »Aus!«

»Es ist ja nichts passiert«, sagte Gesine, aber die Frau sah sie nicht einmal richtig an und marschierte weiter, mit kurzen, mühsamen Schritten. Den Hund zog sie wie einen Schlitten hinter sich her.

»Eine Frage bitte«, Gesine ging ihr nach. »Ich suche die Kirche, oder besser gesagt, das Pfarrhaus von Franz Faust. Können Sie mir helfen?«

»Um diese Uhrzeit?« Die Frau blieb stehen. »Ist denn etwas passiert?«

»Ich bin also richtig? Dieses Dorf gehört zu Franz Fausts Gemeinde?«

»Selbstverständlich. Aber wenn Sie sich überhaupt nicht auskennen …«

»Sagt Ihnen der Name Jablin etwas?«

»Nein.«

»Oder Schellhorn?«

»Ach so!« Ihr Gesicht erschlaffte. »Sie sind von der Presse! Ja?«

»Nicht direkt.«

Der Hund knurrte, die Frau ruckte an der Leine. »Ich sage Ihnen was. Wir mochten Carsten Schellhorn, wir alle hier im Dorf, und wir können nur hoffen, dass das Institut den Schlag übersteht.«

Mit einem Sprung erwischte der Hund Gesines Finger, ehe sie reagieren konnte. »Oh Gott, oh Gott!«, rief die Frau und rannte los. Verschwand in der kalten Dunkelheit, und der Hund röchelte im Halsband.

Gesine fluchte. Die Wunde am Finger war nicht tief, bloß ein Ratscher von den spitzen Zähnen, aber es brannte. Sie klopfte erneut an der Gaststättentür, um nach einem Desinfektionsmittel zu fragen.

»Hey!« Aus dem Fenster im ersten Stock lehnte jetzt ein junger Typ. »Sind Sie verletzt?«

»Nicht der Rede wert«, sagte Gesine.

»Ich habe gehört, Sie sind von der Presse?«

»Nein. Oder willst du mir was erzählen?«

»Sehr witzig.«

Er war höchstens siebzehn, die Haare in einem Wirbel um den Kopf geföhnt. Im Zimmer hinter ihm lief immer noch der Fernseher. Gesine drückte ein Taschentuch auf den Finger und stellte sich direkt unter das Fenster.

»Du bist noch nicht volljährig, oder? Du dürftest mir gar nichts sagen, wenn ich dich etwas fragen würde. Zum Beispiel über das Institut Schellhorn.«

Der Junge warf einen Blick hinter sich, dann lehnte er sich noch weiter aus dem Fenster. Die dichten Haare fielen nach vorn.

»Auf jeden Fall sollten Sie nicht auf die Alte mit dem Köter hören«, sagte er gepresst. »Die faselt die gleiche Scheiße wie alle, und ich lasse mir nichts anhängen.«

»Über dich hat sie gar nicht gesprochen.«

»Außerdem ist es total krank, dass Sie hier nachts rumkriechen und schnüffeln. Und wieso überhaupt bei uns? Warum nicht bei den Schellhorns?«

»Komm doch mal runter. Dann können wir uns besser unterhalten.«

»Nee.« Er musste sich am Fensterrahmen festhalten, um nicht abzustürzen. »Ich weiß schon, dass Sie mir das Wort im Mund umdrehen wollen. Aber Sie können das auch mal aufschreiben, vielleicht klappt es dann besser: Ich habe die Schellhorn nicht angefasst.«

Die Schellhorn? »Du meinst Frau Schellhorn?«, fragte Gesine nach.

»Sie lügt! Oder sehe ich so aus, als hätte ich es nötig?«

Er musste husten, die Fensterbank knackte unter seinem Gewicht. Gesine hob beschwichtigend die Hände, da tauchte hinter ihm ein alter Mann auf. Sein weißer Schopf war ebenso dicht.

»Was wollen Sie?«, fragte er scharf nach unten.

»Nichts.« Gesine trat den Rückzug an. »Schönen Abend noch.«

»Haben Sie gefilmt?«

»Nein.«

»Fotos gemacht?«

»Nein!«

»Wenn ich den Namen meines Enkels in der Zeitung lese, kriegen Sie eine Klage an den Hals, das garantiere ich Ihnen.« Der Alte zog den Jungen ins Zimmer und knallte das Fenster zu. Der Rollladen sauste herunter.

Die Schellhorn. Frau Schellhorn angefasst. Was hatte der Junge bloß gemeint?

Gesine setzte die Kapuze auf, die Ohren taten weh vor Kälte. Die Luft hing vor den Fassaden wie luzides Eis, und es war so still, wie es nur nachts auf dem Land sein konnte.

13

Auch am Polizeipräsidium war es in der Nacht neblig gewesen, doch anders als draußen im Bergischen hatte sich hier in der Stadt die Luft unter den Schwaden erwärmt. Am Abend schon konnte man es spüren, die Temperatur stieg an. Viele, die ein solches Wetter nur aus dem Internet kannten, waren überrascht und befragten ihre Apps, aber da quälte sich der Nebel bereits durch die Straßen.

Er kondensierte an den Gebäuden. Er klebte an Brüstungen und Blenden aus Metall, von denen gerade das Polizeipräsidium so viele zu bieten hatte. Gegen Mitternacht rann das Wasser von den Lamellen der Außenjalousien, und auf den Gittern, mit denen die bodentiefen Fenster der Chefbüros gesichert waren, reihten sich feinste Tropfen. Millionenfach.

Und der Hausmeister fluchte. In der Abstellkammer schob er den Eimer mit Streusalz nach hinten und zog den Besenstiel mit der Gummilippe hervor, um zumindest den Eingang der Behörde zu trocknen. Seinen Feierabend hatte er sich anders vorgestellt, aber Dienst war ja Dienst.

In den frühen Morgenstunden allerdings schlug das

Wetter wieder um, und der Frost kam zurück. Er glitt aus den Bergen ins Tal, stülpte sich über den Nebel und drückte das Wasser nach unten, und dem Präsidium wuchs ein frischer Panzer aus Eis. Der Gehweg wurde zur Falle. Die Betonplatten lagen plötzlich wie unter Glas, und von den Stufen hingen bizarre Scherben. Oben, an der Fassade, knackten die Fenster. Aus den Ritzen krochen spitze Kristalle.

Der Hausmeister warf einen Parka über den Schlafanzug, kramte fluchend das Salz wieder hervor und streute die Eingangstreppe ab. Besonders viel Mühe gab er sich nicht mehr, denn er war erschöpft.

Und so war es, als Gesine kurz vor Sonnenaufgang am Präsidium eintraf, spiegelglatt. Auf ihre Arbeitsstiefel war zwar Verlass, sie griffen gut, aber den Zustand der Treppe empfand sie doch als typisch. So rutschig und abweisend.

Marina Olbert saß aufrecht in ihrem Büro hinter dem Computer. »Setzen Sie sich dahinten an den Besprechungstisch, Frau Cordes. Aber lassen Sie die Ordner und Mappen in Ruhe, das alles ist vertrauliches Behördenmaterial.«

»Selbstverständlich.« Gesine hängte ihre Jacke über den Stuhl. »Ich möchte Ihnen auch nicht viel Zeit stehlen, sondern ich bin gekommen, um ein paar Eindrücke zum Fall Schellhorn abzugleichen.«

»Dieser Fall befindet sich in den Händen der Polizei. Ausschließlich. Punkt. Sie hatten die Chance, eine Zeugin zu sein, aber dazu waren leider nicht einmal die geringsten Bedingungen erfüllt. Oder möchten Sie jetzt über die Armbanduhr reden?«

Gesine überflog die Aufschriften auf den Mappen, die über den Tisch verstreut lagen. Sexualdelikte. Ältere Fälle. Stapelweise Material, das längst Staub angesetzt hatte und mit dem die Olbert sich wohl von neuem beschäftigte. Im Zusammenhang mit welchen Ermittlungen?

»Wenn ich Sie frage, Frau Olbert, ob Frau Schellhorn schon einmal von einem Jungen bedrängt worden ist, wüssten Sie mit der Frage etwas anzufangen?«

»Sie sollen die Mappen in Ruhe lassen.«

»Ich bitte Sie, die Angelegenheit ist kein Geheimnis. Zumindest draußen im Bergischen nicht.«

»Sie waren vor Ort?«

»Warum nicht? Ich habe mir das Dorf und das Institut Schellhorn angesehen. Aber ich kann Sie beruhigen, man hat mir recht bald die Grenzen gezeigt. Ich wurde mit Steinen vertrieben.«

»Es ist nicht nötig, dass Sie übertreiben«, entgegnete die Ermittlerin kühl.

»Das tue ich nicht.« Gesine schlug die Beine übereinander und betrachtete die zarten Dreckspuren, die ihre Stiefel auf dem Linoleum hinterlassen hatten. »Frau Olbert, wenn Sie die Krallen einfahren, können wir uns besser besprechen.«

»Wir? Bitte? Nachdem Sie und Herr van Deest nichts anderes im Sinn hatten, als mich in die Irre zu führen?«

»Nein, so war das doch gar nicht, aber ich entschuldige mich trotzdem, dass wir Ihren Unmut erregt haben.«

Die Bemerkung brachte die Ermittlerin noch weiter auf. Sie kam federnd zum Besprechungstisch und stützte sich mit den Fäusten auf. Schneidende Stimme.

»Warum sind Sie hier?«

»Wie erwähnt ... ach, Himmelherrgott noch mal, jetzt reicht es aber!« Gesine sprang hoch. »Ja, ich habe im Dorf mit dem Jungen gesprochen, der Frau Schellhorn angefasst haben soll. Und jetzt sehe ich, dass Sie hier Akten über Sexualdelikte lesen, und das bedeutet doch, dass wir beide auf derselben Spur sind, oder nicht?«

Die Olbert ließ den Tisch los. Es fiel ihr sichtlich schwer zu sprechen. »Sie sind auf einem bestimmten Ohr sehr taub, Frau Cordes.«

»Und Sie sind so unfreundlich, dass Sie nicht einmal merken, wenn man Ihnen weiterhelfen will!«

Wie Preisboxer standen sie sich gegenüber, dann drehte sich die Ermittlerin brüsk zum Fenster und starrte hinaus. Statuengleich, aufrecht und eingebildet in ihrem sportlichen Schick und mit dem glänzenden Blondhaar.

Gesine zog ruppig ihre Jacke an, der Reißverschluss ratschte, und die Olbert wandte sich halb um:

»Ich fasse es nicht. Dass Sie jetzt auch noch die Gekränkte spielen, Frau Cordes!«

»Ich wollte kooperativ sein. Aber es steht uns wohl beiden nicht gut, wenn wir uns verbiegen«, antwortete Gesine.

»Na, dann finden Sie doch erst einmal zu Ihrer alten Ehrlichkeit zurück. Ich frage Sie: Geben Sie Hannes van Deest weiterhin ein Alibi für die fragliche Nacht? Für die Nacht, in der Carsten Schellhorn ermordet wurde?«

Die Augen der Olbert hatten einen komischen Glanz angenommen, den kalten Schimmer von Daumenschrauben. Es drängte Gesine, das Weite zu suchen, sowohl Hannes als auch sich selbst zuliebe. Aber warum eigentlich? War die Flucht jemals ein guter Weg gewesen? Und fühlte es sich nicht schändlich an, hier und jetzt im Polizeipräsidium schon wieder Dinge vorzutäuschen, die niemandem nützen würden, außer vielleicht einem Mörder?

»Ich habe nicht direkt gelogen, Frau Olbert, aber ich habe mich um die Wahrheit gedrückt. Denn Herrn van Deests Behauptung, mit mir zusammen gewesen zu sein, ist falsch. Ich habe ihn weder in der Mordnacht noch am Morgen der Trauerfeier gesehen. Es ärgert mich selbst, dass ich es nicht sofort klargestellt habe. Aber ich stehe zu meinem Impuls, Hannes in Schutz zu nehmen.«

»In Schutz vor wem?«

»Vor der Polizei. Ich wollte verhindern, dass er falschen Anschuldigungen ausgesetzt wird. Auch wenn ich selbst derzeit ein paar Unstimmigkeiten mit ihm habe, lege ich meine Hand für ihn ins Feuer. Mit einem Mord hat er nichts zu tun.«

»Sie reden genauso wie erwartet.«

Die Schultern der Olbert sackten nach unten. Sie sah wieder zum Fenster hinaus, und man konnte beobachten, wie ihre Halsmuskeln sich bewegten. »Frau Cordes, Sie wissen, dass Hannes van Deest ein sehr heikles Verhältnis zum Institut Schellhorn hat.«

»Ja«, sagte Gesine fest.

»Er hat sich durch Schellhorns Geschäftsgebaren existenziell bedroht gefühlt.«

»Existenziell im beruflichen Sinne.«

»Aber dieser Punkt liefert ein Motiv. Himmel!«

»Selbstverständlich. Genau darum müssen wir zweimal hinschauen. Aus Misstrauen oder persönlichen Animositäten dürfen uns keine Scheuklappen wachsen.«

Die Ermittlerin schwieg. Sie war absolut stur, dabei war noch gar nichts besprochen worden.

Voller Anspannung stellte sich Gesine zu ihr ans Fenster, die Jacke hochgeschlossen. Unten auf dem Parkplatz kurvte ein kleines Streufahrzeug um die Autos. Das Warnlicht blinkte auf der Fahrerkabine, das orangegelbe Flackern sah an diesem eiskalten Morgen verloren aus.

Die Olbert seufzte. »Bis neulich hätte ich Herrn van Deest ebenfalls vertraut, recht weitgehend jedenfalls. Aber leider hat er sich diesen Vorschuss zerstört. Nicht nur wegen der dusseligen Aussage, er habe Ihnen am fraglichen Morgen die Uhr vorbeibringen wollen. Wobei, also ich möchte das jetzt einmal von Ihnen hören: Würden Sie eine zierliche goldene Damenuhr tragen? An einem roten Armband aus Wildleder?«

»Das spielt doch keine Rolle.«

»Doch. Weil ich mich wundere, dass er annehmen konnte, ich würde ihm glauben. Und dann hat er mir noch seine Bekanntschaft mit Madeleine Jablin verschwiegen. Seine recht gute Bekanntschaft, wohlgemerkt. Raten Sie mal, welche Uhr Frau Jablin auf den Fotos trägt, die wir inzwischen von ihr gesichtet haben?«

Oh ja, es war dumm gewesen. Dumm von Hannes und dumm von ihr, Gesine, nicht daran zu denken, dass Marina Olbert einen Sinn für die Detailarbeit hatte.

»Es tut mir unendlich leid, Marina.«

»Davon gehe ich aus.«

»Im Übrigen befindet sich die Uhr längst wieder im Besitz der Familie Jablin. Und auch Hannes wird inzwischen wissen, dass er sich in dieser Angelegenheit falsch verhalten hat.«

»Nein, das weiß er nicht.«

Die Olbert ließ Gesine stehen und setzte sich wieder an ihren Schreibtisch. »Die Lage ist so: Herr van Deest wollte die Bestattung von Madeleine Jablin ausrichten, aber das Institut Schellhorn hat ihm den Auftrag weggenommen. Das nenne ich erneut ein starkes Motiv, und – lassen Sie mich endlich ausreden, Frau Cordes! – Herr van Deest hätte sehr viel Zeit gehabt, der Polizei freiwillig von seinen Interessen zu erzählen. Ich war persönlich bei ihm im Institut, ich habe unter vier Augen mit ihm gesprochen, aber er hat es vorgezogen, seine Kontakte zu verheimlichen.«

Verdammt, Hannes. »Lassen Sie mich mit ihm reden«, bat Gesine. »Und lassen Sie mich bei den Ermittlungen helfen, damit es vorangeht. Sie brauchen jemanden, der sich im Friedhofswesen gut auskennt und recherchieren kann.«

»Meine Recherche macht mir keine Probleme.« Marina Olbert stützte das Kinn auf. »Außerdem sind Sie zu dicht am Geschehen. Das ist doch klar.«

»Na gut.« Gesine schob die Hände in die Jackentaschen. Der Plastikbeutel, den sie eingepackt hatte, knisterte. »Dann bleiben Sie eben auf Ihrem hohen Ross, Frau Olbert, aber nehmen Sie trotzdem noch das hier, es wird Ihnen Freude bereiten.«

»Was haben Sie da? Einen Beweismittelbeutel?«

»Diese Münze hat mir Herr Jablin angedreht. Es handelt sich um italienische Lire. Allerdings hat er so getan, als sei es ein 2-Euro-Stück.«

»Ja und? Warum haben Sie die Münze eingetütet?«

»Weil ich mehr im Blick habe als Hannes und seine Schwächen. Ich denke zum Beispiel über die pompöse Trauerfeier in der Kapelle nach oder über den Sarg mit den Silberbeschlägen. Für die Beerdigung wurden die teuersten Kränze und Blumengebinde bestellt, und zwar vom Institut Schellhorn. Aber wirkt Herr Jablin auf Sie wie jemand, der eine solche Bestellung bezahlen könnte? Und was denken Sie, wie Carsten Schellhorn reagiert hätte, wenn er auf der Rechnung sitzengeblieben wäre?«

»Geben Sie den Beweismittelbeutel her. Selbstverständlich sind wir längst dabei, Herrn Jablins Verhältnisse zu prüfen«, sagte die Olbert etwas schwammig.

Gesine hielt den Beutel fest. »Es gibt Leute mit einem merkwürdigen Tick. Sie haben den Zwang, als wohlhabend aufzutreten, auch wenn ihnen finanziell das Wasser bis zum Hals steht. Solche Menschen können sehr verzweifelt sein.«

Die Ermittlerin nickte, und ja, es war nicht zu verkennen: Die Selbstgewissheit bröckelte aus ihrer Fassade.

»Also gut, Gesine, ich werde die italienische Münze zu den Akten nehmen. Allerdings scheint es mir unmöglich, dass Herr Jablin im Alleingang Herrn Schellhorn getötet hat. Ihm fehlen die körperlichen Mittel dazu.«

»Und mehr dürfen Sie mir darüber nicht sagen?«, erwiderte Gesine und ließ den Beutel los. »Zwar wissen Sie inzwischen über die konkreten Todesumstände Bescheid, aber ich muss leider unwissend bleiben?«

Marina Olbert seufzte. »Mehrere Messerstiche. Tief und weniger tief.«

»Danke. Und warum war die Blutspur so schmal, die unter Schellhorns Rücken hervorlief?«

»Also wirklich, Frau Cordes. Dann lassen Sie uns in Gottes Namen über das mutmaßliche Sexualdelikt reden.«

Gesine runzelte die Stirn. »Sie meinen, es gab an der Leiche von Carsten …«

»Nein, nicht an der Leiche von Schellhorn. Und es geht im Grunde auch um zwei verschiedene mutmaßliche Sexualdelikte. Das eine betrifft die heutige Witwe, Karin Schellhorn. Sie haben ja offenbar schon davon gehört. Leon, der Junge aus dem Dorf, soll Frau Schellhorn belästigt haben. Er hatte ein Praktikum im Institut gemacht. Sie hat ihn angezeigt.«

»Und was noch?«

»Zweitens geht es um ein Delikt, das mit Leon nicht direkt etwas zu tun haben muss, das aber indirekt mit ihm verbunden sein könnte.« Marina Olbert räusperte sich. »Denn der Staatsanwalt hat eine eigenwillige These aufgestellt. Er meint, Karin Schellhorn könnte sich außerehelich vergnügt haben, zum Beispiel mit Praktikanten, während der Ehemann Carsten sich wiederum an Leichen verging.«

»Wie bitte?« Gesine hielt die Luft an. »Nekrophilie?«

»Der Staatsanwalt überlegt, ob Schellhorn sich konkret an der verstorbenen Madeleine Jahlin vergriffen hat.«

»Aber welche Hinweise gibt es darauf?«

»Tja. Das ist der Punkt. Sollen wir uns noch einmal an den Besprechungstisch setzen, Frau Cordes?«

Gesine kehrte auf den Stuhl von eben zurück und konnte es kaum erwarten, mehr zu hören. Marina Olbert aber brauchte eine geschlagene Minute, um sich zu sammeln.

»Der Staatsanwalt meint«, sagte sie schließlich und seufzte, »wir sollten offener denken. Wir sollten nicht nur davon ausgehen, dass der Körper von Madeleine Jablin verschwunden ist, weil der Platz im Sarg gebraucht wurde. Vielleicht könnte der Körper auch eine ganz andere Rolle gespielt haben. Vielleicht wurde er missbraucht.«

»Aber nur weil Nekrophilie theoretisch möglich wäre, muss es nicht …«, begehrte Gesine auf, doch die Ermittlerin unterbrach sie:

»Der Staatsanwalt möchte, dass wir uns mit der Persönlichkeit von Carsten Schellhorn befassen. Er meint, sein Beruf als Bestatter liefert einen Ansatzpunkt. Denn wenn Schellhorn nekrophil war, hätte er sich in seinem Institut unbemerkt an Leichen vergehen können. Bis Madeleine Jablin vor ihm lag und er bei seinem Tun ertappt wurde.«

Das war widerlich. Es zog den Berufszweig der Bestatter ins Zwielicht und produzierte abstoßende Bilder. Auch Marina Olbert schüttelte den Kopf, als ob sie nicht besonders fest an die Theorie des Staatsanwalts glaubte.

»Ich muss in den alten Akten nach Fällen von Leichenschändung suchen«, klagte sie.

»Haben Sie denn etwas gefunden?«, fragte Gesine.

»Noch nicht.«

»Also.« Gesine beugte sich vor. »Sagen Sie mir, was Sie

als erfahrene Ermittlungsleiterin denken. Aus dem Bauch heraus.«

Auch die Olbert beugte sich vor. »Es bleibt unter uns?«, vergewisserte sie sich.

»Auf jeden Fall.«

»Bei der Obduktion habe ich eine anatomische Auffälligkeit an Carsten Schellhorn bemerkt. Er hatte einen sehr kleinen Penis. In Verbindung mit der Tatsache, dass er dem Angreifer den Rücken zugedreht hat, kam ich auf die Idee, diese Besonderheit sei ihm unangenehm gewesen. Er könnte die Gefahr, die vom Angreifer oder der Angreiferin ausging, unterschätzt haben, weil er sehr darauf konzentriert war, seine Vorderseite nicht zu zeigen.«

»Er trug doch Unterwäsche.«

»Die ihm erst nachträglich angezogen wurde. Hemd und Unterhose weisen kaum Blutspuren auf. Man hat ihm die Wäsche erst übergestreift, als der Blutstrom versiegt war.«

Gesine dachte nach. »Aber selbst wenn Schellhorn verschämt war: Sie wollen doch bitte nicht behaupten, dass sich aus dieser Tatsache eine nekrophile Neigung entwickeln konnte, Frau Olbert?«

»Nein, überhaupt nicht. Ich habe sowieso noch nie von einem nekrophilen Bestatter gehört, und außerdem finde ich, wir sollten den Praktikanten nicht vergessen, den Jungen aus dem Dorf. Waren Sie schon einmal mit einem Mann zusammen, dem der Penis peinlich war, Frau Cordes?«

»Nein.«

»Ich selbstverständlich auch nicht. Aber ich kann mir

gut vorstellen, dass es zwischen den Eheleuten Probleme gab und dass Karin Schellhorn nicht abgeneigt war, sich deshalb einem jungen Praktikanten zuzuwenden.«

»Moment. Frau Schellhorn hat doch den Praktikanten angezeigt, nicht umgekehrt.«

»Vielleicht wollte sie einer öffentlichen Enthüllung zuvorkommen? Die Notbremse ziehen, indem sie den Jungen beschuldigte, bevor er die Wahrheit im Dorf herumerzählte?«

»Und was ist mit Madeleine Jablin?«

Die Olbert kontrollierte den Sitz ihrer Haare. »Frau Jablin musste den Platz im Sarg freimachen und wurde entsorgt. Vielleicht hat man sie längst in einem Krematorium verbrannt.«

»Also ist Karin Schellhorn Ihre Hauptverdächtige. Sie hatte eine Affäre zu verbergen, und als Bestattergattin weiß sie, wohin man eine Leiche bringen kann.«

»Höre ich schon wieder Zweifel, Frau Cordes?«

»Nicht unbedingt. Aber haben Sie den Jungen aus dem Dorf einmal gesehen? Er wirkt wie ein Kind, nicht wie ein Liebhaber.«

»Die Anzeige gegen ihn existiert aber.«

»Man sollte sich trotzdem noch mehr Mühe geben, die Details zu beleuchten. Was ist mit dem Sargdeckel, der in der Kapelle locker war? Wenn Karin Schellhorn die Leichen ausgetauscht hat: Wäre es ihr passiert, mehrere Beschläge offen zu lassen?«

Mit einer ungeduldigen Geste stand die Ermittlerin auf. »Ich werde auf jeden Fall einen Durchsuchungsbeschluss beantragen.«

Gesine nickte. »Erwähnen Sie ruhig die Nekrophilie in Ihrem Antrag. Dann wird der Staatsanwalt es nicht hinterfragen, dass Sie das Institut Schellhorn auf den Kopf stellen wollen.«

»Oder ein anderes Institut.«

»Ein anderes?«

»Ach, nur so dahergesagt.« Marina lächelte und wies auf die Aktenstapel auf dem Tisch. »Und das Material aus dem Archiv lasse ich von der Hospitantin durchforsten. Sie ist ja ziemlich engagiert.«

»Eine gewisse Frau Brinkmeyer?«

»Ich hörte schon, dass Sie sich kennengelernt haben, und Sie können sich freuen: Frau Brinkmeyer hat Ihre Schulung in Sachen Sinnfrage so ernst genommen, dass sie mir gestern Abend noch spät auf die Mailbox gesprochen hat. Sie wollte eine Idee zu unserem Fall loswerden. Leider konnte ich sie nicht zurückrufen.«

Gesine fiel etwas ein. Es war sehr unwahrscheinlich, aber sie sollte es klären. »Ich hatte gestern Abend auch noch zwei Anrufe.« Sie holte ihr Handy hervor und aktivierte das Display. »Die Nummer war mir nicht bekannt, und es wurde auch keine Nachricht hinterlassen.«

»Zeigen Sie mal her. Ach, das gibt es nicht. Das war wirklich Nadine Brinkmeyer! Hier, dreimal die 9 am Ende, das erkenne ich.«

»Warum ruft Ihre Hospitantin mich an, Frau Olbert? Und woher hat sie meine Nummer?«

»Aus den Akten, vermute ich.«

Die Ermittlerin öffnete die Bürotür und sah über den Flur, als hoffte sie, die Brinkmeyer dort zu entdecken. Dann telefonierte sie mit verschiedenen Kollegen im Präsidium, aber niemand wusste Bescheid, wo die Hospitantin steckte. Schließlich ließ sie sich sogar die Privatnummer geben und stellte fest, dass Nadine noch bei ihren Eltern wohnte und dass sie in der Nacht nicht nach Hause gekommen war. Die Mutter stellte besorgte Fragen, und Marina hatte Mühe, sie zu beruhigen.

»Doch, selbstverständlich sind wir sehr zufrieden mit Nadine«, sagte sie in den Hörer. »Ja, ich werde ihr auftragen, sich zu melden.« Es gab eine kurze Diskussion, und nachdem das Gespräch beendet war, drehte Marina sich fassungslos um.

»Nadine Brinkmeyer hat ihrer Mutter gestern Nachmittag mitgeteilt, dass sie für mich noch etwas zu erledigen hätte!«

»Da muss sie etwas missverstanden haben.«

Aber die Olbert drückte nervös auf ihrem Telefon herum und sprach noch einmal mit dem Beamten vom Empfang. Auch Gesine hörte noch einmal ihre Mailbox ab, aber die Hospitantin hatte ihr tatsächlich nichts hinterlassen. Nur ein Atemgeräusch war aufgezeichnet worden, ein Luftholen, ein paar Zehntelsekunden lang, dann riss es ab.

»Ach, wirklich. Um siebzehn Uhr?« Marina Olbert legte erneut den Hörer auf. Langsam, als sei er aus Dynamit. Ihr Blick war beängstigend starr.

»Was ist denn?«, fragte Gesine.

»Um siebzehn Uhr hat Nadine zum letzten Mal mit den Kollegen gesprochen, um sich abzumelden. Und wissen Sie, wo sie sich zu diesem Zeitpunkt aufgehalten hat?«

»Nun sagen Sie es schon!«

»Sie war bei Ihrem Freund, Frau Cordes. Sie stand auf der Straße, unmittelbar vor dem Bestattungsinstitut Hannes van Deest.«

14

Marina Olbert konnte ziemlich gut lokalisieren, wo die Angst um die Hospitantin saß, nämlich innen in ihrer Kehle. Es fühlte sich an, als müsse sie würgen, da half auch kein Räuspern.

Wenn der Brinkmeyer etwas passiert war, würde die Hölle ausbrechen. Es wäre eine menschliche Katastrophe, und zugleich würde es auch offensichtlich werden, dass sie selbst, Marina, als Chefin der Mordkommission versagt hatte.

Denn Marina war nicht aufmerksam genug gewesen. Dabei war Nadine Brinkmeyer so eifrig und hübsch und hatte auch sonst so viel mit ihr gemeinsam. Im Präsidium hatte man sie vom ersten Tag an mit den gleichen Schwierigkeiten konfrontiert wie Marina damals bei ihrem Berufsstart. Weil sie attraktiv und blond war, hielt man sie für dumm, und weil sie jung war, hatte man sie mit endlosen Belehrungen überschüttet, anstatt ihr Talent zu fördern.

Aber hatte Marina an all das gedacht? Oder wie hatte sie sich der Hospitantin gegenüber verhalten? Schlecht! Sie war immer nur ungeduldig gewesen. Hatte sich zum

Beispiel nicht richtig bedankt, als Nadine ihr den Umschlag mit den Papieren zum Institut van Deest gebracht hatte, den Vorvertrag mit Madeleine Jablin. Die Hospitantin hatte erstklassig kombiniert, aber Marina hatte bloß die Chefin raushängen lassen.

Und jetzt war sie mit engem Hals unterwegs zu van Deest, um noch etwas zu retten. Auch um etwas wiedergutzumachen, obwohl sie der jungen Frau natürlich den Kopf waschen würde, wenn sie sie gefunden hätte – und wenn die Brinkmeyer tatsächlich eigenmächtig ermittelt hätte. Denn dazu war sie niemals aufgefordert worden, da war Marina sicher.

Es war immer noch früh am Morgen, manche Geschäfte hatten noch nicht einmal geöffnet, aber die Straßen in der Stadt waren schon wieder verstopft. Es herrschte ein Trubel, als müssten sich die Leute vor den Kaufhäusern in eine günstige Startposition bringen. Marina wäre besser mit dem Rennrad gefahren, anstatt sich in einem Streifenwagen bringen zu lassen. Sie wies den Fahrer an, das Blaulicht einzuschalten. Ohne Sirene allerdings, denn sonst hätte es Nachfragen gegeben, und Marina sah sich nicht in der Lage, die ganze komplizierte Aufregung in wenige Worte zu fassen.

Ein Räuspern für die Sorge um die übereifrige Hospitantin. Ein Räuspern für die Nervosität beim Gedanken an Hannes van Deest, den man von Ermittlerseite bisher leider nicht zu packen gekriegt hatte. Zum Glück lag sein Institut nicht in der Fußgängerzone, sondern sie konnten mit dem Wagen vorfahren und sich wieder direkt auf den Bürgersteig vor seine Eingangstür stellen.

Seltsamerweise kam der Pfarrer aus dem Institut. Oder war er es nicht? Doch! Franz Faust, der die Beerdigung Jablin geleitet hatte. Marina war so verblüfft, dass sie vergaß, ihm zur Begrüßung die Hand zu reichen.

»Herr Faust? Mordermittlerin Marina Olbert, wenn Sie sich erinnern.«

»Selbstverständlich. Ist schon wieder etwas passiert?«

»Wie man es nimmt.«

Könnte der Pfarrer helfen? Inwieweit stand ein Mann wie er eigentlich im ganz normalen Leben?

»Ich bin auf der Suche nach meiner Kollegin«, sagte Marina. »Nadine Brinkmeyer, vielleicht sind Sie ihr drinnen bei Herrn van Deest begegnet?«

»Nein. Herr van Deest ist allein«, antwortete er und wartete offenbar auf eine weitere Erklärung.

Er trug unauffällige, teure Klamotten. Es war der Stil, den man in gewissen Kreisen für leger, in anderen für spießig hielt. Auf seinem Kopf saß eine Pudelmütze, und er fror. Seine Wangen waren frisch und straff.

Marina nahm ihn ein wenig zur Seite. »Welchen Anlass haben Sie, Herrn van Deest aufzusuchen?«

»Ich weiß nicht, ob ich das erklären muss. Ich bin Pfarrer.«

»Ganz gewiss müssen Sie es erklären, vor allem, wenn es etwas mit dem Todesfall Schellhorn zu tun hat.«

»Nun, das hat es nicht.« Er bedachte sie mit einem milden Lächeln. »Obwohl ... Ich kam in der friedlichen Absicht, die geschäftlichen Spannungen zwischen den Instituten Schellhorn und van Deest beizulegen.«

»Als Pfarrer kümmern Sie sich um Geschäfte?«

»Die Witwe Schellhorn hat es persönlich angeregt. Sie wird die Aufträge, die in naher Zukunft anstehen, nicht wie gewohnt abwickeln können und hat mich gebeten, einen Bestatter zu finden, der ihr einiges abnehmen kann.«

»Und da sind Sie ausgerechnet auf Hannes van Deest gekommen?«

»Was spricht dagegen? Sie sollten sich einmal mit der Friedhofsgärtnerin unterhalten, Ihrer ehemaligen Kollegin, Gesine Cordes. Sie kann Ihnen ganz wunderbar auseinandersetzen, wie es um die Konkurrenz unter den Bestattern auf dem Ostfriedhof bestellt ist und dass ein Mann wie Herr van Deest Unterstützung verdient.«

Marina legte den Kopf schief, als könnte sie dadurch besser hören. »Frau Cordes hat dafür gesorgt, dass van Deest die Aufträge des verstorbenen Herrn Schellhorn übernimmt?«

»Aber nein!« Der Pfarrer runzelte die Stirn. »Frau Cordes hat mich nur ganz allgemein mit dem Thema vertraut gemacht. Ich wusste doch bisher gar nicht, dass das Institut Schellhorn in fremden Gewässern gefischt hat – wenn ich das mal so sagen darf. Aber als ich gestern Abend bei der Witwe zu Besuch war und sie mir ihr Leid mit den vollen Auftragsbüchern geklagt hat, dachte ich, ich tue ein gutes Werk und sorge für einen Ausgleich bei den lokalen kleinen Unternehmen.«

»Es gibt Zufälle, die gibt es gar nicht.«

»Ich verstehe nicht, worüber Sie sich ärgern, Frau …«

»Olbert.«

»Entschuldigung.«

»Ich möchte Sie bitten, keine weiteren Verbindungen

zwischen dem Institut Schellhorn und anderen Personen oder Einrichtungen zu schaffen, die mit dem Fall zu tun haben.«

»Welchem Fall denn? Herr van Deest hat etwas mit dem Todesfall Schellhorn zu tun?«

Der Pfarrer zog erschrocken die Lippen nach innen, und erst jetzt, bei dieser unattraktiven Mimik, stellte Marina fest, wie gutaussehend er ansonsten war. Ein wenig zu fein gezeichnet, die Nase zu schmal, die Brauen zu sanft geschwungen, aber als Pfarrer?

»Unsere Jobs ähneln sich«, sagte sie. »Wir wollen beide immer nur das Beste für alle.«

Sie verabschiedeten sich freundlich voneinander, und dann konnte Marina endlich das Institut betreten. Van Deest wartete schon mit verschränkten Armen. Er protestierte gegen den Streifenwagen vor seinem Eingang, und als er dann auch noch behauptete, keine Nadine Brinkmeyer zu kennen, hielt Marina die Enge in ihrem Schlund nicht mehr aus.

Sie wies den Streifenbeamten an, den Weg nach draußen zu versperren, und empfahl van Deest, seine Hosentaschen nach außen zu drehen. Dann sollte er sein Handy auf den Tisch legen, was ihn sichtlich irritierte, aber Marina hatte keine Zeit zu vertrödeln.

»Erinnern Sie sich an gestern, Herr van Deest, als ich schon einmal bei Ihnen war und die Zwillinge Frida und Marta plötzlich zu Besuch kamen? Nadine Brinkmeyer war für kurze Zeit ebenfalls hier.«

»Ach so, die Frau, die Ihnen den Umschlag bringen wollte.«

»Unsere Hospitantin. Ist sie später noch ein zweites Mal bei Ihnen gewesen?«

»Ja klar. Sie stand plötzlich in der Tür und sagte, sie wolle noch etwas klären.«

»Nämlich was?«

»Keine Ahnung. Ich hatte doch keine Zeit, wegen Frida und Marta, und darum habe ich sie weggeschickt. Hat sie sich beschwert?«

»Gibt es Zeugen dafür, dass Sie sie weggeschickt haben? Frida und Marta?«

»Warum? Sie werden die Kinder in Ruhe lassen!«

Er machte einen Schritt nach vorn, aber der Streifenbeamte hob gebieterisch die Hand: »Antworten Sie der Kommissarin!«

»Ja, Frida und Marta haben es mitgehört.«

»Und dann?«

»Die Frau ist gegangen, dann mussten auch die Kinder nach Hause, und ich war allein. Bis gegen Mitternacht habe ich hier im Büro gearbeitet und mit niemandem gesprochen. Doch, halt: Pfarrer Faust hat noch angerufen, um sich für heute zu verabreden.«

Draußen auf dem Bürgersteig blieben die ersten Leute stehen und beäugten den Einsatzwagen. Ein Mann mit Hut legte die Hände an die Fensterscheibe des Instituts, um besser hereingucken zu können.

»Frau Brinkmeyer ist verschwunden«, sagte Marina gedämpft. »Wir suchen mit Hochdruck nach ihr.«

»Oh! Was heißt das?«

»Sie scheinen eine der letzten Kontaktpersonen gewesen zu sein, Herr van Deest.«

»Verschwunden im Sinne von vermisst? Und warum soll ich als Kontaktperson gelten?«

Marina konnte ihre Ungeduld kaum zügeln. »Nadine hat am späten Abend von hier aus, also aus dem näheren Umkreis Ihres Instituts, versucht, uns zu erreichen. Sie wollte übrigens auch mit Ihrer Freundin, Frau Cordes, telefonieren.«

In van Deests Gesicht zuckte es. »Gesine kennt Ihre Hospitantin?«

»Frau Cordes macht sich die größten Sorgen um Frau Brinkmeyer.«

»Heißt das, Gesine wusste auch, dass Sie heute schon wieder bei mir auftauchen würden, um mich in die Mangel zu nehmen?«

»Ja. Aber ich hatte Frau Cordes gebeten, Ihnen meinen Besuch nicht anzukündigen, und ich bin froh, dass sie sich offensichtlich daran gehalten hat.«

Van Deest hatte an der Antwort schwer zu tragen. Er setzte sich hin, blass um die Nase, und atmete schwer. Er ahnte ja nicht, wie schwierig es für Marina gewesen war, die Cordes davon abzuhalten, ihn vorzuwarnen. Ein weiteres kleines Streitgespräch war nötig gewesen, bei dem Marina allerdings die besseren Argumente hatte. »Ein Hannes van Deest, der nicht vorgewarnt ist, wird mir als Ermittlerin glaubwürdiger erscheinen als ein Hannes, der sich seine Antworten zurechtlegen konnte«, hatte sie gesagt und damit gewonnen.

Sie befahl dem Streifenbeamten, bei van Deest zu warten, und kündigte an, die Räume des Instituts inspizieren zu wollen. Bevor es Widerworte gab, betrat sie den schmalen Flur, den sie noch von gestern kannte.

Nichts hatte sich verändert. Der Gang war vollgestopft, an der Wand lehnte noch der Sarg, eingekeilt zwischen Kartons, und es roch beunruhigend nach einer Mischung aus Farbe und Medizin. Von der Hospitantin keine Spur. Auch nicht von einem Mantel oder einem Paar Handschuhe, das ihr zugeordnet werden könnte.

Marina schob sich voran, ohne irgendwo anzustoßen, und gelangte in den Raum, in dem aufgebahrt wurde. Wieder hielt sie inne, als sie sich in der großen Scheibe spiegelte. Eine Kommissarin im Zwischenreich. Und dann schnell weiter. Vorbei an den Blumensträußen aus Plastik, den Tüchern aus schwarzem Samt, dem Podest und dem Sargwagen. Hinein in den Kühlraum.

Hatten die Neonröhren gestern auch schon so laut gesummt? Sie flackerten, dann fingen sie sich.

Und die Kacheln? Sie glänzten doch heller als gestern, hier war doch etwas passiert? Vielleicht war der Raum frisch geputzt. Marina strich mit dem Finger über die Fliesen. Glatte, kalte Keramik. Selbst die Fugen waren trocken.

Aber da standen ja immer noch die beiden Särge auf den Rollwagen an der Wand. Sie wären ein ideales Versteck für eine weitere Leiche. Könnte man jetzt noch einmal hineinschauen, um nach Nadine zu suchen? Oder wäre das unangemessen?

Die Verschlüsse bestanden aus dicken, dunklen Haken und Schrauben. Auf dem Boden lag das Werkzeug, das van Deest benutzt hatte. Marina setzte es an, es passte – und doch fiel es ihr schwer weiterzumachen.

Aus den Tiefen des Instituts hörte sie Stimmen. Im Büro musste ein Tumult entstanden sein, der Streifenbeamte und van Deest schrien sich an. Sollte sie es trotzdem wagen? Ohne staatsanwaltlichen Beschluss?

Das Werkzeug rutschte ab, ihre Hand war feucht, und jetzt ging wohl wirklich die Phantasie mit ihr durch. Sie legte ein Ohr auf den ersten Sarg, dann lauschte sie am zweiten. Vielleicht war die Brinkmeyer lebendig eingeschlossen?

Was sagte denn ihre Erfahrung als Mordermittlerin, ihr vielgepriesenes, sogar von Gesine Cordes erwähntes Bauchgefühl? Dass die Sache glimpflich ausging?

Die erste Schraube bewegte sich, wurde lockerer, und Marinas Magen rebellierte.

»Frau Olbert!«

Hannes van Deests Stimme peitschte durch den Raum. Hinter ihm stand der Streifenbeamte mit hochrotem Gesicht. Marina zog ihre Hände zurück.

»Gefahr im Verzug«, sagte sie. »Wir müssen den Sarg sofort öffnen.«

Mit zwei Schritten war van Deest bei ihr und nahm ihr das Werkzeug ab. »Auch Sie müssen sich an die Gesetze halten und die Würde der Toten achten!«

»Wenn Sie, Herr van Deest, nur ein Milligramm Mitgefühl mit unserer Hospitantin haben, lassen Sie mich umgehend in diesen Sarg schauen.«

Der Bestatter war verblüfft über ihren Ton. Dann lupfte er wie unter Schock den Deckel. Die Mittvierzigerin lag dort, unverändert zu gestern im Totenhemd. Auch im Sarg daneben, sehr unangenehm vom Geruch her, vom

Anblick her, war alles beim Alten. Aber Nadine Brinkmeyer war nicht zu finden.

Unvermittelt schossen Marina Tränen in die Augen. Der Streifenbeamte trat von einem Bein aufs andere. Van Deest verschraubte schweigend die Särge.

»Eigentlich kenne ich Sie genau so, Frau Olbert«, sagte er barsch. »Immer mit skurrilen Ideen.«

»Gefahr im Verzug«, wiederholte sie und atmete durch. »Warum haben Sie die Hospitantin gestern nicht wenigstens gefragt, was sie konkret von Ihnen wollte?«

»Weil ich die Nase voll hatte. Und weil ich mit Frida und Marta einfach nur einen schönen Nachmittag verbringen wollte. Außerdem ging es mir auf die Nerven, dass die Dame so ehrgeizig war.«

»Was meinen Sie damit?«

»Ich weiß nicht mehr, was sie wörtlich gesagt hat, aber mir kam es vor, als hätte sie es auf meine Garage abgesehen. Wahrscheinlich hatte sie sich gemerkt, dass wir beide uns darüber gestritten hatten, ob ich Ihnen die Garage zeigen muss, Frau Olbert. Vielleicht wollte sie sich beliebt machen und Ihr Werk persönlich vollenden.«

»Sie wollte die Särge in Ihrer Garage kontrollieren? Ohne offiziellen Beschluss?«

»Keine Ahnung. Ich sagte doch: Ich habe sie kurz und knapp weggeschickt.«

Und doch konnte es genau so gewesen sein. Die Hospitantin könnte in die Garage eingebrochen sein und sich dann versehentlich dort eingesperrt haben. Oder sie könnte erwischt und brutal bestraft worden sein.

»Waren Sie heute schon an der Garage, Herr van Deest?«

»Ja natürlich, ich musste den Eimer mit Split holen, um den Bürgersteig zu streuen.«

»Und? Wie sah es in der Garage aus?«

»Normal. Aber ich werde Sie jetzt trotzdem dorthin begleiten, weil ich Ihre Fragen nämlich leid bin.«

Sie ließen den Streifenbeamten im Büro zurück und überquerten den eisigen Hof. Van Deest trug nur das dunkle Oberhemd, nicht einmal ein Jackett darüber, und als er den Schlüssel ins Schloss steckte, waren seine Hände rotgefroren.

Das Tor schwang auf. Die Garage war breit und lang. Vorne stand ein Eimer mit dunklem Split, dahinter parkte der Sargwagen des Instituts. Schwarz, lang und glänzend, mit grauen blickdichten Gardinen.

Daneben, an der einen Längsseite, war genug Platz für einen Schneeschieber und ein Gestell mit Autorädern, den Sommerreifen vermutlich, an der anderen Längsseite stapelten sich drei Särge aus Holz.

Van Deest räumte den Eimer fort und fuhr den Wagen aus der Garage. Marina beäugte die Särge. Der unterste war mit Schnitzereien verziert, der mittlere sah aus, als stamme er aus dem Baumarkt, und der obere kam ihr vor, als habe sie ihn schon einmal gesehen. Dunkelbraun mit Messinggriffen. Es war der Sarg ihrer Oma.

»Fassen Sie mit an«, bat van Deest, und sie riss sich zusammen. Gemeinsam trugen sie den Sargstapel ab und schauten unter jeden einzelnen Deckel. Die Särge waren leer.

15

Gesine war unruhig zur Arbeit gefahren. Dass sie nicht dabei sein konnte, wenn die Olbert mit Hannes sprach, fühlte sich falsch an. Die Trennlinie zwischen den Ermittlungen und den privaten Verquickungen war schon wieder schärfer geworden, angeblich zu Gesines eigenem Schutz. Aber das war Blödsinn, denn gerade sie konnte doch von Natur aus beide Bereiche auseinanderhalten. Sie hatte Erfahrung, sie war eine Ex-Kommissarin, eine Ermittlerin mit umfangreichen Vorkenntnissen. Das zählte doch?

Der Friedhof lag in winterlicher Ruhe. Gesine musste routinegemäß die Wege streuen, und auch wenn es nicht zu ihren Aufgaben zählte, wollte sie im Toilettenhaus die Heizung andrehen, um zu vermeiden, dass die Rohre einfroren und platzten. Das Service-Team für das WC kam derzeit nur selten, auch die Putzkolonne, und das konnte man deutlich sehen. Auf dem Herrenklo war es schmutzig. Der Fußboden war übersät von Dreck und Müll. Von den spärlichen Friedhofsbesuchern konnte das alles kaum stammen, sondern auch die vielen Polizisten, die hier seit zwei Tagen ein und aus gingen, mussten dazu beigetragen haben. Hoffentlich hatte die Olbert daran gedacht, zuerst nachzugucken, ob es auf dem WC Spuren zum Fall gab, bevor sie ihre Leute aufs Klo gehen ließ.

Die Heizung knackte, als das heiße Wasser in die Rohre schoss, und Gesine sah sich um. Vor dem Spiegel lag ein Kamm. Im Abfallkorb steckten nicht nur die üblichen Papierhandtücher, sondern auch ein angebissenes Brötchen, eine Kinokarte und eine kleine leere Flasche Schnaps. Cognac, von der gleichen Marke, die sie am Morgen der Trauerfeier im Gebüsch gefunden hatte. Stammte auch diese Flasche wieder von den Sargträgern? War das WC-Haus also nach der Trauerfeier wirklich nicht kriminaltechnisch gesichert worden?

Sie stieß mit dem Zeigefinger die beiden Kabinentüren auf. Es stank. Eine der Schüsseln war beschmiert, jemand hatte heftige Probleme gehabt. Das Klopapier hatte sich bis auf den Boden abgewickelt, aber zwischen den grauen Windungen des Papiers leuchtete etwas. Ein Stück von einer Pflanze, ein Teil von einem Blatt in einer bemerkenswert roten Farbe.

Mit etwas frischem Papier hob sie das Blatt auf. Es war fast purpur und weich. Eine feine, schmale Form, an der Spitze eingerissen. Ein Blatt von einem Himmelsbambus.

Sie wickelte es ein und steckte es in die Tasche, ohne sich Rechenschaft darüber ablegen zu wollen. Die Trennlinie, gewiss, die Ermittlungen und das Private und der Job als Gärtnerin. Aber was zu tun war, musste erledigt werden.

Rasch überprüfte sie das Damen-WC, doch die Räume waren sauber und unspektakulär. Sie konnte weitergehen, ihrer Arbeit nachgehen und versuchen, Abstand von dem Fall zu gewinnen.

Am Betriebshof belud sie eine Schubkarre. Der Streusand war im Eimer festgefroren, ließ sich aber aufhacken, und mit zwei Besen in verschiedenen Größen war sie für alle weiteren Aufgaben gerüstet. Wer sie jetzt sah, wie sie über die Friedhofswege schob, würde nicht annehmen, dass sie etwas anderes im Sinn hatte, als das Gelände zu pflegen.

Die Luft war trüb, die Mischung aus Nebel und Frost hatte sich in der Landschaft festgesetzt, aber es wirkte auf Gesine, als wollte der Tag sich am liebsten verkriechen. Ein Katzenjammer in Grau, ein depressives Ausatmen, und warum auch nicht? Alles brauchte einen Ausgleich, gerade nach extremen Situationen. Am Tag der Trauerfeier für Frau Jablin hatte die Natur sich verströmt, mit gleißender Sonne und beißendem Wind, jetzt hielt sie inne.

Ein Wechsel, den natürlich auch die Menschen kannten, auch Gesine und Hannes. Am frühen Silvesterabend hatten sie getanzt und sich fröhlich umarmt, später waren sie erstarrt. Und noch später ...

Immer wieder Hannes. Schrecklich. Gesine sollte erst einmal abwarten, was Marina Olbert über ihn zu berichten hätte. Zum Beispiel, was die Hospitantin Nadine Brinkmeyer bei ihm wollte, gestern Abend noch. Ob die Olbert ihr die Wahrheit darüber sagen würde?

Nachdenklich stellte Gesine die Schubkarre vor der Kapelle ab und nahm einen der Besen, um die Eiszapfen von der Dachrinne zu schlagen. Sie waren zu lang und zu schwer geworden, man musste verhindern, dass sie jemandem auf den Kopf fielen. Es schepperte und klirrte, und sie fegte die Scherben unter die Rhododendren.

Ihr ging es nicht gut. Früher hatte sie immer gewusst, womit Hannes seine Tage zubrachte. Er hatte ihr alles freiwillig erzählt, auch, wen er traf und mit wem er sprach. Es hatte überhaupt keine Geheimnisse gegeben, höchstens, dass sie den Olivenaufstrich nicht mochte, den er immer wieder für ihr Picknick kaufte. Und jetzt? Jetzt suchte die Polizei bei ihm ernsthaft nach einer vermissten Hospitantin, und Gesine wusste von nichts.

Sie ging zum Betriebshof zurück, um die Schubkarre wieder loszuwerden. Es hatte ja keinen Sinn. Dringender als auf dem Friedhof wurde sie heute woanders gebraucht. Doch kaum war sie auf dem Hauptweg, bemerkte sie zwischen den Gräbern zwei vertraute Gestalten, Hannes und Josef. Halb verdeckt von den hohen Azaleen und den Steintafeln der Familiengruften, strebten die beiden Richtung Feld C.

»Was macht ihr denn hier?«

»Gesine!«, rief der Bauer durchs Gebüsch. »Ich habe es mir doch gedacht, dass wir dich treffen.«

»Ich nicht«, Hannes kam nur langsam und mit eisiger Miene um die Ecke. »Ich habe dich eher im Präsidium vermutet als bei der Arbeit.«

»Hallo«, Gesine hielt sich an der Schubkarre fest. »Wie war es mit Marina Olbert?«

»Falls du gehofft hast, dass sie mich einbuchtet, muss ich dich enttäuschen.«

Josef hob die Hände. »Lasst uns nicht streiten.«

»Dass Marina zu dir kam, Hannes, war reine Routine.« Gesine stockte, fand sich dann aber ausreichend beherrscht, um eine Diskussion zu riskieren. »Wenn eine junge Frau verschwindet, setzt man an ihrem letzten bekannten Aufenthaltsort an. Kein Grund, beleidigt zu sein.«

»Früher hättest du mich vorgewarnt«, erwiderte Hannes ungerührt. »Du hättest mich angerufen, bevor der Streifenwagen kommt.«

»Früher wäre ich auch sicher gewesen, wie du auf meine Vorwarnung reagierst. Nämlich gefasst und hilfsbereit.«

»Und so bin ich nicht mehr?«

»Nein. Heute muss ich Angst haben, dass du dir wilde Geschichten ausdenkst und die Ermittler erst recht misstrauisch machst.«

»Sehr aufschlussreich. Du hast Angst, mir zu helfen.«

Sie fasste die Schubkarre neu. Warum konnte sie mit diesem Mann so gar nicht mehr reden? Warum achtete nicht auch einmal er auf die Linien, die es gab? Dass man dem anderen nichts unterstellte und dass man beim Thema blieb. Nämlich bei dem Verschwinden der Brinkmeyer.

Josef mischte sich ein: »Ach, Kinder«, sagte er. »Ich weiß ja zum Glück nicht, worum es geht. Aber du lässt jetzt mal die Karre los, Gesine, und du, Hannes, gibst ihr die Hand.«

»Wir sind keine Kinder«, widersprach Gesine, und Hannes ließ die Arme baumeln.

»Tut es mir zuliebe«, beharrte Josef. »Es ist doch ein besonderer Tag.«

Nämlich welcher? Ein Wintertag, an dem man auf den Boden der Tatsachen kam. Und ein Tag, an dem der Bauer seinen Hof verlassen und sich mit seinem Bestatter verabredet hatte. Er hatte sich dafür sogar fein gekleidet, hatte die gute Wolljacke angezogen, trotz des feuchten Wetters, und die Hose aus breitem Cord, mit der er sonst nur sonntags in die Kirche ging.

»Warum seid ihr eigentlich hier?«, fragte Gesine.

»Das ist unsere Sache«, antwortete Hannes, tauschte mit Josef einen Blick, und dann hatte er offensichtlich die Nase voll. »Josef sucht ein Grab für sich. Ruhige Lage, Sonne, Erdbestattung.«

»Was?« Gesines Stimme schraubte sich in die graue Glocke über den kahlen Sträuchern. »Du verkaufst Josef ein Grab?« Sie ließ die Holme los, die Schubkarre setzte hart auf.

»Ich kann kein Grab verkaufen, weil die Grabstätten der Stadt gehören«, korrigierte Hannes. »Ich helfe Josef aber bei der Auswahl. Das ist mein Beruf.«

»Und er macht das gut«, ergänzte der Bauer eilig. »Ich hätte ja zum Beispiel gar nicht darauf geachtet, wie weit das Beet vom nächsten Brunnen entfernt liegt.«

»Das Beet. Alles klar.« Sie nahm Hannes ins Visier. »Du bereitest die Zeit nach Josefs Tod vor, das ist mir nicht neu. Aber vielleicht denkst du auch mal daran, dass ich diejenige bin, die seit Jahr und Tag mit Josef lebt. Und zwar nur mit ihm, und übrigens auch auf seiner Weide. Wenn das alles wegbricht, wenn er eines Tages nicht mehr da ist oder dort ein Wohnhaus vor meiner Nase steht, will ich auch nicht mehr auf dem Hof sein. Und du,

Hannes, kannst mich dann nur noch von hinten sehen. Wenn überhaupt.«

Sie packte die Schubkarre und marschierte weiter Richtung Betriebshof. Das Herz schlug ihr bis zum Hals, weil es ihr wirklich zu viel geworden war. Der Ärger mit Hannes raubte ihr noch sämtliche Sinne! Machte sie wütend und haltlos, und außerdem hatte sie mit angesehen, dass Hannes' Augen dunkler geworden waren.

Und jetzt hörte sie Schritte hinter sich. Er kam ihr nach, na wunderbar. Er packte sie und riss sie unverschämt herum. Die Karre kippte zur Seite, der Eimer mit Sand, die beiden Besen, aber ihm war alles egal.

»Ich halte das nicht mehr aus«, sagte er und schüttelte sie an den Schultern.

»Du tust mir weh!«, rief sie.

»Du mir auch!«, schrie er zurück.

Sie sah, wie Josef sich am anderen Ende des Weges aus dem Staub machte, aber das war nur richtig von ihm, denn die Situation war entsetzlich. Peinlich und bitter, denn Gesine war noch nie in ihrem Leben so enttäuscht von Hannes van Deest gewesen.

»Ich habe die ganze Zeit gedacht, ich müsste mich wegen Silvester entschuldigen!«, fauchte sie. »Aber was du mit mir machst, ist schlimmer als alles andere. Du schmiedest mit Josef Pläne, die mein Zuhause betreffen, und sagst mir kein einziges Wort. Erwartest aber gleichzeitig, dass ich dir blind zur Verfügung stehe, für alle deine komischen Ausreden der Polizei gegenüber.«

»Und ich dachte, dass wir Freunde sind!«, zischte er zurück.

»Ja, eben! Aber ein Freund würde mir Vertrauen entgegenbringen. Falls du weißt, was das heißt.«

»Gesine!«

Wieder rüttelte er an ihren Schultern, und sein Blick, der sonst wie Honig war, sprudelte über. Sie stemmte ihre Hände gegen seine Brust, um ihn abzuwehren, er ließ erschrocken los und taumelte zurück. Aber nur, um sofort wieder nach vorn zu kommen und sie anzuatmen. Lakritz und eine Sandelholzseife, und diese langen Wimpern, die sie noch nie gestreichelt hatte.

»Ich brauche dich doch, Gesine.« Eine Stimme wie beim Schiffbruch, lächerlich. Und jetzt spürte sie seine Finger an ihren Fingern und konnte ihre Hand nicht zurückziehen. Eine Berührung, im Ernst, wie an Silvester, als sie getanzt hatten und als noch von nichts anderem die Rede gewesen war. Nicht von Vorsorgeverträgen oder der Weide. Auch nicht von Schellhorn, noch nicht, oder von Armbanduhren.

»Ich muss dir was sagen«, Hannes flüsterte plötzlich. »An dem Abend, als Carsten Schellhorn ermordet wurde, war ich bei ihm zu Hause.«

Sie meinte, sich verhört zu haben, aber er verstärkte den Griff um ihre Hand.

»Ich schwöre dir, ich habe ihn nicht umgebracht, aber ich war bei ihm, auf seinem Anwesen, und habe geklingelt.«

»Du hast geklingelt? Und dann?«

»Nichts. Er hat nicht geöffnet, und ich bin wieder gegangen.«

»Wer hat dich gesehen? Oder hast du jemanden gesehen?«

»Nein. Niemanden. Und ich hatte mich auch quasi angeschlichen, ich glaube nicht, dass ich jemandem aufgefallen bin.«

»Aber die Scheinwerfer, Hannes! Die Einfahrt wird taghell ausgeleuchtet, sobald sich etwas bewegt.«

»Ich hatte andere Klamotten an als sonst. Joggingklamotten, und ich hatte die Kapuze auf.«

»Verdächtiger geht es kaum.«

»Aber sonst hätte Schellhorn mich erkannt, noch bevor ich an der Haustür war. Er hätte mich vom Grundstück geworfen, garantiert, und das wollte ich unbedingt verhindern. Er hat mich doch immer nur abgewimmelt, am Telefon, auf dem Friedhof, und an diesem Abend wollte ich ihn endlich zur Rede stellen.«

»Weiß Marina Olbert das?«

»Natürlich nicht! Und sie soll es auch nicht erfahren, denn mir ist durchaus klar, was sie dann denkt.«

»Vielleicht könntest du auch als Zeuge dienen.«

»Doch jetzt nicht mehr! Ich habe schon so viel Blödsinn erzählt. Vom ersten Moment an, als ich hörte, dass Schellhorn tot ist, hatte ich Angst, dass mir keiner glaubt. Also habe ich Ausreden erfunden.«

Sie sahen sich an und hielten sich immer noch an den Händen, und zu ihrem Erstaunen stellte Gesine fest, dass sie ruhiger wurde. »Ich glaube dir, Hannes«, hörte sie sich sagen, und dann noch einmal mit Nachdruck: »Ja, ich glaube dir.«

Und auf einmal fiel ihr ein Stein vom Herzen, denn sie merkte, dass es stimmte. Sie konnte ihm wirklich und endlich glauben, denn mit den letzten Details seiner Geschichte wurde sein Verhalten logisch und rund. Seine Lage war ernst, kompromittierend und verheerend, und genau deshalb schlug er Haken.

»Willst du mir helfen?«, fragte er.

»Ja.«

»Ich hätte dir auch alles viel früher erzählt. Aber Schellhorn war so ein rotes Tuch zwischen uns, und da dachte ich …«

»Du kannst dich auf mich verlassen, Hannes.« Ab sofort.

Er kam noch näher, zog an ihrer Hand, sah auf ihre Lippen, und sie spürte seine Wärme, noch bevor er sie traf. Er küsste sie, tatsächlich, und sie machte die Augen auf und guckte hinter seinem Rücken noch einmal nach Josef, der aber verschwunden war.

So würde alles gehen, wenn jetzt nicht gleich Schluss wäre. Alles würde auf der Strecke bleiben. Schellhorn, der Mord, Marina Olbert und Gesines eigene Teilnahme an der Ermittlung. Wenn sie nicht achtgab.

Sie lehnte sich Hannes entgegen, als sei ihr das Anlehnen vertraut, und spürte das Notizbuch in der Jackentasche wie einen störenden Puffer. Es wurde zerdrückt, möglicherweise. Die vielen Seiten über die Giftpflanzen, von denen sie ablassen sollte, angeblich ablassen sollte, um sich Neuem zu öffnen.

Hannes küsste sie sanft und lange, und sie schlang sogar ihre Arme um ihn. Und dann küsste er sie heftiger, auf eine Weise, die alles niederriss, auch die Bedenken, und sie machte mit.

Schließlich hielt er seine Wange an ihre, rau und weich

zugleich. Seine Hand strich über ihren Hals, unter ihrem Haar entlang. Sein Atem berührte ihr Ohr. »Ich brauche dich, Gesine.« So, wie er es eben gesagt hatte, nur tiefer.

»Aber du hast mich doch schon«, antwortete sie und nahm sich vor dabeizubleiben, bei ihm zu bleiben, spürte aber schon, sie schaffte es nicht.

Es lag an der nächsten Notiz. Sie würde sie nicht lange aufschieben können. Himmelsbambus, *Nandina domestica.*

Himmelsbambus (Nandina domestica)

Immergrüner Zierstrauch, Berberitzengewächs.
Straff aufrecht, gering verzweigt, 150–200 cm.
Blätter mehrfach gefiedert, wechselständig bis 50 cm.
Elliptisch-lanzettliche Blättchen bis 7 cm, ganzrandig.
Auffallende Färbung: Im Austrieb rot, dann grün mit heller Unterseite, ab Herbst gelb, rot, orange oder purpurrot. Ab Frühjahr wieder grün.
Zweihäusig getrenntgeschlechtlich, zwittrige Zuchtform möglich.
Weiße Blüten in Rispen ab Juni, bis 35 cm.
Kugelige rote Früchte bis in den Winter, bis 1 cm Durchmesser.
Stark giftig.
Gift enthalten in allen Pflanzenteilen.
Isochinolinalkaloid Nandinin.
Krämpfe, Blutdruckabfall, Atemlähmung bis zum Stillstand.
Zufuhr von Flüssigkeit, Notarzt.

16

Marina Olbert hatte den richtigen Riecher gehabt. Sie fand Gesine Cordes auf dem Parkplatz vor dem Friedhof, wie sie in ihrem Pick-up saß und offenbar schon wieder etwas in ihr Büchlein schrieb. Man sollte sie dabei nicht stören, so viel hatte Marina im Laufe der Zeit gelernt.

Sie befasste sich lieber noch einen Moment mit dem Sargwagen von Hannes van Deest, der in einigem Abstand zu Gesine parkte. Vermutlich hatte der Bestatter drüben in der Kapelle zu tun, er schien ja beruflich sehr eingespannt zu sein. Viel zu eingespannt, um sich noch länger mit dem Vermisstenfall Brinkmeyer zu befassen, geschweige denn mit dem Todesfall Schellhorn und den Komplikationen, die sich für die Polizei ergaben.

Aber, na gut. Da van Deest den Sargwagen benutzte und nicht den SUV, wollte Marina nicht ungnädig sein. Möglicherweise handelte es sich wirklich um einen dringenden Einsatz.

Sie befühlte die lange schwarze Kühlerhaube. Sie war warm, lauwarm. Vielleicht hatten van Deest und Gesine sich eben noch auf dem Parkplatz gesehen, und dann hätten sie bestimmt über den Besuch gesprochen, den Marina im Institut absolviert hatte. Auch darüber, wie sie in die Särge geschaut hatte, verbotenerweise, und ja, Hannes und Gesine könnten begründet über sie hergezogen haben. Obwohl, nein, eher doch nicht, denn die Cordes hatte doch tendenziell Verständnis für Polizeimaßnahmen.

Marina näherte sich dem Pick-up extra langsam und von der Fahrerseite. Gesine merkte auf, schob das Büchlein in die Jacke und öffnete die Autotür. Aber nanu? Marina guckte zweimal hin. Die Cordes sah erstaunlich aus. Rote Wangen, glänzende Augen. Wie jemand, der ... Ach du liebe Güte! Was hatte sie getrieben? Hier? Etwa mit Hannes van Deest?

»Ist Ihnen nicht kalt, Frau Cordes, wenn Sie so alleine im Wagen herumsitzen?«, fragte Marina.

»Sie würden sich wundern, was meine Arbeitskleidung leisten kann«, antwortete Gesine und nestelte zur Demonstration am Reißverschluss.

»Danke, dass Sie sich an unsere Vereinbarung gehalten und Herrn van Deest nicht vorab über meinen Besuch informiert haben.«

»Hatten Sie eine erfolgreiche Befragung?«

»Nun, das wissen Sie ja bestimmt schon«, sagte Marina und merkte sich still, dass die Cordes vorsichtig wurde.

»Über Einzelheiten bin ich nicht informiert, Frau Olbert«, sagte sie.

»Sie werden doch mit Herrn van Deest gesprochen haben. Sein Wagen steht dahinten.«

»Aber er hat wenig Zeit.«

Ein eiförmiges Gebilde lag auf dem Boden, Marina kickte es beiseite, und als hätte das Geräusch jemanden geweckt, regte sich etwas hoch oben in den Bäumen. Ein gedrungener Vogel saß auf den Zweigen, hob die Schwingen und rückte träge näher an den Stamm.

»Also, Frau Cordes, ich will ja nicht neugierig sein, und wir können das Thema Hannes van Deest auch erst einmal beiseitelegen. Aber ich würde gern auf Ihr Angebot von heute Morgen zurückkommen. Sie wollten mich tiefer in die Friedhofsszene einführen, erinnern Sie sich?«

»Sie haben meine Hilfe abgelehnt. Sie sagten, ich sei zu nah am Geschehen.«

»Sicher, so ist es. Aber wissen Sie, womit mich der Staatsanwalt soeben beauftragt hat? Ich soll die Vorgänge in der Kapelle minutiös rekonstruieren. Ich soll ihm genau auflisten, wie auf diesem Friedhof die Bestattung Jablin vorbereitet wurde. Wie lange stand der Sarg auf dem Podest, bevor die Trauerfeier begann? Wurde der Sarg in dieser Zeit bewacht? Und so weiter.«

»Sehr schmeichelhaft, Frau Olbert, dass Sie damit zu mir kommen. Ich bin also gerade gut genug, um einen zeitlichen Ablauf zu notieren, den Sie persönlich aber wohl für vollkommen wertlos halten. Richtig?«

»Nein. Fassen Sie es als Friedensangebot auf. Als ein weiteres Friedensangebot sogar.«

»Dann fragen Sie den Pfarrer, Franz Faust, nach dem genauen Ablauf. Er hat die meiste Zeit mit dem Sarg in der Kapelle verbracht.«

»Und Sie? Waren Sie nie mit dem Sarg allein?«

Marina war sicher, beiläufig geklungen zu haben. Sie

wechselte das Standbein und sah wieder zu dem Vogel im Baum, aber die Cordes biss zu.

»Darum geht es, ja?«, fragte sie gefährlich akzentuiert. »Sie wollen herausfinden, ob ich mich selbst an dem Sarg zu schaffen gemacht haben könnte.«

»Nein. Oder sagen wir: Es ist kein Gedanke, der von mir stammt, sondern er wurde bei der Teambesprechung an mich herangetragen.«

Jetzt blieb Gesine der Mund offen stehen. Allerdings nicht lange. Denn dann fing sie an zu lachen, dass es weit über den Parkplatz schallte. Sie legte den Kopf schief und lachte aus vollem Hals. Triumphierend, um es genau zu bezeichnen, und sie sah dabei auch wieder so angeregt aus, so rotwangig und großäugig, und musste sogar in die Knie gehen, so sehr wurde sie vom Lachen geschüttelt. Sie schnappte nach Luft, griff an ihre mahagonifarbenen Locken und an den Bauch und lachte, wie Marina es noch nie gesehen hatte.

Der Vogel flog weg, Wahnsinn, eine Eule. Ein Spaziergänger sah neugierig von der Straße aus herüber. Eine Eule! Und das Lachen steckte an.

Marina spürte die Bauchmuskeln zucken. Die Hände geballt, wandte sie sich ab, während der Druck auf das Zwerchfell stieg. Die Cordes war schuld, oder auch ihr irrer Tanz auf dem Parkplatzasphalt, aber es war einfach nicht mehr zu bremsen. Marina prustete, dann lachte sie los, schrill und ungehemmt wie selten.

Wie viel zu selten. Zuletzt hatte Marina wohl vor dreißig Jahren so gelacht, als ihre Oma dem Pastor in der Kirche das Mikrofon weggenommen hatte. »Es sind Gottes

Kinder«, hatte die Oma gesagt, »egal, ob unehelich oder nicht.« Und Marina war aus der Kirche gerannt. Prustend, gackernd, hatte sich draußen auf die Stufen gelegt und war erst wieder zur Besinnung gekommen, als die Oma Kölnisch Wasser über sie gegossen hatte.

»Ich …«, die Cordes japste. »Wenn Sie nicht aufhören, muss ich auch noch weinen.«

»Wieso?« Marina betastete ihre Augen, tatsächlich, da war es nass.

Sie atmeten beide durch und beruhigten sich, so gut es ging, und dann richtete Marina ihr Make-up. »Wissen Sie, Gesine, ich habe Angst um unsere Hospitantin, aber genauso mache ich mir Sorgen um Sie. Dass Sie mit Steinen angegriffen wurden, kann kein Zufall gewesen sein.«

»Oh. Jetzt nehmen Sie es doch ernst?«

»Möchten Sie den Vorfall nicht zur Anzeige bringen, und haben Sie unter Umständen auch einen der Steine gesichert?«

Die Cordes holte tatsächlich ein Päckchen aus dem Pick-up, einen eingewickelten Stein, und händigte es Marina aus. »Auf gute Zusammenarbeit? Jetzt endlich?«, fragte sie dazu.

»Gern, wenn es Ihnen nichts ausmacht, dass wir nicht mehr über Ihren Freund, Herrn van Deest, reden können.«

»Nein, natürlich nicht, aber es wird ja sowieso nicht nötig sein. Oder liegt inzwischen etwas Konkretes gegen ihn vor?«

»Frau Brinkmeyer ist noch nicht wieder aufgetaucht. Mehr kann ich dazu nicht sagen.«

Gesines Miene verdüsterte sich, und auch Marina bekam wieder das enge Gefühl im Hals. Fast schämte sie sich, für fünf Minuten entspannter gewesen zu sein, aber sie war damit ja nicht allein gewesen.

Sie verabschiedeten sich, und während Gesine durch das Friedhofstor zu den Gräbern ging, fiel Marinas Blick noch einmal auf van Deests Sargwagen auf dem Parkplatz. Die Gardinen waren hinten am Laderaum zugezogen, ein üblicher Zustand, denn man sollte in einen solchen Wagen ja nicht hineinsehen. Aber welche Konsequenzen hatte das eigentlich? Befand sich nicht genau hier ein blinder Fleck?

Sie zog an den Türgriffen, der Wagen war verschlossen. Sie spähte auf die Vordersitze und auf das Armaturenbrett, alles war unauffällig. Aber nun gut, das musste nichts heißen. Vor allem nicht, wenn eine Mordermittlerin Lunte roch. Und wenn jetzt schon wieder das unangenehme Bild vor dem geistigen Auge auftauchte: wie Nadine Brinkmeyer lebendig in einem Sarg lag und um Luft kämpfte.

Wo war van Deest mit dem Autoschlüssel? Reichte die Zeit, um ihn auf dem Friedhof zu suchen? Nein, das war alles zu umständlich.

Marina schlug hart auf die Kühlerhaube und riss grob an den Griffen der Türen. Wie erhofft, sprang der Alarm an, jaulte weit über das Gelände, und sie musste nicht lange warten, bis Hannes van Deest und Gesine Cordes angerannt kamen.

»Finger weg!«, rief van Deest, schloss den Wagen auf und schaltete die Alarmanlage ab. Marina dröhnten die

Ohren, aber sie drängte den Bestatter, umgehend den Laderaum zu öffnen.

»Jetzt reicht es endgültig«, widersetzte er sich. »Ich habe bloß den Unfallsarg geladen.«

»Was bedeutet das?«

»Es ist ein Behälter für Notfalleinsätze, und er ist selbstverständlich leer.«

Zu allem Übel hastete auch noch der Bauer heran, bei dem die Cordes wohnte und den Marina von einigen Besuchen im Sommer kannte. Eigentlich mochte sie ihn gern, aber gerade heute war ihr kein Publikum recht. Sie nahm den Wagenschlüssel an sich und registrierte, dass die anderen sich gegen sie zusammenrotteten. Gesine, Bauer Josef und van Deest stellten sich auf, während sie die Türen zum Laderaum aufriss.

Da war er, grau und geschlossen, der Unfallsarg aus Kunststoff. Der Deckel wurde an der Stirnseite von einem schlichten Bügelverschluss gehalten. Marina beugte sich vor und horchte. Nichts. Um Gottes willen.

Sie zog die Einweghandschuhe an, wollte eine eher versöhnliche Bemerkung machen, aber was war das? An der Seite hing etwas aus dem Sarg heraus. Mittelbraun und fein. Eine dünne, unscheinbare Haarsträhne. Und als Marina hastig an der Bügelklammer rupfte, bewegte sich die Strähne im Wind. Nur im Wind.

Gesine stieß einen entsetzten Schrei aus. Auch van Deest gab ein Geräusch von sich, als sei er am Ersticken, und Bauer Josef hielt sich am Wagen fest. Marina aber musste die Nerven behalten.

Sie hob den Deckel ab. Er war leicht und handlich. Die

Haarsträhne wehte hoch und fiel runter. Legte sich weich auf den verfärbten Kopf, auf das fleckige Gesicht von Nadine Brinkmeyer.

»Mein Gott!«, rief Bauer Josef.

»Das arme Mädchen«, flüsterte van Deest.

Marina kämpfte gegen alles, was in ihr aufstieg. »Nadine Brinkmeyer«, sagte sie leise und kalt. »Die Hospitantin, die die Sinnfrage stellt.«

»Das muss heute Nacht passiert sein«, van Deest trat in ihr Blickfeld. »Frau Olbert, Sie haben gesehen, dass der Wagen ganz normal in meiner Garage stand. Jemand muss bei mir eingebrochen sein!«

Die Cordes beugte sich über den Sarg. »Stranguliert. Entsetzlich.«

Marina drängte Gesine energisch zur Seite und befahl van Deest, die Hände auf das Autodach zu legen. Er gehorchte ohne Widerstand. Erschüttert war er, entgeistert, oder auch endlich ertappt.

»Ich habe Ihnen erzählt, wie es war«, sagte er aufgeregt. »Die Frau kam kurz in mein Büro, ich habe sie weggeschickt und seitdem nie wiedergesehen. Und ich habe Sie doch heute auch selbst in meine Garage geführt, Frau Olbert. Ich wusste davon nichts! Und es tut mir schrecklich leid um diese Frau!«

»Wir werden Zeit haben, das zu besprechen«, stellte Marina klar. »Ich muss Sie jetzt allerdings festnehmen.«

Doch als sie ihn abtasten wollte, kam ihr der Bauer in die Quere. »Was tun Sie denn da?«, fragte er und fiel ihr überraschend in den Arm. Für zwei Sekunden verlor sie den direkten Kontakt zu van Deest, und es geschah das, was einer Ermittlerin nie passieren durfte.

Van Deest stieß Marina weg und startete durch. Er rannte zur Straße, während sie selbst erst noch den Bauern abschütteln musste, bevor sie die Verfolgung aufnehmen konnte.

»Hannes! Nicht!«, schrie Gesine Cordes, obwohl alles zu spät war, und van Deest drehte sich ohnehin nicht mehr um. Er rannte, und für Marina, trotz allen Trainings, war sein Vorsprung längst zu groß. Auch wegen der Schuhe, die sie heute leider trug. Die Sohlen waren für dieses Wetter nicht gemacht.

17

Schweigend fuhren Gesine und Josef nach Hause, schockiert vom Anblick der toten Hospitantin und gequält von der Sorge um Hannes. Was war mit der armen Frau passiert, und warum war Hannes weggelaufen? Wo wollte er überhaupt hin? Wo konnte er bleiben, im Winter, allein? Hatte er Geld in der Tasche, und was war überhaupt passiert? Ein Mörder musste bei ihm gewesen sein, in der Garage, an seinem Sargwagen, um Nadine Brinkmeyers Leiche abzulegen. Möglicherweise auch, um Hannes gezielt zu diffamieren.

Marina Olbert hatte wenig Zweifel daran gelassen, wie verdächtig er ihr erschien, und seine Flucht hatte sie in ihrem Misstrauen nur bestärkt. Gesine hatte alles versucht, um ein klärendes Gespräch mit ihr zu führen, aber die Ermittlerin hatte sie nicht anhören wollen.

Und dann waren die Spezialisten gekommen und hatten noch auf dem Parkplatz den Sargwagen und die Leiche untersucht. Gesines Magen hatte sich verkrampft vor lauter Angst. Die arme Nadine Brinkmeyer! Und was, wenn Spuren gefunden würden, die auf einen Missbrauch der Toten hindeuteten? Die Nekrophilie, der Verdacht der Staatsanwaltschaft, inzwischen musste man alles für möglich halten. Auch die Olbert hatte besonders flach geatmet in diesen bangen Minuten, es war fürchterlich gewesen.

Bis eine erste Entwarnung kam. Es gab augenscheinlich keine Hinweise auf einen Missbrauch, unter Vorbehalt gesprochen, und Gesine brannten die Augen, so dankbar starrte sie den Kriminaltechniker an.

Die Olbert aber hatte nun doch einmal eine Frage an Gesine gerichtet: Wenn Hannes van Deest nicht gewusst hatte, dass er eine Leiche transportierte, warum war er dann überhaupt mit dem Sargwagen unterwegs? Fuhr er nicht sonst den SUV, wenn er Termine wahrnahm?

»Ich verstehe, dass es für Sie verdächtig aussieht«, hatte Gesine geantwortet und alles freundlich und beherrscht erklärt: »Aber Sie sehen doch den Unfallsarg. Hannes hatte heute Bereitschaftsdienst. Gemeinsam mit anderen kleinen Bestattern arbeitet er in einem Netzwerk, das einen Notdienst anbietet.«

»Was soll das für ein Notdienst sein, Frau Cordes?«

»Wenn es zum Beispiel einen tödlichen Unfall gibt, kann die Polizei eine zentrale Nummer wählen und einen der Bestatter aus dem Netzwerk anfordern, der sich dann als Bereitschaftsdienst sofort auf den Weg macht, und zwar mit allen nötigen Bergungsbehältern.«

»Sind Bestatter nicht sowieso rund um die Uhr erreichbar?«

»Meistens, ja. Aber im Netzwerk sind sie besonders schnell vor Ort und müssen ihren Sargwagen nicht erst noch aus dem Institut holen.«

»Es geht also mal wieder darum, schneller zu sein als die Konkurrenz?«

»Haben Sie Hannes denn nicht nach seiner Arbeit befragt, als Sie bei ihm waren, Frau Olbert?«

Gesine wollte wirklich nicht schnippisch klingen, aber das Gespräch war nach dieser Bemerkung erst einmal beendet gewesen.

Und die Leiche der Hospitantin wurde inzwischen mit Scheinwerfern ausgeleuchtet. Ein halbes Dutzend Kriminaltechniker hing mit dem Oberkörper im Sargwagen und hantierte mit elektrischen Geräten herum. Die Olbert stand daneben, mit den Händen in den Taschen, blass unter der üblichen Schminke, und versuchte, mit knappen Kommentaren Druck auszuüben. Sie verbat den Männern die flapsigen Sprüche, die für gewöhnlich an einem Tatort hin- und herflogen, und es war fast schon sympathisch, dass sie für Nadine Brinkmeyer Respekt verlangte. Doch die Stille, die sich daraufhin auf dem Friedhofsparkplatz ausbreitete, war kaum zu ertragen, zumal sie so brüchig war: Die metallenen Instrumente klackten gegeneinander. Der alte Bauer Josef rieb sich mit beiden Händen die stoppeligen Wangen, und die Olbert zog in hektischen Abständen die Nase hoch.

Und dann wurde, ganz langsam und raspelnd, der grobe Reißverschluss von Nadine Brinkmeyers Winterjacke geschlossen, weil die erste Untersuchung ihres Oberkörpers beendet war und weil sie wieder genauso daliegen sollte wie in dem Moment, in dem man sie gefunden hatte. Gesine musste sich abwenden.

»Sie sollten die Sinnfrage stellen.« Wie hämisch sie

mit der Brinkmeyer im Präsidium geredet hatte. Und wie überheblich sie aufgetreten war. Der Verdacht plagte sie, für den Tod der jungen Frau verantwortlich zu sein. Möglicherweise war die Hospitantin nur wegen Gesines dämlichem Spruch losgezogen und hatte sich in Gefahr begeben. Hatte die Sinnfrage auf eigene Faust recherchiert. Hatte am späten Abend noch bei Gesine angerufen, der allwissenden Ratgeberin, weil sie auf Hilfe gehofft hatte. Hilfe, die Gesine ihr aber nicht gewährte, weil sie längst keinen einzigen Gedanken mehr an die Brinkmeyer verschwendet hatte.

»Frau Cordes«, die Olbert war näher gekommen, »ich muss möglicherweise Ihre Nichten befragen.«

»Auf keinen Fall.«

»In Anwesenheit eines Erwachsenen selbstverständlich. Aber Ihre Nichten sind die einzigen Zeugen für das Gespräch, das Herr van Deest gestern Abend mit Frau Brinkmeyer geführt haben will. Er sagt, er habe sie weggeschickt, und das muss ich überprüfen.«

»Reicht das für ein Alibi?«

»Nein, es deckt nur den Beginn des Abends ab. Später will Herr van Deest allein im Institut gewesen sein, bis gegen Mitternacht. Einzig Pfarrer Faust soll zwischendurch angerufen haben, um mit ihm einen Termin auszumachen.«

Pfarrer Faust? Wieso machte er mit Hannes Termine? Gesine wusste nicht einmal, dass die beiden sich kannten. Grübelnd drehte sie Runden auf dem Parkplatz, bis Josef sich bei ihr unterhakte.

»Ich halte es hier nicht mehr aus, Gesine. Außerdem

stelle ich mir die ganze Zeit vor, wie ich mit Hannes hierhergefahren bin. Vorne im Sargwagen. Ich habe nicht geahnt, dass jemand hinter mir liegt.«

»Hannes hat es auch nicht geahnt, Josef.«

»Natürlich nicht. Aber ich möchte jetzt bitte nach Hause. Vielleicht versucht Hannes schon, uns zu erreichen.«

Und so fuhren sie seitdem schweigend übers Land, an kahlen Alleebäumen vorbei, an dunklen Äckern. Hier und da rauchte ein Kamin auf einem Dach und machte den grauen Tag noch grauer.

Je näher sie dem Bauernhof kamen, umso angestrengter sah Josef aus dem Seitenfenster. So, als suche er wirklich nach Hannes und hoffte, ihn querfeldein laufen zu sehen. Auch Gesine schaute immer häufiger in den Rückspiegel, als sei es möglich, dass er plötzlich hinter dem Pick-up auf die Straße springen würde.

In der Hofeinfahrt lief ihnen der Hund entgegen und winselte, bis sie ihm den Rücken kraulten. Im Stall stampften die Kühe und warteten auf Futter, und während Josef die Tiere versorgte, umkreiste Gesine den Hof noch einmal zu Fuß. Sie spitzte die Ohren und lauerte auf jede Bewegung im Gebüsch, aber von Hannes fehlte jede Spur.

Auf der Weide lag Bodennebel, der Wohnwagen schien darin zu schweben, und es dämmerte schon wieder. Josef zog sich bald in die Wohnstube zurück, hinterließ Gesine aber noch eine Kanne Milch im Stall, weil er ahnte, dass sie seit dem Frühstück nichts mehr gegessen hatte, und weil er heiße Milch mit Honig als Mittel für alle Krisenfälle des Lebens hielt.

Sie blieb noch eine Weile bei den Tieren und atmete die vertraute Luft. Die Wärme, den Dunst der Leiber, das staubige Stroh. Meistens beruhigte es sie, im Stall zu sein, aber heute schien ihr alles unwirklich nah und fern zugleich, der Geruch und die Geräusche ebenso wie die Gefühle, die zirkulierten. Hannes war in Gefahr, jemand wollte ihn belasten, legte ihm ein totes Mädchen in den Wagen, ließ ihm keine andere Chance, als vor der Polizei wegzurennen und sich noch verdächtiger zu machen.

Oder warum genau war er weggelaufen? Es sah ihm eigentlich nicht ähnlich, einem Problem auszuweichen. Oder? Na ja, er wich auch Gesine aus, zumindest seit Silvester. Und was musste sich in ihm abgespielt haben, als er die Tote in seinem Wagen sah. Seine Ohnmacht musste ihm bewusst geworden sein, die Aussichtslosigkeit, der Polizei mit einer glaubhaften Erklärung entgegentreten zu können. Sämtliche Sicherungen mussten in ihm durchgebrannt sein. Während er sich früher stoisch an der Wahrheit festgehalten und sie durchgeboxt hätte.

Gesine lehnte sich müde an das Metallgitter und strich einer der Kühe über den Schädel. Das Fell saß straff über den breiten Knochen. Die Kuh drängte sich heran und riss die Augen auf.

»Im neuen Jahr auch einmal etwas wagen.« Hatte Hannes an die Silvesterworte gedacht, als er sich vorbeugte, um Gesine zu küssen? Der Kuss, die Küsse. Das Drücken und Schieben und Herzrasen waren erst wenige Stunden her, und was war seitdem alles passiert! Und was hatte Gesine eigentlich selbst gedacht, als sie den Kuss erwiderte? Nach all den Jahren. Nichts.

Möglicherweise war Hannes zu diesem Zeitpunkt auch nicht mehr Herr seiner Sinne gewesen, oder seines Verstandes. Weil er ja gerade erst gebeichtet hatte, in der Mordnacht bei Carsten Schellhorn gewesen zu sein. Er hatte bestimmt befürchtet, Gesine würde sich wieder über ihn aufregen. Und dann hatte er seine eigene Methode gefunden, ihr den Mund zu verschließen.

Sie merkte, dass sie lächelte und dass es ihr gefiel, die Situation noch einmal heraufzubeschwören. Wie hatte Hannes ausgesehen, als er sich zu ihr vorbeugte? Oder hatte er sich gar nicht vorgebeugt, sondern sie war ihm entgegengekommen? Und dann ihre Beine. Sie hatten gezittert. Im Grunde unmöglich.

In der Milchkanne schwappte es sattweiß und träge. Gesine nahm einen Schluck für ein neues Gefühl im Mund. Frei von Lakritz.

Sie musste einen Plan entwerfen. Am Morgen hatte sie sich noch gefreut, im Büro von Marina Olbert etwas ernster genommen zu werden, inzwischen wurde sie von der Polizei erneut zur Seite geschoben, und sie musste es akzeptieren. Aus Ermittlersicht gehörte sie zu Hannes. Aber sie würde sich trotzdem nicht ausbremsen lassen, denn sie sah es als ihre Aufgabe an, für einen Fortschritt zu sorgen. Es war die einzige und beste Hilfe, die sie ihrem Freund zukommen lassen konnte.

Der Mord an Nadine Brinkmeyer musste mit dem Mord an Carsten Schellhorn zusammenhängen, alles andere wäre ein zu großer Zufall. Es kam darauf an, sich jetzt nicht irritieren zu lassen. Die alten Spuren nicht hektisch durch neue Möglichkeiten zu ersetzen, nur weil man den Täter noch nicht durchschaute und die Verbindung zur Hospitantin nicht erkannte.

Das Institut Schellhorn sollte durchaus weiter als Zentrum der Geschehnisse begriffen werden, bis zum Beweis des Gegenteils. Auch die Witwe, Karin Schellhorn, sollte man nicht vom Haken lassen. Und schließlich sollte man die wochenalte Anzeige der Schellhorn gegen den Jungen aus dem Dorf gut durchdenken. Lauter Ansatzpunkte, die mit Hannes nichts zu tun haben würden und die Gesine sofort anpacken könnte, wenn es ihr gelang, sich auf geschickte Weise der Schellhorn zu nähern.

Aber, Moment. Sie stellte die Milchkanne ab. Da war ja noch der Pfarrer, und er kannte die Witwe. Er kannte sogar auch Hannes, irgendwie, denn laut Aussage der Olbert hatten die beiden gestern Abend am Telefon einen Termin ausgemacht. Das alles war sehr gut, denn hier konnte Gesine schnell zum Zug kommen. Oder hatte der Pfarrer etwa nicht den dringenden Wunsch geäußert, mit ihr im Austausch zu bleiben?

Die Straßenlaternen brannten längst, als Gesine im Dorf ankam. Der Gasthof hatte noch geöffnet. In der Wohnung, aus der der Junge sie gestern Abend angesprochen hatte, war erneut das Fenster gekippt. Sie fuhr daran vorbei und orientierte sich diesmal an dem Kirchturm, dessen Uhr im Halbdunkel über den Dächern leuchtete. In einer Sackgasse fand sie das Pfarrhaus, einen Bau mit glatten, hellen Klinkern aus den siebziger Jahren.

Durch den Vorgarten führte ein Weg aus Kies. Die Beete waren abgezirkelt, die Rasenkanten scharf gestochen.

Auf der Grenze zum Nachbarn wuchs eine Thujenhecke, über die Gesine nur knapp hinweggucken konnte.

Sie klingelte an der weißlackierten Haustür und rechnete damit, einer Haushälterin gegenüberzustehen. Aber Franz Faust öffnete selbst und war erfreut, als er Gesine erkannte. In Zivil wirkte er ganz anders als neulich in der Kapelle. Sorgsam zurechtgemacht mit einem dunkelblauen Pullover, Dreitagebart und frisch geschorenem Schädel.

Er nahm Gesine die Jacke ab und geleitete sie in ein kleines Zimmer, das offensichtlich der Seelsorge diente. Zwei Sessel standen sich gegenüber, der Teppich rundum war abgewetzt, gerippte Auslegeware in Grün. Auf einem Beistelltisch lag das Neue Testament. Der Schirm der kleinen Lampe war zur Seite gedreht, damit das Licht nicht blendete.

»Gelobt sei Jesus Christus.« Franz Faust nahm im Sessel Platz und beugte sich freundlich vor. »Was führt Sie zu mir, Frau Cordes?«

»Ich war noch nie in einem Pfarrhaus.«

An der Wand hing ein hölzernes schlichtes Kreuz und das Fenster war mit blickdichten Gardinen verhüllt. Es herrschte eine nahezu intime Atmosphäre. Die Heizung lief auf Hochtouren.

Pfarrer Faust lächelte ermunternd, auch mit seinen großen blauen Augen. »Ich freue mich, wenn Sie das Gespräch fortsetzen möchten, das wir neulich auf dem Friedhof begonnen haben. Ich musste noch oft an Sie denken. Die Gärtnerin, die von der Kripo kam.«

»Nein. Darum geht es nicht.« Sie musste sich sammeln. »Ich wollte wissen, ob Sie schon etwas Neues gehört haben. Über den Tod von Carsten Schellhorn oder den Leichnam von Madeleine Jablin.«

»Nun, die Polizei wird den Dingen wohl auf den Grund gehen, oder meinen Sie nicht?«

»Doch, aber ich habe Ihr Auto vor dem Institut Schellhorn gesehen. Ich dachte, Sie sind noch involviert.«

Sein Lächeln war breit und offen, nahezu strahlend, oder auch ein klein wenig spöttisch. Die Nuancen waren schwer einzuschätzen. »Ich kümmere mich wie immer um die Hinterbliebenen«, erklärte er. »Konkret sorge ich mich sowohl um die Witwe von Carsten Schellhorn als auch um den Bruder von Madeleine Jablin. Das ist mein Beruf, und er schließt Hausbesuche mit ein.«

»Sie waren bei Herrn Jablin zu Hause? Geht es ihm gut?«

»Tja, also, leider hat er mir nicht geöffnet. Aber er hat mir durch die Tür befohlen, das Weite zu suchen, und er klang wach und energisch dabei.«

»Und Karin Schellhorn? Wie verkraftet sie die Situation?«

Er faltete die Hände. »Also, ich weiß nicht, ob es an Ihrer Polizeivergangenheit liegt, Frau Cordes, aber ich fühle mich mit Ihrer Art der Gesprächsführung nicht recht wohl.« Er lachte. »Dabei läuft es in diesem Zimmer meist andersherum, glauben Sie mir.«

»Entschuldigen Sie. Ich erscheine Ihnen sicher aufdringlich.« Sie versuchte, sein Lächeln zu erwidern. »Mir gehen tausend Fragen durch den Kopf, und ich suche händeringend nach jemandem, mit dem ich mich besprechen kann.«

»Wie schön, dass Sie mir nun doch Vertrauen entgegenbringen. Aber als Pfarrer bin ich eher in den Metathemen fit. Trauer, Moral, Fürsorge. Vielleicht wenden Sie sich besser an Ihre ehemaligen Kollegen von der Kripo.«

»Sie und ich, Herr Faust, wir waren von Anfang an dabei. Wir haben den Leichnam von Carsten Schellhorn im falschen Sarg entdeckt, wir haben Herrn Jablin in seiner Verzweiflung erlebt, und jetzt werden wir beide Zeuge, wie die Ermittlungen auf Seitenwege gelangen, die sich überraschend berühren.«

»Ja? Ich kann Ihnen nicht folgen.«

»Hat die Polizei Sie schon auf Hannes van Deest angesprochen?«

»Ach, daher weht der Wind. Ja, ich bin zu Herrn van Deest schon ausgefragt worden. Ich weiß auch, dass bei ihm die Leiche einer jungen Frau gefunden wurde und dass er auf der Flucht ist. Ganz furchtbare Sache. In den Augen der Polizei war ich aber wohl für einen Teil seines Alibis zuständig.«

»Und? Konnten Sie ihm helfen?«

»Ich war mir zunächst nicht sicher, aber dann fiel es mir ein. Ich wollte gestern Abend tatsächlich einen Termin mit ihm ausmachen und habe deshalb seine Nummer gewählt.«

»Und dieser Termin ... Können Sie sagen, worum es da ging?«

Der Pfarrer rückte an seiner Armbanduhr. Ein klassisches Modell, ganz anders als die Smartwatch, die er neulich in der Kapelle getragen hatte.

»Keine Sorge, es ging um etwas, das Ihnen bestens bekannt ist, Frau Cordes. Erinnern Sie sich? In der Kapelle, als wir beide noch dachten, wir könnten Madeleine Jablin zu Grabe tragen, haben Sie mir eine gewisse Zwangssituation geschildert. Sie sagten, dass sich einige örtliche Bestatter durch das Institut Schellhorn bedrängt fühlen. In genau dieser Sache wollte ich Herrn van Deest besuchen, der, wie ich erfahren hatte, eine wichtige Rolle auf dem Ostfriedhof spielt. Und ich will es nicht unerwähnt lassen: Ich habe es getan. Ich konnte ihm einen der Aufträge vermitteln, die Frau Schellhorn derzeit nicht abarbeiten kann.«

»Vielen Dank. Jetzt bin ich wirklich platt, Herr Faust.«

Gesine fiel auf, dass unter den Ärmeln seines Pullovers ein dichter Haarwuchs zum Vorschein kam. An den Knöcheln hörten die Haare so abrupt auf, als vertrügen sie kein Licht.

Der Pfarrer faltete die Hände. »Das also wollten Sie von mir hören, Frau Cordes? Sie misstrauen Ihrem Bekannten, richtig? Sie wissen nicht, ob sein Alibi stimmt.«

»Nein.« Sie stockte. »Aber ich muss jetzt noch einmal nachfragen: Sie haben also tatsächlich nach der missglückten Trauerfeier und nach dem Mord an Carsten Schellhorn mit der Witwe über geschäftliche Dinge gesprochen?«

»So, wie Sie es zusammenfassen, klingt es verwegen. Aber haben Sie nicht auch die Erfahrung gemacht, dass die Menschen in den ersten Tagen ihrer Trauer froh sind, wenn man ihnen etwas Praktisches an die Hand gibt? Etwas, bei dem sie sich als aktiv und tatkräftig erleben können? Nichts anderes hatte ich im Sinn.«

»Aber dieses Tempo.«

»Frau Schellhorn und ich kennen uns seit Jahren aus der Gemeindearbeit. Ihr Glaube ist ihr wichtig, und als Katholikin steht das Helfen bei ihr hoch im Kurs. Es tut ihr gut, um es klar zu sagen.«

Er sah Gesine eindringlich an. Lehnte sich ihr entgegen, der Herrgott mag Sie, aber diesmal ließ sie sich nicht aus dem Konzept bringen. »Bei dem Jungen aus dem Dorf kennt Frau Schellhorn allerdings keine Gnade«, sagte sie.

»Oh. Darauf kann ich leider nicht antworten.«

»Ich habe den Jungen kennengelernt, und ich finde die gesamte Geschichte erstaunlich.«

»Eher peinlich als erstaunlich.«

Franz Faust bewegte die Füße, das Leder seiner Schuhe knarzte. Dann senkte er den Kopf und ließ ihn baumeln, als werde er von einer großen Erschöpfung erfasst. Die Haut auf der Fontanelle war gereizt. Es konnte nicht lange her sein, dass er mit dem Rasierapparat darübergefahren war.

»Wirf dein Anliegen auf den Herrn, der wird dich versorgen«, sagte er leise.

»Ich würde Karin Schellhorn gern einmal persönlich sprechen«, erwiderte Gesine. »Könnten Sie mich in Kontakt zu ihr bringen, wenn Sie sie so gut kennen?«

»Rufen Sie dort an, fragen Sie am besten selbst, ob sie Zeit hat.«

»Aber das geht nicht.« Der Fuß der Tischlampe war mit einer feinen Staubschicht bedeckt. Gesine widerstand dem Impuls, mit der Fingerspitze eine Spur zu ziehen.

»Als ich zuletzt am Institut Schellhorn war, bin ich mit Steinen vertrieben worden.«

Franz Faust stieß verblüfft die Luft aus. »Man hat Sie … Wann? Als Sie mein Auto dort gesehen haben? Aber Sie denken doch wohl nicht, dass ich …?«

»Nein.«

Er atmete aus, durch den Mund, die blauen Augen wie offene Stellen im Gesicht. Dann langte er nach ihren Händen, und ehe sie etwas tun konnte, umschloss er sie wie zum Gebet. »Es ist gut, voller Sorge um jemanden zu sein. Sie fühlen mit, und ich versichere Ihnen, ich würde die Last, die Sie tragen, sehr gern mit Ihnen teilen. Wo ist Hannes van Deest?«

»Bitte was?«

»Wo ist Herr van Deest? Sitzt er draußen in Ihrem Auto?«

»Nein!«

»Die Polizei sucht nach ihm, und Sie sind doch nicht zufällig bei mir aufgetaucht und vergewissern sich, ob ich ihm ein Alibi gegeben habe.«

»Trotzdem verstecke ich ihn nicht. Ich versuche nur, die wichtigsten Fakten zu klären.«

»Gut.« Er ließ sie los. »Dann geht es Ihnen also wirklich nur um das Misstrauen, das Sie insgeheim hegen.«

»Sie mögen für Metathemen zuständig sein, Herr Faust, aber jetzt nähern Sie sich einer Fehlinterpretation.«

Sie stand auf, und er zog ein bedauerndes Gesicht. »Was auch immer Sie sagen, wird diesen Raum nicht verlassen, Frau Cordes. Wenn Sie widerstreitende Gefühle für Herrn van Deest hegen, können wir versuchen, alles zu sortieren. Denn einmal ganz nüchtern gefragt: Wer käme nicht ins Schleudern, wenn plötzlich eine Leiche im Wagen eines Bekannten liegt?«

»Sie sind der Einzige, der schleudert.«

»Vergessen Sie nicht, dass wir als Mitmenschen Verantwortung tragen. Nicht nur Herrn van Deest gegenüber, sondern auch allen gegenüber, die jetzt in Gefahr sind und unter Umständen geschützt werden müssten.«

Gesine stutzte. »Wen meinen Sie damit?«

»Ich weiß nicht. Aber nehmen wir an, Sie hegen wirklich ein Misstrauen. Dann halten Sie es insgeheim für möglich, dass Herr van Deest weitere Taten begeht. Natürlich ist es schmerzhaft, aber es wäre auch leichtsinnig und fatal, sich mit diesem Risiko nicht auseinanderzusetzen.«

Sie hatte die Türklinke in der Hand, ehe sie darüber nachgedacht hatte zu gehen. »Wo finde ich meine Jacke?«

»Frau Cordes!« Er eilte ihr nach. »Überlegen Sie!«

»Herr van Deest ist über jeden Zweifel erhaben.«

An der Garderobe hingen Mäntel und Jacken in verschiedenen Farben. Daunen, Wollstoffe, meist teuer und elegant. Dazwischen endlich Gesines wetterfeste Jacke, ein Rettungsring.

Franz Faust hatte einen roten Kopf bekommen. Seine Hände hingen hilflos in der Luft, als Gesine sich nicht in die Ärmel helfen ließ.

»Gut, Frau Cordes. Ich bin froh, dass Sie in Bezug auf Herrn van Deest so sicher sind. Aber es war doch trotzdem nicht verkehrt, die Polizei auf die Kinder hinzuweisen, oder?«

Gesines Puls setzte aus, als habe sie einen Hieb auf den Brustkorb bekommen. Sie fuhr zum Pfarrer herum, der unbehaglich zurückwich.

»Auf van Deests Schreibtisch habe ich dieses Foto von den Zwillingen gesehen«, erklärte er. »Dabei sagte van Deest doch, er habe keine Kinder! Und auf diesen Widerspruch habe ich die Polizei aufmerksam gemacht.«

»Einen Widerspruch kann ich beim besten Willen nicht erkennen, Herr Faust.«

»Nein? Heißt das, Sie machen sich in dieser Situation keine Sorgen um die Mädchen, Frau Cordes?«

18

Es musste nichts zu bedeuten haben. Nein, gar nichts. Aber wenn doch? Gab es etwas in Bezug auf Frida und Marta, das Gesine außer Acht gelassen hatte?

Sie fuhr wie der Henker über die Landstraße. Durch den Wald, am Parkplatz mit der Mühle vorbei. Sie dachte an die riesige Eule, die toten Enten, die Sonntagsausflüge, die sie mit Frida und Marta noch nie gemacht hatte, und dann fing der Pick-up plötzlich an zu piepen und zu stottern. Sie hatte keinen Sprit mehr.

Vollkommen vergessen. Eigentlich hatte sie die Tankstelle hinterm Dorf ansteuern wollen, bevor sie zurück nach Hause fuhr, aber weil Pfarrer Faust sie so furchtbar aufgeschreckt hatte, hatte sie nicht mehr daran gedacht, dass die Nadel längst auf Reserve stand. Und dass der kleine Kanister auf ihrer Ladefläche leer war, wie meistens.

Sie ließ den Wagen ausrollen, legte die Unterarme aufs Lenkrad, den Kopf darauf und biss vor Wut in den Jackenstoff. Zur Tankstelle waren es anderthalb Stunden zu Fuß, mindestens. Inklusive Rückweg wäre sie drei Stunden unterwegs. Ach, wie blöd konnte man bloß sein?

Zum wiederholten Mal versuchte sie, die Zwillinge anzurufen, aber es war vergebens, und langsam gingen ihr auch die Worte für die Mailbox aus. Was sollte sie den Kindern noch für eine Nachricht hinterlassen, eine dritte, vierte Bitte, sich zu melden, ohne dass sie sich ängstigen würden? Außerdem kosteten all diese Anrufe Strom, und nicht mehr lange, dann würde der Akku Gesine im Stich lassen, und dann könnte sie wirklich hier zwischen den Tannen, auf der Landstraße, im Kalten übernachten.

Sie legte das Handy behutsam auf die Ablage, als könne die Erschütterung ein Watt kosten. Wenn sie nur noch einen einzigen Anruf hätte, welche Nummer würde sie wählen?

Im Rückspiegel sah sie, wie sich ein Auto näherte. Es fuhr mit Fernlicht und hoher Geschwindigkeit. Sie sprang auf die Straße und hob eine Hand. Hupend fuhr der Wagen an ihr vorbei. Eine Mischung aus Streusalz und Wasser wehte ihr ins Gesicht.

Und wie finster es war, außerhalb des Pick-ups, dessen Standlicht Gemütlichkeit vortäuschte. Die Tannen standen dicht wie eine Wand, und doch war das Unterholz zu riechen. Modernde Zweige und altes Grün, faulige Reste von Pilzen. Alles kalt, alles feucht und klamm und ohne jegliche Bewegung.

Sie lauerte auf ein weiteres Motorengeräusch, aber niemand kam. Auch in der Ferne war nichts zu hören, der Feierabendverkehr war längst durch, der Rest würde nur noch Glückssache sein. Oder sie entschied sich für den Fußweg, auch wenn er am zeitaufwändigsten wäre.

Also: Wenn sie nur noch einen einzigen Anruf hätte,

welche Nummer sollte sie wählen? Im Normalfall würde sie Hannes anrufen. Er würde ihr helfen, egal, worum sie ihn bitten würde. »Schau nach den Kindern«, würde sie sagen und müsste es nicht einmal begründen. Doch war es nicht lächerlich, sich jetzt ausgerechnet dieses Gespräch vorzustellen, mit Hannes, dem Mann, um den es ging?

Wobei sie es natürlich nicht überbewerten wollte, dass der Pfarrer die Kinder erwähnt hatte. Franz Faust kannte sich nicht aus, nicht mit den Ermittlungen, nicht mit Straftätern und auch nicht mit den Konsequenzen, die es hatte, wenn er in Gesines Gegenwart von Sorgen wegen Frida und Marta sprach. Bloß dass er seine Aussage bei der Polizei ebenfalls mit einer Bemerkung über die Kinder verquickt hatte! Wie kam er dazu?

Es könnte sein, dass Marina Olbert ihn gedrängt hatte, sich an alles zu erinnern, was ihm bei seinem Besuch im Bestattungsinstitut van Deest aufgefallen war. Vielleicht hatte die Olbert massiv Einfluss genommen, damit er alles aussprach, was ihm in den Sinn kam. Und folglich war ihm das Foto von Frida und Marta eingefallen. Ganz harmlos, ganz selbstverständlich, ja, so könnte es gewesen sein.

Wenn da nicht der Nachsatz des Pfarrers gewesen wäre. »Machen Sie sich etwa keine Sorgen?« Wie kam er darauf, Gesine das zu fragen? Obwohl er die Kinder nicht kannte, Gesine und Hannes kaum kannte und eigentlich annehmen müsste, dass alle die Kinder liebten und sie niemals in irgendetwas Gefährliches hineinziehen würden. Oder wusste Franz Faust mehr? Mehr als Gesine? Hatte er ihr das verdeutlichen wollen?

Sie hockte sich neben den Pick-up, auch wenn es viel zu kalt dazu war. Am liebsten hätte sie sich hingelegt und zusammengerollt. Im rötlichen Schein des Parklichts sah sie die langen, ledrigen Hülsen einer Robinie. Giftige Samen, die sich im Laufe des Winters noch losreißen würden.

Die Zeit verging. Noch immer wusste Gesine nicht, wohin mit sich. Sollte sie losmarschieren oder nicht? Sie blinzelte eine Träne weg. Da rauschte von weit her endlich wieder ein Fahrzeug heran. Es war ein Motorrad, in der Kurve jaulte es auf.

Wieder sprang sie auf die Straße, diesmal in die Mitte, denn auch dieser Fahrer fuhr mit Fernlicht, und er musste sie einfach rechtzeitig sehen, vor allem, wenn sie die Arme ausbreitete.

Und ja! Er hielt tatsächlich an, in einem sicheren, skeptischen Abstand, und während er etwas Unverständliches rief, klappte er das Visier seines Helms hoch.

»Ich brauche Benzin«, rief Gesine zurück. »Bitte helfen Sie mir.«

»Acht oder zehn Kilometer zurück kommt ein Dorf, dahinter können Sie tanken.«

»Ich habe keine Zeit, zu Fuß zu gehen. Und mein Wagen ist bis auf den letzten Tropfen leer.«

»Haben Sie einen Kanister dabei? Ich nehme Sie mit.«

Er ließ den Motor aufheulen und drehte den Lenker hin und her, um sein Scheinwerferlicht über sie hinwegstreifen zu lassen. Seine Stiefel hatten viele Schnallen, und die Maschine war breit und schwer. Ein Chopper mit Fuchsschwanz. Gesine hatte seit Jahren auf keinem Motorrad mehr gesessen.

Sie holte den kleinen Kanister von ihrer Ladefläche, nahm auch das Handy an sich und schloss den Pick-up ab. Aber dann ließ der Motorradfahrer sie doch nicht aufsteigen. »Ohne Helm geht nichts.«

»Ich übernehme die Verantwortung, bitte.«

»Die Verantwortung hat immer der Mann am Lenker.«

Er zog seinen eigenen Helm vom Kopf, seine langen, dünnen Haare waren plattgedrückt. Er war älter, als Gesine vermutet hatte, und sah sie mitleidig an.

»Richtig kacke, so mitten im Wald«, sagte er. »Aber das Einzige, was ich anbieten kann, ist, dass ich zur Tankstelle fahre und dir das Benzin hole.«

»Das würden Sie machen?«

»Detlef, Verehrteste, und na klar helfe ich aus. Kannst du denn hier warten, oder hast du Schiss im Dunkeln?«

»Quatsch. Danke.«

Sie gab ihm mehr Geld als nötig und sah seiner Rückleuchte nach. Dann setzte sie sich wieder ins Auto und harrte der Dinge.

Ein LKW kam vorbei. Langgezogenes Hupen. Ein Rehbock spazierte über die Straße. Zwei PKW kamen dicht hintereinander, überhöhte Geschwindigkeit, und sie war froh, nicht noch einmal raus in die Kälte zu müssen.

Die Uhr tickte. Sie hatte gar nicht gewusst, wie laut. Um keinen Strom zu verbrauchen, kontrollierte sie die Akkuanzeige auf dem Handy möglichst kurz. Es war wirklich so weit: Mehr als einen einzigen Anruf würde das Ding nicht mehr schaffen.

Hoffentlich meldeten die Mädchen sich bald.

Sie wippte mit den Beinen. Es dauerte. Vielleicht hielt

Detlef noch einen Schwatz an der Tankstelle. Verfahren haben konnte er sich jedenfalls nicht.

Da hörte sie ein Martinshorn. Blaulicht raste heran, ein Krankenwagen, Richtung Dorf. Das Licht war so grell, und sie sah trotzdem hinein, so dass es noch minutenlang auf ihrer Netzhaut zuckte, und gerade als es endlich besser wurde, kam schon das nächste Blaulicht. Ein Einsatzwagen der Polizei, mit hohem Tempo den Mittelstreifen entlang.

Ihr wurde flau, aber sie wartete weiter. Und noch weiter, und wusste irgendwann, dass sie endlich das Handy benutzen musste, solange es noch ging. Sie wählte die Nummer von Marina Olbert, und es kam ihr vor wie ein Hochverrat an Hannes.

Es tutete, und es krampfte sich in ihr zusammen. Aber was sollte sie denn machen? Sie glaubte ja nicht wirklich, dass Hannes eine Gefahr für Frida und Marta darstellte, aber sie musste doch klären, was am schwersten auf ihr lastete. Denn was auch immer der Pfarrer hatte andeuten wollen, es gab die klitzekleine Möglichkeit, dass ihm bei Hannes irgendetwas verdächtig erschienen war. Etwas, über das man nicht hinwegsehen durfte. Denn Misstrauen bedeutete auch Verantwortung gegenüber denen, die womöglich die Folgen zu tragen hatten, und seien diese Folgen auch noch so unwahrscheinlich. Das hatte der Pfarrer gesagt. Seit wann richtete sie sich nach ihm?

»Olbert.«

»Cordes! Ich hänge mit meinem Auto im Wald fest, ich habe keinen Sprit mehr, und mein Handy-Akku ist gleich leer. Es ist dringend nötig, dass Sie Kontakt zu Frida und Marta aufnehmen.«

»Verstehe. Kurz und knapp die Infos, bitte.«

»Es gab einen Hinweis, dass man sich Sorgen um die Mädchen machen müsste. Möglicherweise übertriebene Vorsicht.«

»Im Zusammenhang mit der Flucht von Hannes van Deest?«

Die Uhr tickte, das Handy arbeitete, das Herz von Gesine stand still.

»Nur indirekt«, sagte sie.

»Ihr Standort, Frau Cordes? Schnell!«

Sie nannte die ungefähre Entfernung vom Dorf, sie gab durch, dass sie Normalbenzin fuhr und keinen Reservekanister mehr hatte, und gerade als ihr durch den Kopf schoss, dass es doch viel geschickter gewesen wäre, die Beleuchtung des Displays abzuschalten, falls das überhaupt ging, gab der Akku auf.

Wieder legte sie die Arme aufs Lenkrad, ließ wieder den Kopf darauf sinken, aber anders als eben weinte sie jetzt in den Stoff.

Robinie (falsche Akazie)

Baum, bis 25 m hoch. Schmetterlingsblütler, Hülsenfrüchtler.

Gefurchte Borke, graubraun mit Längsrissen.

Zweige olivgrün bis rötlichgrün, Dornen möglich.

Gefiederte Blätter bis 30 cm, bis zu 19 Einzelblättchen, eiförmig.

Blättchen reagieren auf Hitze und stellen sich senkrecht.

Dichte Blütentrauben im frühen Sommer. Stark duftend, bis 25 cm lang, meist weiß, manchmal gelb oder rosa.

Ab Herbst rotbraune Samenhülsen, lang anhaftend, bis 10 cm lang, flach, ledrig. Hülsen reißen im Winter auf.

4 bis 12 Samen, bis 7 mm lang, glatt, braun, hart.

Stark giftig. Giftstoffe vor allem in der Rinde und im Samen. Glykoside, Lektine, Robin, Phasin.

Übelkeit, Erbrechen, beschleunigter Puls, Krämpfe, Schwindel, extreme Müdigkeit, Kreislaufkollaps.

Zufuhr von Flüssigkeit, Kohlegabe, bei Krämpfen Gabe von Benzodiazepinen.

19

Die Stimme von Hannes wurde lauter und stieg höher. Dieselbe Stimme, die gerade noch dicht an ihrem Ohr gemurmelt hatte. Und dieselben Finger, die eben noch an ihrem Nacken waren, klopften jetzt hart an irgendeine Scheibe.

»Alles in Ordnung?«

An eine dicke Scheibe, dumpf und dröhnend, so dass auch die Stimme kaum zu erkennen war, aber Hannes, geh bitte nicht weg, und sag es noch einmal von vorn. Ins Ohr, nur ganz leise: Ich brauche dich.

»Verdammter Mist! Hallo da drinnen!«

Gesine hob den Kopf, die Augen gingen kaum auf. Ein paar orangefarbene Lämpchen, wie ein Armaturenbrett, wie im Pick-up, komisch, mitten in der Nacht, und sie war so entsetzlich müde, dass ihr der Kopf wehtat.

»Machen Sie doch mal die Tür auf, bitte, Frau Cordes!«

War das Marina Olbert? Und – Hannes? Er hatte doch gerade noch … Aber nein, da lag nur das kleine Notizbuch auf Gesines Schoß, und in der einen Hand hielt sie einen Stift. Verkrampft und kalt.

»Gott sei Dank, ich dachte schon!« Die Olbert zog die Tür weiter auf und rüttelte an Gesines Schulter. »Sie haben geschlafen wie eine Tote!«

Zwei Uhr morgens. Jetzt war alles verloren. Und die Olbert rüttelte immer weiter.

»Tut mir leid, dass es so lange gedauert hat, aber ich hatte plötzlich noch einen Einsatz. Verstehen Sie mich? Es ist aber trotzdem alles gut.«

»Die Kinder? Frida und Marta?«, fragte Gesine kratzig und stockend.

»Die beiden liegen auf dem Bauernhof in ihren Schlafsäcken und tun das, was sich um diese Uhrzeit gehört.«

»Sie sind bei Josef? Das ist gut.«

»Ich setze mich kurz neben Sie, einverstanden?«

Die Olbert stieg auf der anderen Seite ein. Gesine klopfte sich gegen die Wangen, sie wurde doch sonst viel leichter wach! Aber diese Kälte. Alles funktionierte nur in Zeitlupe.

Sie schob das Notizbuch unter ihren Po und ließ den Stift in den Fußraum fallen. Zwei Uhr nachts. Und sie hatte nichts geregelt bekommen.

Die Olbert roch nach einer Sportsalbe. Außerdem kondensierte ihr Atem an der Seitenscheibe, und wenn man genauer hinsah, schien die gesamte Ermittlerin zu dampfen. Sie trug Funktionskleidung, ihren gefütterten Rennradanzug, und ihr war wohl sehr warm, aber … Suchend sah Gesine sich um, warum war sie überhaupt mit dem Fahrrad hier? Der Pick-up sprang doch nicht mehr an, sie erinnerte sich, die Olbert hatte doch Benzin bringen sollen!

»So langsam kehrt Leben in Sie zurück, Frau Cordes, das freut mich.«

»Haben Sie …?«

»Steht draußen. Fünf Liter, damit schaffen wir es bis zur nächsten Tankstelle, und zwar gemeinsam. Sie machen heute besser nichts mehr alleine.«

»Nur wenn ich will.«

»Nein. Ich bin nämlich extra mit dem Rad hergekommen, weil ich erstens ein wenig Stress abbauen musste und weil ich mir zweitens schon dachte, dass Sie nicht mehr fahrtauglich sind. Sie haben sich am Telefon furchtbar angehört.«

»Sie wollen an mein Steuer, Frau Olbert? In meinem Pick-up?«

»Nehmen Sie erst mal mein Taschentuch, und lassen Sie sich Zeit. Und dann packen wir mein Rad auf die Ladefläche, kippen den Sprit in Ihren Tank und sehen weiter.«

Gesine schnäuzte sich und rieb möglichst beiläufig die Salzspuren von ihrem Gesicht.

»Wie sind die Kinder denn zu Josef gekommen?«, fragte sie. »Haben Sie sie abgeholt?«

»Zuerst habe ich natürlich mit dem Vater der beiden telefoniert und von einem gewissen Engpass erfahren. Er hat heute schon wieder Nachtdienst im Krankenhaus und wollte Frida und Marta allein zu Hause lassen, womit ich nach Ihrem Anruf natürlich nicht mehr einverstanden sein konnte. Also habe ich mir einiges aus den Fingern gesaugt, um die Situation zu beeinflussen und ohne dem guten Mann einen Schreck einzujagen.«

»Nämlich?«

»Ach, ich habe etwas von einem Wasserrohrbruch in der Nähe erzählt, und dass wahrscheinlich das Gas abgedreht würde. Und ob er etwas dagegen hätte, wenn wir die Mädchen ins Warme holen.«

»Und das hat er geglaubt, Frau Olbert?«

»Sie werden es nicht für möglich halten, aber manche Leute vertrauen der Polizei. Vor allem, wenn sie eine gewisse Beamtin schon länger kennen.«

Die Olbert schien zu lächeln, verstand es jedoch, im Zwielicht ihre Mimik zu verbergen.

»Bauer Josef hat die Kinder persönlich abgeholt und auf den Hof gebracht«, fuhr sie fort. »Morgen früh, am Samstag, ist ja sowieso keine Schule, und ich soll Ihnen schöne Grüße ausrichten. Aber nichtsdestotrotz möchte ich jetzt von Ihnen wissen, warum Sie so in Sorge um Frida und Marta waren.«

Gesines Gedanken rotierten. Die Ermittlerin war sehr entgegenkommend, wenn man bedachte, wie und wo sie sich zuletzt gesehen hatten. Auf dem Friedhof, nach Hannes' Flucht, und da war die Stimmung zwischen ihnen wirklich nicht die beste gewesen. Demnach könnte es möglich sein, dass die Olbert schon wieder etwas im Schilde führte. Vielleicht wollte sie irgendetwas bei Gesine erreichen, und dann galt es, sich zu wappnen.

»Wenn man bedenkt, dass ich ausgerechnet Ihre Nummer gewählt habe«, sagte Gesine. »Obwohl ich wusste, dass mein Akku nur noch ein einziges Gespräch zulässt.«

»Nicht obwohl, sondern weil Sie das wussten, Frau Cordes.«

»Jedenfalls möchte ich mich bedanken.«

»Sehr gern. Auch wenn mir klar ist, dass der Anruf aus der Not geboren war. Im Normalfall hätten Sie sich an Herrn van Deest gewendet.«

Aha. »Ich kann Ihnen nicht sagen, wo Hannes ist, Frau Olbert. Wirklich nicht.«

»Aber das weiß ich doch!« Die Ermittlerin freute sich hörbar. »Sie sind vollkommen ahnungslos, was Herrn van Deest angeht, Frau Cordes, und das ist prima und soll keine Ironie sein. Im Gegenteil, seitdem unser Telefonat abriss, ist meine Hoffnung in Sie enorm gewachsen.«

»Weil?«

»Na, weil Sie nur mich angerufen haben und nicht ihn! Das hat mir alles gesagt. Sie wissen nicht, wo er ist, und nicht, wie man ihn erreichen kann.«

Die Olbert ließ die Zähne schimmern, und auch Gesine musste widerstrebend lachen. Das also war nötig gewesen, um ihr Image bei der Polizei wieder aufzupolieren?

Sie berichtete Marina von ihrem Besuch bei Pfarrer Franz Faust und gestand, dass sie den Plan hegte, Karin Schellhorn aufzusuchen. Besonders ausführlich schilderte sie aber den Moment, in dem der Pfarrer sie gefragt hatte, ob sie sich keine Gedanken um die Kinder mache, deren Foto auf Hannes' Schreibtisch stehe.

Marina ließ sie ausreden und bestätigte, dass der Pfarrer auch der Polizei gegenüber das Foto erwähnt hatte, allerdings habe sie, Marina, gedacht, dass er bloß hilfsbereit sein wollte.

»Dass Sie dagegen direkt denken, Herr van Deest könne die Kinder entführen, wundert mich offen gestanden, Frau Cordes.«

»So war es auch nicht. Sondern der Pfarrer hat mir ein ungutes Gefühl vermittelt, beabsichtigt oder nicht. Und vielleicht meinte er auch nicht, dass die Gefahr konkret von Hannes ausgeht. Vielleicht hat er mir noch etwas ganz anderes sagen wollen, auf das ich noch nicht gekommen bin.«

»Dann horchen Sie in sich hinein. Und misstrauen Sie zur Not auch dem Pfarrer.«

»Kein Problem.«

Gesine bewegte sich auf dem Sitz und hörte, wie das Notizbuch unter ihr knitterte. Plötzlich wurde sie von einer Sehnsuchtswelle erfasst, die sie beinahe umriss. Hatte Hannes sie geküsst? Und sie ihn, mit knitterndem Büchlein in der Jacke? So richtig geküsst?

Die Olbert klappte den Kosmetikspiegel herunter, der aber keine eigene Beleuchtung besaß. Sie zupfte und tupfte blind hier und da, dann sah sie Gesine an.

»Führen wir uns die Ermordung unserer Hospitantin vor Augen. Ihre Leiche lag bei van Deest im Auto, und das ist selbstverständlich Stoff für jegliche Phantasie, Frau Cordes. Auch bei einem Pfarrer.«

»Wo ist Nadine Brinkmeyer erdrosselt worden?«

»Den Spuren nach in der Garage des Instituts van Deest, neben dem Leichenwagen.«

»Also keine dreißig Meter von dem Büro entfernt, in dem Hannes den gesamten Abend über gesessen hat. Der Pfarrer hat mit ihm telefoniert.«

»Er hat aber nur kurz mit ihm telefoniert, und zwar

noch recht früh. Später – das haben wir aus den Verbindungsdaten erfahren – hat er Herrn van Deest nicht mehr erreicht. Nur noch den Anrufbeantworter.«

»Davon hat Franz Faust mir gar nichts gesagt!«, rief Gesine.

»Uns hat er es auch verschwiegen. Er hat es entweder vergessen, oder es war ihm als Pfarrer zu heikel, ein solches Fass aufzumachen. Denn wenn van Deest nicht mehr ans Telefon ging, könnte er das Büro verlassen haben. Er könnte hinten in der Garage gewesen sein, um zu töten. Alles hinge von Fausts Aussage ab.«

»Nicht alles. Hannes könnte überall gewesen sein, auch ganz woanders, vielleicht weit weg unterwegs, das wissen wir nicht.«

»Eben. Wir wissen es nicht. Noch nicht, Frau Cordes.«

Gesine überlegte fieberhaft. Der Pfarrer kam ihr komisch vor, weil er nur die halbe Wahrheit erzählte. Und Hannes? Warum erfand er ein Alibi in Tatortnähe?

»Dass Hannes überhaupt ausgesagt hat, bis Mitternacht in seinem Büro gewesen zu sein, dass er sich also selbst so belastet, kann nur einen Grund haben, Frau Olbert: Er wusste nicht, dass in seiner Garage jemand umgebracht wurde. Er ist unschuldig.«

»Diese Logik wirkt bestechend. Müsste aber überprüft werden.«

Sie stiegen aus und luden das Rennrad auf den Pickup. Dann ließen sie das Benzin in den Tank laufen. Die Nacht war genauso frostig und trüb, wie der Tag gewesen war. Kein Stern blinkte über den Tannen, dichte Wolken mussten am Himmel stehen. Möglicherweise würde es bald wieder schneien.

Ein Tier scharrte im Unterholz, der gefrorene Boden schmirgelte unter den Krallen. Die Olbert warf den kleinen Benzintrichter mit viel zu viel Schwung auf die Ladefläche zurück.

»Wir haben ein gemeinsames Ziel«, sagte sie. »Wir beide wollen den wahren Herrn van Deest erkennen.«

»Ich kenne ihn schon.«

»Eben nicht, sonst wären Sie nicht so nervös. Aber bitte, nein, jetzt regen Sie sich nicht schon wieder auf, ich habe nämlich gerade beschlossen, dass wir beide wohl doch an einem Strang ziehen sollten.« Die Ermittlerin breitete die Arme aus wie ein Verkündigungsbote. »Frau Cordes, Sie wollen Herrn van Deest wiederfinden, und ich will es auch. Und wenn ich höre, dass Sie außerdem gern bei Karin Schellhorn vorstellig würden, um ihr auf den Zahn zu fühlen, meine ich plötzlich, es sei eine gute Idee.«

»Sie überraschen mich.«

»Mich auch! Und vielleicht ist es nur der Schlafmangel, aber Sie sollten die Chance nutzen, Gesine Cordes. Arbeiten Sie für die Polizei!«

»Wie bitte?«

Es wurde still. Das Tier im Unterholz hörte auf zu scharren. Nur die Olbert begann, die Plastiksohlen ihrer Rennradschuhe hart und laut auf den Asphalt aufzusetzen, ein Metronom, das nur manchmal gedämpft wurde, wenn sie auf eine Robinien-Hülse trat.

»Ich brauche jemanden, der für mich in der Friedhofsszene recherchiert«, sagte die Olbert. »Hannes van Deest hat es mir mit seiner Flucht noch schwerer gemacht, an Informationen heranzukommen. Denn wie Sie sich vorstellen können, ist er sehr beliebt. Mit dem Effekt, dass jeder, den ich befrage, mir gegenüber mauert. Verschaffen Sie mir Kontakt zu den Friedhofsleuten.«

»Ich würde es tun, vielleicht, wenn Sie mir im Gegenzug Kontakt zu Karin Schellhorn verschaffen.«

»Ach, die Schellhorn! Na ja, wir wollten sie ja ohnehin unter die Lupe nehmen, es wird nicht schaden. Und vielleicht teilen wir uns auf: Einer macht Druck, einer setzt auf die softe Tour. Wobei ich gern den druckvollen Part übernehme.«

»Und das heißt?«

»Ich repräsentiere die Behörde. Ich spreche Frau Schellhorn auf den Jungen aus dem Dorf an, auf den kleinen Penis des Gatten, auf den absurden Nekrophilie-Verdacht der Staatsanwaltschaft. Und Sie geben sich als jemand aus, der die haltlosen Theorien der Polizei verabscheut. Sie würden mit Frau Schellhorn über die Polizei schimpfen und eine Vertrauensbasis schaffen. Kontakt hergestellt, Informationskanäle geöffnet.«

»Das ist zu wenig zielgerichtet, Frau Olbert, und es produziert viel zu viel Palaver. Nicht mein Spezialgebiet.«

»Es ist die einzige Methode, an der Sie mitwirken können.«

Dicht vor Gesine blieb die Ermittlerin stehen. Von wegen Schlafmangel. Die Olbert war groß und schön und hellwach, und sie sagte nicht die gesamte Wahrheit. Ihre angeblichen Ermittlungsstrategien waren so schwammig, als seien sie nicht ernst gemeint.

»Jetzt mal ehrlich«, verlangte Gesine. »Sie haben irgendetwas herausgefunden, von dem ich noch nichts weiß. Oder?«

»Ihr Misstrauen nimmt beängstigende Formen an.«

»Oder Sie haben gar nicht vor, Karin Schellhorn ins Visier zu nehmen, weil Sie sich einzig und allein auf Hannes als Verdächtigen eingeschossen haben.«

»Also bitte. Wenn Sie den Ermittlungen eine besondere Richtung geben wollen, sind Sie herzlich eingeladen, es zu tun. Undercover. Nach außen hin bleiben Sie allerdings Friedhofsgärtnerin.«

Gesine zögerte. »Aber ich möchte Befugnisse bekommen. Und Erlaubnisse.«

»Nun … Ich werde alles mittragen, solange es vernünftig ist. Sie können auf meinen besonderen Schutz zählen.«

Marinas Hand blieb eine Sekunde ausgestreckt in der Luft, noch eine Sekunde, und senkte sich langsam schon wieder, als Gesine sie ergriff. Es war gut, das spürte sie. Ein guter, zuverlässiger Händedruck, ein Bündnis über alle Gräben hinweg, ein aufrichtiges Versprechen.

»Einen besonderen Schutz habe ich noch nie gebraucht«, sagte sie und musste sich wundern, wie bewegt ihre Stimme klang.

»Willkommen bei der Polizei.« Marina räusperte sich. »Zurück im Team und undercover, wer hätte das gedacht. Und jetzt ab in den Wagen und an die Arbeit.«

»Gerne. Aber ich fahre.«

Gesine startete den Motor, er stotterte erst, aber dann klang die Maschine wie immer. Die Scheinwerfer leuchteten tatendurstig die Straße entlang, und auch die Lüftung rauschte kräftig, obschon die Heizung nach dem langen Stillstand natürlich noch weit davon entfernt war zu wärmen.

»Bitte nicht zur Dorftankstelle«, sagte Marina. »Nehmen Sie die Gegenrichtung.«

»Warum?«

»Na ja, hatte ich nicht erwähnt, dass ich am späten Abend noch einen Einsatz hatte?«

»An der Tankstelle?«

»Richtig.«

»Sie waren im Dorf? Sie sind hier auf der Landstraße an mir vorbeigefahren?«

Allerdings, sie hatte es selbst gesehen! Der Streifenwagen mit Blaulicht. Und Marina Olbert hatte daringesessen?

Die Ermittlerin wiegelte ab. »Da wusste ich ja noch nicht, dass wir beide es heute Nacht miteinander zu tun kriegen. Wobei es mir später ganz recht war zu wissen, dass Sie an Ort und Stelle auf mich warten würden.«

Gesine schaltete hoch. Sie hatte doch gewusst, dass die Olbert noch irgendetwas vor ihr verbarg. Verdammt! Also warum war sie im Dorf gewesen? Bei wem? Und wollte sie jetzt danach befragt werden wie eine königliche Hoheit?

»Viele Grüße von Detlef, dem Motorradfahrer«, sagte Marina mit weicher Stimme. »Er hatte einen leichten Herzanfall und ist im Krankenhaus. Aber er hat Sie recht gut beschrieben, Gesine. Höchstens ein ganz klein wenig übertrieben, doch ich wusste sofort, von wem er den kleinen Kanister bekommen hatte.«

»Wenn Sie nicht gleich sagen, was passiert ist, werfe ich Sie aus meinem Wagen, Frau Olbert.«

»Wir sind doch jetzt ein Team! Und darüber sollten Sie froh sein, denn, es tut mir leid, das zu sagen, aber der Herzanfall hat Detlef nicht aus heiterem Himmel ereilt. Er hatte den Reservekanister aufgeschraubt.«

»Und?«

»Im Normalfall hätten Sie es natürlich selbst gehört, weil es geklappert hätte. Aber jetzt war alles gefroren. Am Deckel festgefroren, genau genommen, und als Detlef den Deckel abgeschraubt hat, hat er es gesehen, weil es daran festhing.«

Gesine bremste abrupt und schaltete die Innenbeleuchtung ein. Die Olbert war ernst. Keine Spur von Triumph oder Überheblichkeit, sondern eher von Angst. Eine noch größere Angst als neben der Leiche von Nadine Brinkmeyer.

»Frau Cordes.« Die Ermittlerin schluckte. »Gesine. In Ihrem Benzinkanister lag ein Finger. Weiblich, älterer Jahrgang.«

Unwillkürlich fuhr Gesine zurück. »Ein Finger?«

»Ein Zeigefinger. Post mortem abgetrennt, so weit wissen wir schon Bescheid.«

Gesine starrte auf ihre Hände. Auf Marinas Hände. Nach hinten zur Ladefläche, als ob es da noch etwas zu sehen gäbe. Und wie unrund der Motor lief, jetzt, im Leerlauf, und die Heizung setzte sich immer noch nicht durch. Aber die Türen waren abgeschlossen, weil sie sich von selbst verriegelten, sobald man anfuhr, und trotzdem fand Gesine es wichtig, das alles zu überprüfen.

»Älter und post mortem abgetrennt?«, fragte sie. »Meinen Sie, es ist ein Finger von Madeleine Jablin?«

»Richtig, ja, das ist zu vermuten, und dazu werden wir morgen ein Ergebnis haben. Aber verstehen Sie jetzt, warum ich Sie unter einen Schutz stellen möchte?«

»Was sollte der Finger bei mir? In meinem Reservekanister?«

»Ich möchte wirklich dringend, dass wir beide ab sofort zusammenhalten. Sie werden mit Steinen beworfen, man bringt Ihnen Leichenteile. Ich muss unbedingt über alles Bescheid wissen, was Sie tun.«

»Und Sie meinen, Sie erfahren mehr über mich, wenn wir kooperieren? Haben Sie mir deshalb den Undercover-Job angeboten?«

»Ich habe zwei Dinge gelernt: Erstens machen Sie sowieso, was Sie wollen. Und zweitens schenken Sie nur demjenigen Vertrauen, der auch Ihnen vertraut.«

Wieder streckte die Ermittlerin Gesine die Hand hin, und wie in Trance schlug sie ein. Aber eben nur so: wie in Trance.

20

Nachdem Gesine Marina Olbert nach Hause gebracht hatte, war sie zu ihrem Wohnwagen gefahren und hatte einen Zettel auf der Trittstufe vorgefunden. Josef hatte geschrieben, dass Frida und Marta friedlich auf seinem Hof schliefen und sich freuen würden, morgen mit ihr gemeinsam zu frühstücken. Sie solle doch einfach rüberkommen, wenn sie aufgewacht sei, frische Brötchen und Kaffee stünden dann auf dem Tisch.

Sie bereitete sich eine Wärmflasche. Im Wohnwagen war es entsetzlich kalt, und an den Plexiglasscheiben wuchsen schon wieder Eisblumen. Es schien ihr trotzdem zu anstrengend zu sein, die kleine Gasheizung anzustellen. Sie legte sich mit der Wärmflasche unter zwei Decken und schlief augenblicklich ein. Es war bloß kein guter Schlaf.

Die geliebten Mädchen, Frida und Marta, die mageren arglosen Geschöpfe lagen reglos und bleich im Schnee, je eine Eule neben den Köpfen. Aus ihren Handschuhen quoll Blut und gefror wie ein Sorbet. Und als es Gesine endlich gelang, sie zu erreichen, auf dem Bauch robbend und quälend langsam, hüpften die Eulen vor und gruben die Fänge in die weichen mahagonifarbenen Kinderlocken. Pickten in die Gesichter, in die Augenlider. Gesine riss den Mund auf, und ein Büschel giftiger Himmelsbambus quoll hervor.

Noch vor Sonnenaufgang schreckte sie in ihrem Bett hoch und knipste das Licht an. Die Eisblumen waren gewachsen, das Gesicht war nass und kalt. Aber was war das? Sie warf die Decken von sich und lauschte nach draußen. War das Hannes? Hörte sie Schritte im Gras?

Die Wiese lag da wie ein Leichentuch mit Fransen, überzogen von Frost. Der Mond strengte sich an, durch die Wolken zu dringen, aber nichts half. Und dann erkannte Gesine einen Fuchs, der um den Brennholzstapel streifte und die Scheite ins Wackeln brachte. Das war das Geräusch gewesen.

Sie heizte ein, zog sich Jeans und einen dicken Pullover an und setzte sich an den Wohnwagentisch, um eine Liste von Fragen aufzuschreiben, die sie an Marina Olbert richten wollte. Jetzt, wo sie beide ein Team waren oder etwas Ähnliches, konnte sie die Ermittlerin um alle Informationen bitten, die ihr nötig erschienen.

Als die Uhrzeit halbwegs zivil war, rief sie die Olbert an und bekam tatsächlich die Antworten, die sie sich wünschte. Ohne Theater und ohne Vorwürfe.

In Eile hinterließ sie Josef und den Kindern einen Gruß, nahm einen Kaffee mit ins Auto und fuhr erneut ins Bergische hinaus, diesmal zu Herrn Jablin, dessen Adresse ganz oben auf der Liste stand. Maurice Jablin,

Rentner mit Wohnberechtigungsschein, hatte Marina gesagt.

Der Vorgarten des Wohnblocks war asphaltiert. Die Boxen, in denen die Müllcontainer untergebracht waren, sahen gepflegter aus als die Fassade des Hauses. Noch war hier niemand auf den Beinen, aber die Gegensprechanlage funktionierte tadellos.

»Wer stört?«, fragte Herr Jablin.

»Die West-Lotto«, sagte Gesine. »Ich habe eine persönliche Nachricht für Sie.«

Sie stieg zu Fuß in die siebte Etage, um dem Alten Zeit zu geben, sich anzukleiden, und wurde selbstverständlich mit einer Schimpftirade empfangen. Ungerührt empfahl sie ihm, die Nachbarn zu wecken und mitdiskutieren zu lassen. Daraufhin ließ er sie in die Wohnung.

Es war kühl und roch nach der verbrauchten Luft eines Schlafzimmers. Der Boden war mit grauen PVC-Fliesen ausgelegt, im Flur stand das Paar Schuhe, das Jablin bei der Beerdigung getragen hatte. Sein Mantel hing auf einem Bügel an der Garderobe, die anderen Bügel waren leer.

Dafür gab es eine Reihe von Fotos an den Wänden. Der dünne Maurice und die patente Madeleine Jablin auf Reisen. Sie sah überall so fröhlich aus wie auf dem Bild, das der alte Mann ihr neulich im Pick-up gezeigt hatte, kurz bevor er mit der Armbanduhr davongelaufen war. Madeleine lächelte in bunten Fotocollagen, zeigte sich in Porträts und fand sich sogar in einer Kohlezeichnung, die ein Straßenkünstler verfasst haben mochte. Und es war immer wieder Italien: Zwillingsbruder und -schwester in

Rom, Pisa und Florenz. Häufig stand ein Reisebus im Hintergrund, und stets trugen sie gleichfarbige Jacken oder Hemden.

»Haben Sie Frühstück dabei, Frau Gärtnerin?«, fragte Herr Jablin.

»Ich bin schon lange auf den Beinen und habe längst gegessen.« Gesine setzte sich auf einen Küchenstuhl. »Aber ich leiste Ihnen gerne Gesellschaft.«

»Wenn Sie die Armbanduhr wiederhaben wollen, haben Sie Pech. Ich habe sie verkauft, aber sie gehörte Ihnen sowieso nicht, sondern meiner Schwester.«

»Ich weiß.«

»Ich überlege sogar, es der Polizei zu verraten, dass Sie Madeleines Armbanduhr hatten. Eine Friedhofsgärtnerin, die klaut! Das sind Sie, und nichts anderes.«

»Die Polizei weiß längst von der Uhr. Genauso wie sie weiß, dass Sie manchmal versuchen, mit wertlosen Münzen zu bezahlen, Herr Jablin.«

Er tat, als habe er nicht zugehört, und suchte in den Schränken nach etwas zu essen. Seine Küche war alt, aber aufgeräumt. Oder eher spärlich bestückt? Als er den Kühlschrank öffnete, sah Gesine fast nur leere Fächer. Und sie entdeckte ein Foto über der Anrichte, das sich von den anderen Bildern unterschied. Es war alt und zeigte einen jungen Sportler in Schwarzweiß. Offenbar war es bei einem Wettkampf aufgenommen worden. Ein Kerl mit sehnigen Muskelsträngen schleuderte einen hellen Speer in ein Stadion.

»Waren Sie Leichtathlet, Herr Jablin?«

»Früher musste man noch nicht wie ein Schrank gebaut sein, um einen Speer zu werfen. Ich war gut. Hatte Urkunden und Medaillen, allerdings nie aus echtem Gold, falls Sie darauf spekulieren.«

Er blieb unfreundlich, aber wie schon neulich im Auto schien ihm der Gedanke an früher Auftrieb zu geben. Er entschied, Haferflocken in H-Milch zu rühren, und begann zu löffeln. Die Milch sammelte sich in seinen Mundwinkeln, er aß gierig und schnell.

»Das 500-Lire-Stück kommt dem 2-Euro-Stück nahe«, sagte Gesine. »Aber es funktioniert nur, wenn derjenige, dem man das Geld in die Hand drückt, nicht richtig hinguckt. Und an den meisten Automaten klappt es sowieso nicht mehr, Lire einzuwerfen, seitdem die Geräte umgerüstet sind. Das haben Sie bestimmt schon gemerkt.«

»Früher hat es geklappt. Die Idee war also nicht schlecht.«

»Überhaupt nicht schlecht. Nur veraltet, und auch verführerisch. Wenn man sich einmal daran gewöhnt hat, nicht aufs Geld zu achten, kann man kaum wieder damit aufhören.«

»Die Menschen sind freundlicher, wenn sie Trinkgeld bekommen. Madeleine hat gesagt: Auf die Geste kommt es an.«

»Trotzdem lassen sich die meisten Menschen nur ein einziges Mal übers Ohr hauen. Beim zweiten Mal prüfen sie alles ganz genau, was man ihnen gibt. Richtig?«

Er runzelte die Stirn. »Taxifahrer, Kellner, Klofrauen. Alle waren sehr freundlich zu Madeleine, und sie war genauso freundlich zu ihnen. Und der Pastor zum Beispiel hat noch ganz andere Sachen in der Kollekte als fremde Münzen. Knöpfe zum Beispiel, das habe ich gesehen.«

»Sie waren bei Franz Faust in der Messe? Ich dachte, Madeleine hatte mit der Kirche nichts am Hut?«

»Nicht bei Faust. Wir sind nicht hier im Dorf, sondern in der Stadt in die Kirche gegangen, weil man sich in der Stadt nämlich schick macht und der Klingelbeutel aus Samt ist. Aber nur selten. Madeleine konnte nicht so lange stillsitzen und fand die Predigt doof.«

Er kratzte die Schüssel aus und spülte sie sofort ab. Gesine registrierte, dass er kein warmes Wasser benutzte und das Spülmittel sorgfältig dosierte. Seine Ärmel hatte er hochgeschoben, die Arme waren anrührend dürr. Sein Nacken war wie der eines Vogels. Sein Gürtel war so eng geschnürt, dass die Hose über dem Hintern schlaffe Falten warf.

»Was machen Sie jetzt, wo Madeleine tot ist?«, fragte Gesine.

»Wer sagt denn, dass sie tot ist?«, entgegnete er. »Haben Sie eine tote Madeleine Jablin gesehen? Also ich nicht.«

Er rieb die Schüssel trocken und stellte sie fort. Gesine fühlte am Heizkörper, er war kalt.

»Sie waren auf dem Friedhof, um Madeleine zu bestatten«, sagte sie vorsichtig. »Also nehmen Sie an, dass sie nicht mehr lebt.«

»Ja. Man hat es mir gesagt, dass sie nicht mehr lebt. Aber ganz genau wissen kann es keiner.«

»Ich finde diesen Gedanken wirklich interessant. Auch

wenn er bedeuten würde, dass man Sie betrogen hat. Und dass die Rechnung, die man ausstellen wird, nur fälschlicherweise an Sie adressiert sein wird.«

Er setzte sich zu ihr, misstrauisch, aber auch mit Hoffnung im Blick. Ein klein wenig roch er nach Schweiß, und am Kinn zeigten sich spärliche graue Stoppeln.

»Von wegen West-Lotto«, sagte er. »Ich habe es gar nicht nötig zu spielen.«

»Das weiß ich doch.«

»Aber Madeleine hat gespielt, mit Jahreslos. Und darum sollten Sie mir jetzt helfen, dass die West-Lotto meinen Namen kennt. Denn wenn Madeleine gewinnt, werde ich das Geld für sie in Empfang nehmen müssen.«

»Sicher. Ihre Schwester hat sich immer gut um Sie gekümmert, stimmt das? Madeleine wollte sogar vermeiden, dass Sie etwas bezahlen müssen, wenn sie eines Tages stirbt und beerdigt wird. Darum hatte sie angefangen, mit einem Bestatter in der Stadt alles zu klären. Hören Sie mich? Madeleine hatte ihre eigene Beerdigung in die Hand genommen, um Sie zu verschonen, Maurice.«

»Na ja, das sagt man jetzt so, aber das wusste ich nicht.« Bekümmert knibbelte er an seinen Fingernägeln.

»Sie hat nicht mit Ihnen darüber gesprochen?«

»Ich glaube nicht. Aber es ging auch alles so schnell. Plötzlich lag sie im Krankenhaus, und die Schwestern meinten, es sei Zeit für die Letzte Ölung.«

»Das war sicher traurig.«

»Wieso? Ich mag zwar keine Pfarrer, aber ich konnte ja rausgehen, als er kam. Ein bisschen unheimlich mit dem dicken Gebetbuch. Dasselbe, das er auch in der Kapelle dabeihatte, aber da fand ich es schon nicht mehr so schlimm.«

»Pfarrer Franz Faust war also im Krankenhaus?«

»Er hatte aber keine Zeit. Er ist nicht einmal dageblieben, bis Madeleine aufgehört hat zu atmen. Er hat seine Zeremonie abgehakt, und dann hat der dicke Bestatter ihn schon abgelöst. Schellhorn. Carsten Schellhorn.«

»Wer hat denn den Bestatter gerufen?«

»Ich jedenfalls nicht. Aber er war wohl mit Madeleine bekannt. Jedenfalls hat er, als sie nicht mehr atmete, zu mir gesagt, er würde ganz genau wissen, dass sie immer einen guten Geschmack gehabt hat.«

»Sie haben gemeinsam mit dem Bestatter gewartet, dass Madeleine stirbt?«

»Er stand an der Tür. Ich habe bei ihr gesessen. Es hat ja nicht mehr lange gedauert.«

»Und entschuldigen Sie, dass ich noch mal nachfrage: Der Pfarrer war schon gegangen?«

»Ja! Jajaja!« Seine Ohren glühten, und seine Augen wurden blank. Gesine hätte ihn gerne berührt und getröstet.

»Sie haben alles richtig gemacht«, sagte sie.

Er zuckte mit den Schultern. »Ich wollte Madeleine eine Freude machen. Und der Sarg war auch sehr schön, den der Bestatter ausgesucht hat. Geschmackvoll und angemessen. So wie der Schmuck. Und die Blumen, vor allem aber der Kerzenleuchter.«

»Das stimmt.«

»Höchstens zu groß. Eine Kleinigkeit zu groß, hätte Madeleine gesagt. Oder?«

In der Wohnung oben drüber wurde die Klospülung betätigt. Türen schlugen, und ein Baby weinte.

Wie war Herrn Jablins Leben jetzt, wo ihn niemand mehr umsorgte und ihn niemand mehr liebevoll anschaute? Wo niemandem auffiel, dass er den Alltag vielleicht nicht mehr verstand? Dass er mit Rechnungen nicht klarkam und mit Geld nicht umgehen konnte. Er musste doch empört sein über das Unverständnis, das ihm von allen Seiten entgegenschlug, und auch über das Unverständnis in sich selbst. Denn alles, was ihm früher so selbstverständlich erschienen war, war jetzt verschwunden, vor allem Gelassenheit und Schutz. Stattdessen war er rund um die Uhr seltsamen Bedrohungen ausgesetzt, ohne sich wehren zu können, ohne jedes System. Und für Madeleine, die ihn wohl bis zuletzt mit ihren Taschenspielertricks belustigt hatte, fand er einfach keinen Ersatz. Das Einzige, was ihm geblieben sein mochte, war höchstwahrscheinlich eine Dose mit italienischen Münzen – und die Erinnerung daran, wie man die Menschen freundlicher machte.

»Ich habe über die Rechnung nachgedacht, die Ihnen das Institut Schellhorn ausstellen wird«, sagte Gesine. »Es gibt Möglichkeiten, sie nicht zu bezahlen.«

»Zum Beispiel, wenn Madeleine nicht tot ist«, antwortete er, und die Tränen flossen über seine Wangen. Er nahm das Geschirrtuch und schnupfte hinein, dann legte er es ordentlich zusammen.

»Sicher, Herr Jablin, es könnte sein, dass sich alles von alleine erledigt. Falls aber nicht, müssten Sie eines Tages ein paar Leuten erzählen, wie es zu dem Vertrag gekommen ist. Und dann können Sie die Rechnung zerreißen.«

»Man hat mich übers Ohr gehauen. Stimmt's?«

»Ich denke, ja.« Nun berührte sie ihn doch. Sein Arm fühlte sich an wie ein Stock. »Hätten Sie mal Lust auf eine heiße Suppe? Ich kenne einen Ort, da wird gut gekocht, und man nimmt kein Geld.«

»Das finde ich ziemlich unverschämt. Als ob ich irgendetwas umsonst haben möchte!«

»Nicht umsonst, Herr Jablin. Ich habe mich schlecht ausgedrückt. Man nimmt dort jede Währung, bloß keinen Euro.«

21

Marina Olbert musste ihr Rennrad schieben. Die Einfahrt zum Bestattungsinstitut Schellhorn war steil, und das Kopfsteinpflaster wäre für die schmalen Reifen Gift gewesen. Also packte sie das Rad lässig am Sattel und konnte sich in Ruhe umsehen, während sie den Anstieg erklomm.

Der Garten sah aus wie ein Park. Rasen, Bäume und irgendwelche Sträucher in Form von geometrischen Figuren. Bestimmt gab es Personal, das die Anlage in Schuss hielt, und solche Leute wussten eigentlich immer etwas Intimes zu berichten. Wenn Gesine Cordes später käme, um ihren speziellen Kontakt zur Witwe aufzubauen, sollte sie Augen und Ohren nach ihren Fachkollegen offen halten und auch diese Quellen anzapfen.

Überhaupt würde es jetzt darauf ankommen, die Cordes sanft an ihren eigentlichen Beruf zu erinnern. Nicht, dass Marina die Abmachung aus der vergangenen Nacht bereute. Aber die Cordes sollte den neuen Rahmen, in dem sie sich bewegen durfte, nicht überstrapazieren. Sie sollte ein wenig herumschnüffeln, dort, wo die offizielle

Polizei nicht hinkam, und es diskret tun. Weil sie an erster Stelle Gärtnerin blieb.

Der Leichenfinger im Benzinkanister hatte Marina gestern Nacht durcheinandergebracht. Als sie dort stand, im grellen Licht der Tankstelle, und den langhaarigen Detlef befragte, der auf einer Trage lag und dessen Motorradkluft von den Notärzten zur Seite gefetzt worden war, hatten ihr plötzlich die Knie gezittert. Erst der Mord an der Hospitantin, den Marina nicht verhindert hatte, und jetzt wurde Gesine Cordes auf grausige Weise bedroht. Es war sofort klar, dass die Dinge nicht so weiterlaufen konnten wie bisher.

Denn plötzlich hatte Marina sich vorstellen müssen, dass auch Gesine etwas zustoßen würde. Sie könnte brutal ermordet werden. Dann würde sie vielleicht in ihrem Wohnwagen liegen, allein, mit abgetrennten Gliedmaßen oder auch hinterrücks erstochen. Und schlimmer noch, es könnte sich herausstellen, dass Gesine in ihren letzten Minuten versucht hätte, Marina zu erreichen, so wie es auch die Hospitantin getan hatte. Marina aber wäre wieder viel zu beschäftigt gewesen, um die Anrufe anzunehmen. Und dann, in ihren letzten Lebensminuten, könnte Gesine auf eine verzweifelte Idee gekommen sein: Sie könnte eine letzte Notiz in ihr kleines Buch geschrieben haben, ein Vermächtnis, den Namen ihres Mörders, versteckt und verschlüsselt in einer Giftpflanzen-Beschreibung. Marina allerdings würde die Nachricht nicht verstehen.

Zermürbt von solcherlei Sorgen, hatte Marina sich noch an der Tankstelle überlegt, wie sie das Schlimmste verhindern und sich und Gesine am besten schützen könnte. Ihr waren selbstverständlich die Widerborstigkeiten der Cordes eingefallen, ihre Sturheit, ihre Verschlossenheit und ihre Nähe zum verdächtigen Hannes van Deest. Und so hatte sie erkannt, dass es nur eine einzige Möglichkeit gab, diese Frau auf Kurs zu halten. Man musste an ihr Ehrgefühl als ehemalige Kriminalkommissarin appellieren.

Ja, es war absurd, aber Gesine Cordes verstand sich noch immer als Ermittlerin im Herzen und war noch immer, über zehn Jahre nach ihrem Ausstieg aus dem Dienst, davon überzeugt, wertvolle Talente zu besitzen. Warum sollte man sie also nicht an diesen schwachen Stellen beeinflussen?

Mit dem Pseudo-Undercover-Deal war es Marina jedenfalls gelungen, sie auf die Seite der Mordkommission zu ziehen und sie dazu zu bringen, der Polizei zu nützen, anstatt ständig querzuschießen. Außerdem würde Marina ab sofort darüber informiert sein, was Gesine den ganzen Tag trieb.

Und wenn man Glück hätte und Hannes van Deest bei Gesine auftauchen würde, wäre sie als Undercover-Ermittlerin sogar gezwungen, ihn zu einem Geständnis zu bewegen. Denn sie musste jetzt gesetzestreu bleiben, selbst wenn sie zu van Deest inzwischen eine besondere Beziehung entwickelt haben mochte.

Bisher waren die beiden nur Freunde gewesen, beneidenswerte, langjährige Vertraute. Aber wenn man Gesines rote Wangen neulich auf dem Friedhofsparkplatz ernst nahm, musste man auf der Hut sein. Gesine könnte sich verliebt haben, und van Deest könnte das in schamloser Weise ausnutzen. Eine brisante Mischung, denn wie Marina vermutete, hatte van Deest auch mit Karin Schellhorn schon amouröse Pfade beschritten.

Er hing im Mordfall Schellhorn drin, und wohl auch im Mordfall Brinkmeyer. Warum hatte er sonst so dreist gelogen, Stichwort Armbanduhr, und warum sonst hatte er sich so panisch dem Zugriff der Polizei entzogen, als die Hospitantin erdrosselt in seinem Auto lag? Er hätte sich gleich ein Schild mit der Aufschrift *schuldig* umhängen können.

Dennoch hatte Marina sorgfältig darüber nachdenken müssen, welche Motive ihn bewegt haben könnten. Sie hatte förmlich gerochen, dass die geschäftliche Konkurrenz, von der jetzt so häufig die Rede war, keine so große Rolle spielte wie gedacht. Da musste noch mehr sein, etwas Emotionales, das einen hübschen Mann in den besten Jahren dazu verführen würde durchzudrehen. Und bei aller Menschenkenntnis: Was eignete sich dazu besser als die Beziehung zu einer Frau? Nicht unbedingt Liebe, sondern reines Begehren, und ja, Marina hatte daraus eine These entwickelt, die eine Überprüfung wert war.

Und die These ging so: Karin Schellhorn, eine attraktive Frau mit Erfahrung und Ansprüchen, hatte dem kleinen Praktikanten aus dem Dorf den Kopf verdreht und ihn, als er die Liaison bekannt machen wollte, bei der Polizei wegen Belästigung angezeigt, um ihren Ruf zu retten. Anschließend hatte sie sich Hannes van Deest geschnappt, um das entstandene Liebesvakuum zu füllen. Wahrscheinlich hatte sie van Deest über ihren Ehemann Carsten kennengelernt, auf irgendeinem Bestatterfest, und Hannes hatte sofort Gefallen an ihr gefunden. Sie hatten sich heimlich verabredet, doch Carsten war bald dahintergekommen, dass seine Frau ihn betrog. Er könnte sie unter Druck gesetzt haben, ganz klassisch: »Einer muss gehen, entweder er oder ich.« Und Karin, die ihr Leben als reiche Gattin auf dem prächtigen Anwesen in Gefahr sah, könnte die Sache schnell entschieden haben: Der Ehemann war derjenige, der gegangen wurde, und zwar mit einem Messer im Rücken.

Van Deest könnte sich daraufhin von Karin Schellhorn losgesagt haben, er war vielleicht nicht für harte Umstände gemacht. Die Witwe aber wollte ihn nicht loslassen, sondern fing an, ihn zu bedrängen. Zwang ihn in seinem Institut zu einer Aussprache, als zufällig die junge Polizeihospitantin Nadine Brinkmeyer vorbeikam und die beiden ertappte. Also musste auch Nadine getötet werden, praktischerweise stand der Leichenwagen in der Garage parat.

Es tat weh wie Zahnschmerzen, aber so schlicht und klar strickten sich die meisten Verbrechen. Und Marina hatte die besten Erfahrungen damit gemacht, sich solche Grundmuster konsequent vor Augen zu halten, wenn sie nach Beweisen suchte.

Weil sie aber nicht herzlos war, hatte sie auch an Gesine Cordes zu denken. Hoffentlich musste sie ihr nicht so schnell ins Gesicht sagen, dass van Deest mit Karin Schellhorn durch die Betten gesprungen war und dass er mit ihr Morde geplant und ausgeführt oder zumindest davon Kenntnis gehabt hatte. Nein, das würde die Cordes vernichten.

Und auch Marina sollte sich innerlich eine klitzekleine Freiheit bewahren, von der Theorie der sexuellen Mordmotive abzurücken. Es war unwahrscheinlich, und es wäre auch ein bisschen schade, aber am Ende würde selbstverständlich nur die Wahrheit zählen.

So rührend war es gewesen, wie Gesine sich gestern über das Undercover-Abkommen gefreut hatte. Mit Abstrichen gefreut natürlich, vor allem als sie später die Sache mit dem Finger erfuhr, aber sie war doch grundsätzlich positiv gestimmt gewesen. Sie hatte sogar heute früh schon angerufen und nach der Adresse von Herrn Jablin gefragt. Ein gutes Zeichen. Sie arbeitete mit, sie ging konstruktiv zur Sache. Ja, man könnte zusammenfassend sagen, der Undercover-Titel war genau der Adel, der Gesine zu den richtigen Dingen verpflichtete – während er für Marina ungefährlich blieb. Denn das Abkommen war mit einem simplen Handschlag besiegelt worden, den Marina offiziell jederzeit abstreiten könnte. Also nur, wenn es dienstrechtlich eng wurde.

Heute aber würden sie ihr neues Teamgefühl erst einmal festigen. Die erste Zusammenarbeit stand an, sie würden Karin Schellhorn auf den Zahn fühlen, wobei Marina den schwierigsten, den druckvollen Teil zu absolvieren hatte. Aber dafür war sie ja auch die Chefin.

Bei der allerersten Befragung der Witwe war Marina noch dem Wunsch gefolgt, einen netten Kontakt herzustellen, freundlich und mitfühlend. Heute aber musste sie das Charakterfach wechseln. Sie würde die kühlen Mauern der Schellhorn attackieren. Sie würde einigen Hass auf sich ziehen, aber das wäre nur gut, denn umso leichter könnte Gesine Cordes sich anschließend bei der Witwe beliebt machen. Undercover.

Und so würde die Mordkommission am Ende des Tages sehr viel mehr über den Alltag der Schellhorns wissen. Über ihre wunden Punkte, ihren Ehefrust, ihre Affären und körperlichen Peinlichkeiten, die sie zwischen den Mauern der prachtvollen, hochherrschaftlichen Gebäude ausgelebt hatten, stets in räumlicher Nähe zu den Leichen, die in den Kühlfächern des Instituts lagen, kaum abgesetzt vom Wohnhaus, zweihundert Meter weiter links.

Marina fühlte sich regelrecht beschwingt, als sie auf dem Vorplatz des Anwesens ankam und nach einer Möglichkeit suchte, das Rennrad anzuschließen. Doch plötzlich, ohne dass sie geschellt hatte, wurde die Haustür geöffnet, und Karin Schellhorn trat ins Kalte. Mittelgroß, mittelalt, aber von einer umwerfenden Eleganz. In Schwarz gekleidet, schlicht und teuer wie von Chanel. Die kastanienbraune Mähne war vermutlich frisch geföhnt.

»Frau Olbert«, sagte sie mit sanfter Stimme. »Warum fahren Sie nicht mit dem Auto?«

»Weil die Strecke zu Ihnen ins Bergische so reizvoll ist, und weil ich ansonsten leider zehn Stunden täglich auf dem Bürostuhl sitzen muss.«

Die Witwe brauchte ja nicht zu wissen, dass das Rad fast die gesamte Fahrt über im Einsatzbus der Polizei gestanden hatte. Die Kollegen schwärmten zur Minute aus, um die Anwohner im Dorf zu befragen. Jede Geschichte, die man sich über die Schellhorns erzählte, sollte erfasst werden, ebenso würde ein Foto von Hannes van Deest herumgezeigt. Nein, das würde Marina von sich aus nicht thematisieren, die Witwe sollte unbefangen sein.

Sie reichte ihr die Hand. »Ich hoffe, es geht Ihnen halbwegs gut, Frau Schellhorn, in dieser schrecklichen Situation?«

»Benutzen Sie bitte unseren Hauswirtschaftsraum, um Ihr Rad unterzustellen, Frau Kommissarin. Es sieht so wahnsinnig neu und empfindlich aus.«

Der Hauswirtschaftsraum war angenehm beheizt. Zwei Waschmaschinen und zwei Trockner standen an der Wand, ansonsten zogen sich Regale vom Boden bis zur Decke. In den Fächern lagen Dekorationsgegenstände, die wohl bei Trauerfeiern benutzt wurden. Tücher aus Samt und Leinen, schwarz, dunkelrot und strahlend weiß. Kerzenleuchter in verschiedenen Größen und Farben, Vasen, Bilderrahmen und religiös anmutende Devotionalien.

Frau Schellhorn wies Marina an, das Fahrrad an eine Truhe zu lehnen, und nahm die Sportjacke in Empfang. Trotz aller Höflichkeit lächelte sie dabei kaum und bewegte sich sparsam wie jemand, dem die Knochen wehtaten.

In der Tiefe des Hauses klingelte das Telefon, bestimmt riefen die ersten Nachbarn an, um zu berichten, dass die Polizei schon wieder im Dorf war. Aber Karin Schellhorn reagierte zum Glück nicht darauf. Sie ließ es klingeln und geleitete Marina in einen Salon mit altem Parkett und modernen weißen Ledermöbeln.

Eine Fensterfront eröffnete die Sicht auf die weite Landschaft. Wiesen und Felder, so weit man gucken konnte. Am Horizont stand eine Gruppe von Bäumen, die vergebens in die grauen Wolken stach.

Und interessant. Marina drehte sich hin und her. Die Fenster waren so positioniert, dass die Dorfbebauung aus der Aussicht ausgeklammert wurde.

Im kalten Kamin lag halb verkohltes Holz, ein wenig Asche war herausgefallen und nicht weggefegt worden. Die dicke hellgraue Decke auf dem Sofa war zerknäult, und vor dem Bücherregal lagen Wollsocken herum. Der Größe nach wurden sie nicht von Karin Schellhorn getragen.

Die Witwe bemerkte Marinas Blick. »Letzte Spuren von Carsten. Seine Lieblingssocken. Ich kann mich nicht überwinden, sie wegzuräumen.«

»Das würde mir genauso gehen«, versicherte Marina. »Sie werden von ganz alleine spüren, wann der richtige Zeitpunkt gekommen ist.«

»Von Seiten der Polizei gibt es keine Einschränkungen für mich?«

»Warum sollte es?«

»Wissen Sie denn inzwischen, wo Carsten … wo es geschehen ist?«

»Doch nicht hier im Haus, Frau Schellhorn! Oder haben Sie Hinweise darauf?«

»Nein! Wieso ich? Außerdem haben Sie doch alles abgesucht.«

»Unter erschwerten Bedingungen. Unsere Spürhunde beispielsweise sind in einem Bestattungsinstitut kaum zu gebrauchen.«

Irritiert nahm die Witwe auf dem weißen Sofa Platz. Die Gesprächseröffnung war gelungen, fand Marina und setzte nach: »Laut Ihrer Schilderung ist Ihr Mann in der fraglichen Nacht sehr spät zu einem Einsatz gerufen worden. Sie konnten mit ihm nicht näher darüber sprechen, weil Sie bereits im Halbschlaf im Bett lagen, aber er hatte Sie kurz geweckt, um Sie darüber in Kenntnis zu setzen, dass er das Haus noch einmal verlassen musste.«

»Ja. So war es.«

»Offenbar nahm er den Leichenwagen Ihres Instituts und fuhr fort. Diesen Wagen haben wir allerdings später auf dem Park-and-Ride-Platz an der Autobahn gefunden. Ordentlich abgestellt und abgeschlossen. Keine Spur von einem Einsatz als Bestatter, keine Spur von einem Kampf.«

Die Witwe zog ein Taschentuch aus dem Ärmel ihres Cardigans. Ihr Rocksaum spannte über den Knien.

»Aber Sie wollten doch die Anmeldedaten seines Handys überprüfen«, sagte sie.

»Er ist wohl nicht mehr dazu gekommen, sein Handy einzuschalten. Und die Daten Ihres Festnetzanschlusses haben auch nichts ergeben. Der Anrufer, der ihn zu dem Einsatz gelotst hat, muss seine Nummer unterdrückt haben. Es tut mir leid.«

»Und dafür sind Sie gekommen? Um mir zu sagen, dass es nichts Neues gibt?«

»Nein. Sondern ich möchte mit Ihnen gemeinsam durchsprechen, wie die Nacht alternativ gelaufen sein könnte.«

Hoffentlich klang das beunruhigend genug. Es sollte nerven, aber die Schellhorn auch dazu verleiten, eigene Pflöcke einzuschlagen. Und ja, es funktionierte. Die Witwe straffte die Schultern.

»Wissen Sie, Frau Olbert, ich habe mir überlegt, dass man die Sterbefälle durchgehen könnte, die es in der Nacht in der Region gegeben hat. Man könnte nachfragen, ob sämtliche Verstorbenen plangemäß abgeholt worden sind, um zu erfahren, welches Ziel mein Mann angesteuert hat.«

»Ein wichtiger Ansatz«, lobte Marina. »Leider haben wir das bereits ausrecherchiert. Ohne Ergebnis. Bei sämtlichen Todesfällen im Umkreis sind die Bestatter erschienen und haben die Leichen abgeholt. Und übrigens: Besonders viele Tote waren es nicht.«

»Dann bliebe vielleicht das Notfall-Netzwerk. Kennen Sie das? Eine Gruppe von Bestattern hat es ins Leben gerufen, um uns Konkurrenz zu machen. Vielleicht könnte es in diesem Zusammenhang zu einem Zwischenfall gekommen sein.«

Nanu? Die Witwe legte ein beachtliches Tempo vor und hatte offenbar keine Hemmungen, auf Hannes van Deest anzuspielen.

»Ich habe mich über das Netzwerk informiert, Frau Schellhorn, und ich weiß auch über den Druck Bescheid, der durch die Konkurrenz entstanden ist.«

Die Witwe knetete das Taschentuch. »Ich möchte ja nicht zündeln, die Situation mit den Kollegen ist brisant und bedrückend genug. Aber könnte es nicht sein, dass das Netzwerk ... meinen Mann in eine ... in eine Falle gelockt hat?«

»Denken Sie an jemand Bestimmten?«

»Wie gesagt, ich will nicht zündeln. Aber ich habe mich in unsere Unterlagen eingearbeitet und bin auf etwas gestoßen. Ausgerechnet wegen der Bestattung von Madeleine Jablin hat es eine heftige Auseinandersetzung gegeben, und zwar mit einem Kollegen namens Hannes van Deest.«

Das war enorm! Wollte sie ihren Liebhaber, oder ehemaligen Liebhaber, ans Messer liefern? Van Deest musste sie tief gekränkt haben. Oder die Theorie von der Affäre stimmte nicht.

»Sprechen Sie ruhig weiter, Frau Schellhorn.«

»Ich habe erfahren, dass Sie bei van Deest die Leiche einer jungen Frau gefunden haben. Ein weiteres Verbrechensopfer, das er wohl versteckt haben soll. Könnte er also nicht auch … Es klingt so schrecklich, aber könnte er nicht auch meinen Mann getötet haben?«

»Nanu? Haben Sie bislang wirklich alles zu Protokoll gegeben, was Sie wissen?«

»Das nenne ich nicht unbedingt eine Antwort auf meine Frage.« Karin Schellhorn stopfte das Taschentuch in den Spalt zwischen Sitzfläche und Lehne des Sofas und legte die Hände flach auf den Rock. Sie zitterten, auch wenn sie das zu verbergen versuchte.

Marina verlegte sich auf einen sachlich-beschwichtigenden Ton. »Schauen Sie, ich bin gekommen, damit Sie sich alles von der Seele reden können. Warum stellen Sie einen Zusammenhang zwischen dem Tod Ihres Mannes und dem Mord an der jungen Frau her, die wir bei van Deest gefunden haben?«

Die Schellhorn dachte nach, dann gab sie sich einen Ruck. »Hannes van Deest war vor ein paar Tagen auf unserem Anrufbeantworter. Leider habe ich seine Schimpftirade schon gelöscht. Er war offenbar der Ansicht, Carsten habe ihm den Auftrag Jablin abgeluchst.«

»Und warum erzählen Sie mir das erst jetzt?«

Karin Schellhorn stand auf und stellte sich neben die Wollsocken. Ihre Lippen bebten. »Ich weiß nicht. Es war nicht der einzige Anruf dieser Art.«

»Nicht?«

»Der Unmut der anderen gehört zum Geschäft, hat Carsten gesagt. Man kann nicht gutes Geld verdienen und gleichzeitig beliebt sein. Es gibt wahrscheinlich ein Dutzend Bestatter, die inzwischen auf uns wütend sind und auch schon hier angerufen haben.«

»Aber der Anruf von van Deest ist Ihnen trotzdem besonders in Erinnerung geblieben?«

»Weil es van Deest war. Weil es ... wie soll ich sagen, ein Kollege war, mit dem wir unter anderen Umständen befreundet gewesen wären.«

Aha. Nun kamen sie der Sache näher. Marina lehnte sich zurück und ließ die Witwe ein wenig schmoren. Sie betrachtete die Zimmerwände. Sie waren glatt und grau. Reiner Sichtbeton, ungemütlich, aber in gewissen Kreisen angesagt.

»Wie gut kennen Sie Herrn van Deest, Frau Schellhorn?«

»Nicht gut. Es gab einen Neujahrsempfang vom Friedhofsamt, dort sind wir kurz ins Gespräch gekommen. Bis er erfahren hat, wie ich mit Nachnamen heiße. Da war es mit der Nettigkeit vorbei.«

»Haben Sie von sich aus versucht, die Bekanntschaft zu intensivieren?«

»Bitte? Nein.«

»Aber jetzt, wo Sie das Institut allein führen müssen, war es doch eine Ihrer ersten Maßnahmen, einen geschäftlichen Auftrag an van Deest abzugeben.«

»Nein! Und woher wollen Sie das überhaupt wissen?«, entfuhr es der Witwe.

»Ich habe Pfarrer Faust bei ihm getroffen. Sie haben Franz Faust als Friedensengel losgeschickt, Frau Schellhorn, mit ein paar Aufträgen im Gepäck.«

Die Witwe lief rot an. Es musste sich schrecklich anfühlen. Heiß und entlarvend, und die Wolle des Cardigans kratzte wohl am Hals.

»Van Deest war nicht unbedingt der Bestatter, dem ich Aufträge zukommen lassen wollte«, schnappte sie. »Da muss der Pfarrer etwas missverstanden haben. Es ging mir ganz allgemein darum, die Konkurrenz-Situation auf dem Ostfriedof zu beenden. Ich dachte, ich könnte etwas wiedergutmachen, was mein Ehemann in den vergangenen Monaten zu hart angefasst hat. Außerdem schlägt mir die Arbeit über dem Kopf zusammen, und ich brauche Unterstützung. Aber dass der Pfarrer ausgerechnet van Deest angesprochen hat, wusste ich nicht!«

»Trotzdem. Eine Friedensmission als Geschäftsfrau ist eine merkwürdige Antwort auf die Tatsache, dass gerade Ihr Ehemann ermordet worden ist. Üblicherweise verspüren die Angehörigen eine maßlose Wut.«

»Ja, die Wut wächst, Frau Olbert. Sie wächst minütlich. Aber die Situation ist für mich als Witwe auch sehr schwierig, ich kann kaum einen klaren Gedanken fassen, verstehen Sie das nicht?«

Marina dachte daran, was der Pfarrer ihr über seinen Besuch im Institut van Deest gesagt hatte. Er hatte den Eindruck erweckt, seine Mission sei mit der Witwe abgestimmt gewesen. Also musste einer von beiden lügen.

Die Röte am Hals der Schellhorn wurde fleckig. Jetzt stellte sie eines der großen Fenster auf Kipp und lehnte sich an. Für Marinas Geschmack war keine Zeit mehr für eine Pause.

»Wo ich die Wollsocken sehe«, sagte sie. »Hat Ihr Mann es sich gern gemütlich gemacht?«

»Ach, Frau Olbert!«

»Warme Socken, vorher vielleicht ein Fußbad. Creme. Pediküre.«

Die Witwe kämpfte um eine Antwort. Es wurde ihr zu intim, und das war sehr gut.

»Warum interessiert Sie das, Frau Olbert?«

»Ich versuche, mir Ihren letzten gemeinsamen Abend vorzustellen. Also: Ihr Mann geht vielleicht duschen, Sie haben den Kamin an und massieren ihm die Füße.«

»Nein.«

»Hat er sich die Füße selbst massiert?«

»Herrgott: Ja, er hat seine Füße gern gepflegt. Aber eigentlich geht Sie das nichts an.«

»Wie war denn Ihre körperliche Beziehung zueinander?«

Die Schellhorn schloss das Fenster, das sie doch gerade erst geöffnet hatte, eine Übersprunghandlung, glasklar. Es ging an ihre Geheimnisse, die Geschichten, die das Haus nicht verlassen durften. Mit verschränkten Armen drehte sie sich zu Marina um.

»Sie spielen auf das Gerede im Dorf an? Dass ich etwas mit dem kleinen Praktikanten gehabt haben soll?«

»Er heißt Leon, und Sie haben ihn angezeigt«, erwiderte Marina ruhig. »Demnach dürften zwischen Ihnen nur Dinge geschehen sein, die Sie ausdrücklich abgelehnt haben. Richtig?«

»Richtig. Aber es bleibt immer etwas an einem hängen, das sehen Sie ja jetzt. Nur leider hatte ich keine Ahnung davon, als ich damals zur Polizei ging.«

»Wie hat Ihr Mann eigentlich reagiert, als er erfahren hat, dass Leon Ihnen zu nahe gekommen ist?«

»Na wie schon?«

»Ja: Wie? Und wie lautet eigentlich die Antwort auf die Frage von eben nach der körperlichen Beziehung zu Ihrem Ehemann Carsten, Frau Schellhorn?«

»Bitte lassen Sie mich jetzt allein. Oder ich vergesse mich.«

Marina stand auf, als wollte sie der Bitte nachkommen, aber dann strich sie doch nur bedauernd über die weiche Lederlehne des Sofas. »Wie sagt man so schön? Eine Ehe ist nur so gut wie die Geheimnisse, die man sich bewahren kann.«

»Sie müssen merkwürdige Erfahrungen hinter sich haben, Frau Olbert.«

»Bei der Obduktion Ihres Mannes habe ich seine anatomische Besonderheit gesehen, und obschon ich natürlich weiß, dass ein erfülltes Sexualleben nicht von der Größe abhängt, könnten sich bei Ihnen im Alltag doch psychologisch schwierige Konsequenzen ergeben haben.«

Die Witwe stieß ein schrilles Lachen aus. »Kann man sich eigentlich über Sie beschweren? Wo?« Sie versuchte, ihre Lippen zu kontrollieren, indem sie eine Hand darauf presste, und es war kaum noch zu verstehen, was sie weiter sagte: »Darum sind Sie auch ganz alleine und mit dem Fahrrad gekommen! Sie wollten keinen anderen Polizisten dabeihaben, der Sie wegen Ihrer Unverschämtheit in die Schranken weisen würde.«

»Nein, es ist anders. Meine Kollegen haben keine Zeit. Sie sind zur Sekunde eingespannt, um Hannes van Deest zu suchen, der, wie Sie sicher wissen, untergetaucht ist.«

Oh nein, sie wusste es nicht. Eindeutig! Sie wurde weiß wie die Wand, bis auf den fleckigen Hals. Sie ließ die Hand sinken und starrte Marina an, als krieche das Entsetzen in ihr hoch. Ein Blick, der alles verriet. Oder verraten könnte, wenn Marina es bloß schaffen würde, alles zu kapieren. Hatte die Schellhorn nicht eben erst versucht, van Deest als tatverdächtig anzuprangern? Und jetzt fürchtete sie sich, weil sie nicht wusste, wo er steckte?

»Wie gut kennen Sie Herrn van Deest wirklich, Frau Schellhorn? Nun seien Sie endlich offen!«

»Nicht gut. Ich schwöre es, aber in der Nacht, in der mein Mann ermordet wurde, habe ich ihn an unserem Haus gesehen. Es tut mir leid.«

Sie brach beinahe zusammen, Marina war mit einem Satz bei ihr. »Er war hier? Wie war das genau?«

»Er schlich durch den Garten. Hatte eine Kapuze aufgezogen, aber ich habe ihn trotzdem erkannt. Und große Angst gehabt!«

»Setzen Sie sich«, befahl Marina. »Und bitte atmen Sie

ganz ruhig. Ich hole Ihnen ein Glas Wasser. Doch, das tue ich!«

Sie fand die Küche und lehnte sich an die Wand. Innehalten. Exakt kombinieren. Sie sollte unbedingt Gesine Cordes in Kenntnis setzen. Van Deest war in der Mordnacht bei den Schellhorns gewesen, und Karin Schellhorn war eine Zeugin.

Und?

Sie füllte ein Glas und ging zurück ins Wohnzimmer. Die Witwe hatte den Kopf an die Sofalehne gelegt, das kastanienbraune Haar ergoss sich über das weiße Leder. Auch Marina nahm Platz. »Wenn es Ihnen besser geht, berichten Sie bitte weiter, Frau Schellhorn. Sie haben Herrn van Decst in der Tatnacht auf Ihrem Grundstück gesehen.«

»Es tut mir so leid, was müssen Sie von mir denken, Frau Olbert.«

»Ich höre nur zu.«

»Mein Mann war an jenem Abend gar nicht zu Hause. Verzeihen Sie meine bisherigen Angaben, aber ich habe mich schlichtweg geschämt. Carsten war in der Stadt unterwegs, die ganze Nacht, wie schon so oft. Und das ist die ganze beschämende Wahrheit über unsere Ehe.«

»Gut. Und was war mit Hannes van Deest?«

»Er hat mich beobachtet.« Sie drehte das Glas in den Händen und flüsterte fast. »Er hat vom Garten aus hereingeguckt, durch dieses Fenster da. Ich weiß nicht, wie lange er dort stand. Ich war hier auf dem Sofa, aber als ich ihn entdeckt habe, bin ich sofort aufgesprungen. Und er ist weggelaufen.«

»Und dann?«

»Habe ich die Haustür aufgerissen und nach draußen gerufen, aber er ist nur über die Einfahrt nach unten gerannt und hat nicht geantwortet. Trotzdem weiß ich es sicher: Es war van Deest, ganz bestimmt.«

»Frau Schellhorn. Ich glaube Ihnen, und bitte bleiben Sie sitzen.«

»Was ist, wenn er noch einmal bei mir auftaucht? Was will er?«

»Ich werde mich darum kümmern, dass Ihnen nichts passiert. Aber Sie müssen mir erklären, warum Sie bisher verschwiegen haben, was hier passiert ist.«

»Das können Sie sich doch denken.«

»Nein.«

»Und außerdem kann es mit dem Mord an Carsten nichts zu tun haben, weil Carsten, wie gesagt, gar nicht zu Hause war.«

Marina schüttelte den Kopf. Glaubte die Schellhorn wirklich, was sie sagte? Es klang doch eher danach, dass Hannes einem Haftbefehl näherrückte.

Sie drückte der Witwe den Arm. »Ganz ruhig, ich habe Zeit und möchte es noch einmal von vorne wissen. Was ist in der Mordnacht vorgefallen? Van Deest stand an jenem Abend im Garten, und Sie sagen, er könnte vielleicht länger dort gestanden haben. Warum länger?«

»Um etwas zu sehen. Mich.«

»Richtig. Denn Sie waren ja auf dem Sofa.«

Karin Schellhorn würgte die Worte hervor. »Mich und Leon. Den Jungen aus dem Dorf.«

»Auf Ihrem Sofa?«

»Wie könnte ich den Abend vergessen! Wie könnte ich aufhören, an Leon zu denken!«

22

Gesine war in Versuchung, die Einfahrt zum Institut Schellhorn mit dem Pick-up zu nehmen. Das Tor stand offen, und sie war bei der Witwe angemeldet, aber sie parkte den Wagen doch lieber unten an der Straße und ging zu Fuß über das Kopfsteinpflaster. Auf diese Weise konnte sie die Gartenanlage studieren, die sie zum ersten Mal bei Tageslicht sah, und sich Schritt für Schritt auf die Begegnung mit Karin Schellhorn vorbereiten.

Der Garten war Profiarbeit, das musste man sagen, aber überambitioniert. Sträucher und Hecken waren streng gestutzt, die jungen Pappeln fast zu Tode gepflegt. Besonders interessant war der kleine Haufen Steine, der halb verborgen unter dem Liguster lag. Ein Überbleibsel von Pflasterarbeiten, und ein Materiallager für den Fall, dass man jemanden vertreiben wollte, indem man ihn mit Grauwacke bewarf.

Kaum war der halbe Anstieg geschafft, klingelte das Handy in der Jackentasche. Es wurde wirklich Zeit, es auszuschalten. Die Olbert würde nicht aufhören anzurufen, und Gesine würde den Teufel tun, sich mit ihr auseinanderzusetzen. Was hatte die Ermittlerin sich auch von Karin Schellhorn ins Bockshorn jagen lassen! Warum hatte sie die Witwe nicht in die Schranken gewiesen, sondern sich stattdessen wie eine Anfängerin manipulieren lassen? Unfassbar blöd.

Es war der Schellhorn doch tatsächlich gelungen, von sich selbst abzulenken und den Tatverdacht auf zwei andere Personen zu verlagern. Auf Leon, den Jungen aus dem Dorf, und natürlich schon wieder auf Hannes! Eine giftige Saat, die bei der Olbert auf sehr fruchtbaren Boden gefallen war.

Und dann sollte Hannes auch noch eine Affäre mit Karin Schellhorn gehabt haben. Eine Affäre! Mit der Frau des ärgsten Konkurrenten! Und eifersüchtig sollte er gewesen sein, auf Leon, das kleine, verstrubbelte Bübchen. Wie ekelhaft berührt die Olbert geklungen hatte, als sie es Gesine erzählte: Hannes sollte im Garten des Instituts gestanden und die Schellhorn mit Leon beobachtet haben, gepeinigt von neidischen Gefühlen. Und das alles ausgerechnet in der Nacht, in der Carsten Schellhorn ermordet worden war. Himmel! Warum war die Olbert da nicht misstrauisch geworden?

Gab es denn irgendeinen Zusammenhang zwischen Leon und Hannes und Karin und dem Tod des Bestatters, der objektiv über die abstrusen Affären-Gerüchte hinauswies? Nein. Und selbst wenn man so schwachsinnig war und es einmal annehmen wollte, rein theoretisch, dass diese Affären wahr gewesen sein könnten: Wie wollte die hochwohlgeborene Ermittlungsleiterin es einordnen, dass auch noch Nadine Brinkmeyer gestorben war? Unterstellte sie der Brinkmeyer jetzt, sie habe beim Liebesreigen im Institut Schellhorn mitgemischt?

Ach, es war lächerlich. Und bedrückend, dass die Kommissarin sich die Welt so dumm zurechtstrickte. Sie beging einen riesengroßen Fehler. Und Gesine würde es ihr beweisen.

Leider hatte die Olbert inzwischen die Fahndung nach Hannes auf die höchste Dringlichkeitsstufe gesetzt, strikt gegen Gesines Willen. Von der Teamidee war plötzlich keine Rede mehr, ein Signal, an dem sich allerdings auch Gesine orientieren würde.

Sie musste selbstverständlich einräumen, dass Hannes die Sachlage erschwerte, vor allem mit seiner Flucht. Und immer wieder, heimtückisch und bohrend wie ein Parasit, drängte sich die Frage auf, ob Gesine Hannes wirklich so gut kannte wie bisher gedacht. Und ob es richtig gewesen war, ihn ausgerechnet jetzt zu küssen. Die Antworten blieben aus.

Sie stand vor der Haustür der Schellhorns und drückte so fest auf die Klingel, als wollte sie den Knopf in der Mauer versenken. Der Gong klang dunkel und laut, dreimal hintereinander. Hinter dem kleinen bunten Fenster bewegte sich etwas. Dann wurde ein Riegel zurückgeschoben, und eine Sicherheitskette spannte sich auf. »Sind Sie Frau Cordes?«

Die Witwe sah verheerend aus. Die Augen verquollen, die schwarzen Klamotten verknittert.

»Frau Schellhorn, es tut mir leid, was Sie durchmachen müssen, aber ich bin froh, dass Sie sich Zeit für mich nehmen.«

»Ich weiß nicht. Die Polizei denkt, ich mache alles falsch. Vielleicht stimmt das auch, und es wäre besser, wenn ausgerechnet wir beide uns nicht unterhalten.«

»Doch. Gerade wir beide müssen uns austauschen. Wie ich Ihnen am Telefon sagte, kann unsere unterschiedliche Sicht auf die Dinge zu einer Klärung beitragen.«

Sichtlich angestrengt wägte die Schellhorn ab. »Aber Sie sind mit Herrn van Deest befreundet.«

»Ich kenne Herrn van Deest seit Jahren, und ich weiß sehr viel über ihn. Darum kann ich auch versprechen, dass ich Ihnen die scheußliche Angst nehmen werde, die Sie vor ihm haben.«

»Wäre dafür nicht eher die Polizei zuständig?«

»Sie haben die Polizei doch erlebt, Frau Schellhorn. Was trauen Sie den Beamten denn zu? Und was trauen Sie mir zu, die ich ebenfalls einmal bei der Kripo gearbeitet habe? Ich kenne mich bestens damit aus, familiäre Gefahrensituationen zu meistern.«

Wie flüssig ihr diese Worte über die Lippen gingen. Es musste mit der Wut zusammenhängen, die sie von innen antrieb.

Aber die Schellhorn runzelte immer noch die Stirn. »Typisch. Jeder stellt sich in einem guten Licht dar, und am Ende weiß ich gar nicht mehr, wem ich glauben soll.«

»Welche Alternative haben Sie denn? Sie sind allein und fürchten sich. Und niemand redet mit Ihnen Klartext, erst recht nicht über Herrn van Deest.«

»Wollen Sie behaupten, die Polizei verschweigt mir etwas?«

»Ja, denken Sie denn, die Polizei hat Ihnen alles abgekauft, was Sie erzählt haben? Man ist gerade damit beschäftigt, Ihr Leben und das Leben Ihres verstorbenen Mannes bis ins Letzte zu durchleuchten. Sie werden bald keine ruhige Minute mehr haben, falls Sie an irgendeiner Stelle nicht bei der Wahrheit geblieben sind.«

»Na, zum Glück habe ich nichts zu verbergen.« Widerstrebend löste die Witwe die Sicherheitskette. »Also, wir können ja kurz miteinander reden. Aber ich werde noch jemanden hinzubitten, damit ich mit Ihnen nicht alleine bin.«

»Gerne. An wen denken Sie?«

»Mal schauen, wen ich spontan erreichen kann.«

Sie führte Gesine durch einen hellen Flur. Obwohl sie zu Hause war, trug sie Pumps, doch ihre schwarze Strumpfhose hatte eine Laufmasche, von der linken Kniekehle bis zur Ferse. Entweder störte es sie nicht, oder sie hatte es noch nicht bemerkt.

Überall duftete es leicht und künstlich nach Vanille. Eine Konfektschale stand im Empfangsbereich, hohe Bodenvasen schmückten die Ecken, knorrige Haseläste darin. Die Tür zu einem Hauswirtschaftsraum stand offen, die Waschmaschine lief im Schleuderprogramm.

Im Wohnzimmer wurde der Vanilleduft von etwas anderem überlagert, von dem Geruch nach kaltem, bitterem Kaffee. Auf dem Tisch stand eine Glaskanne, schillernde Flocken schwammen auf der Brühe. Rundherum herrschte ein Durcheinander sondergleichen. Vor dem Sofa türmten sich Aktenordner und Papiere, auf dem Boden lagen Säcke mit Kleidung.

»Hat es eine Durchsuchung gegeben?«, fragte Gesine.

»Nein. Ich räume auf«, antwortete die Witwe. »Ich versuche, mir einen Überblick zu verschaffen, was in letzter Zeit in unserem Leben eigentlich passiert ist.«

»Nichts wegwerfen, vor allem von den Geschäftsunterlagen nicht«, erwiderte Gesine und dachte, wie gerne Hannes einen Blick in die Institutsverträge geworfen hätte.

»Könnten Sie bitte alles liegen lassen und sich einfach nur hinsetzen, Frau Cordes?«

»Ich halte mich weit entfernt. Sehen Sie, ich stelle mich an die Terrassentür, bis Sie Verstärkung für sich gerufen haben und sich wohler fühlen können.«

Karin Schellhorn kramte wüst zwischen den Säcken und Stapeln herum, vielleicht fahndete sie nach dem Telefon. Gesine gab ihr Zeit und betrachtete unterdessen das Grundstück.

Die Terrasse hatte beeindruckende Ausmaße. Der Rasen war asymmetrisch angelegt, Plattenwege dazwischen. Ein überdachter Pavillon stand an der Seite, umrankt von Rosen. Ein paar Obstbäume wuchsen im hinteren Bereich, alte Hochstämme sogar, und noch weiter hinten, an der Grundstücksgrenze, ragte ein Metallzaun auf, hinter dem das Brachland begann und den man offenbar begrünen wollte. Krautige Pflanzen griffen durch die Maschen, Schlehensträucher und zwei oder drei Tollkirschen.

»Frau Schellhorn, können Sie mir sagen, wo Herr van Deest genau gestanden hat an dem Abend, über den Sie mit der Kommissarin gesprochen haben?«

»Na, dort draußen. Auf der Terrasse, dicht an der Fensterscheibe.«

»Wie war er gekleidet?«

»Wie ein Verbrecher. So auffällig unauffällig, mit einem Trainingsanzug.«

»Und auf dem Kopf?«

»Trug er eine Kapuze. Warum fragen Sie? Sie kennen seine Klamotten wohl. Schwarzes Kapuzenshirt mit Jogginghose.«

Also stimmte es? Die Aussage deckte sich erschreckend mit dem, was Hannes Gesine selbst erzählt hatte. Allerdings hatte er nach seiner Deutung die Sportkleidung getragen, um auf dem Weg von der Straße zur Haustür nicht von seinem Konkurrenten erkannt zu werden. Von der Terrasse oder gar von Karin Schellhorn war keine Rede gewesen. Geschweige denn von Leon.

»Wie ging es dann weiter, Frau Schellhorn? Sie sind aufgesprungen und haben Herrn van Deest von der Terrasse verjagt?«

»Ja, aber ich möchte eigentlich nichts weiter dazu sagen. Wollten wir nicht eher besprechen, wie es jetzt weitergeht? Und was mit Herrn van Deest eigentlich los ist?«

»Stimmt. Ich dachte nur, wir warten, bis Ihre Unterstützung eintrifft. Sie wollten doch jemanden anrufen.«

»Ich glaube, ich erreiche keinen.«

Die Laufmasche fiel ihr auf, und sie zupfte daran herum. Ob es ihr generell schwerfiel, bei der Sache zu bleiben?

Noch einmal wandte sich Gesine der Terrasse zu. Undenkbar, dass Hannes hier vorn gestanden hatte, drohend und still. Er hätte sich doch eher an der Ecke versteckt, wenn er spionieren wollte. Links, sehr dicht am Haus, waren einige Kübel aufgereiht. Terrakotta natürlich, aber nanu, was war das für eine Pflanze? Gesine beugte sich vor, die Nase stieß gegen die Scheibe. Aus dem Kübel ragten straffe Zweige mit gefiederten purpurnen Blättern. Ein Himmelsbambus. Im Garten der Schellhorns.

»Ihr Gärtner hat Geschmack«, sagte sie mit klopfendem Herzen. »Allerdings ist die Nandina dort hinten ebenso speziell wie giftig. Und wissen Sie was? Ich habe ein Blatt von ihr auf dem Ostfriedhof gefunden. In der Herrentoilette.«

»Von unserer Pflanze? Wie soll das denn möglich sein?«, fragte die Schellhorn, noch arglos.

»Ganz einfach. Jemand ist scharf um Ihre Terrassenecke gerannt und dabei im Himmelsbambus hängengeblieben. Ein Blatt könnte sich an einem Knopf oder einem Gürtel verfangen haben. Später auf dem Friedhof ist es heruntergefallen.«

Die Schellhorn stutzte, dann triumphierte sie. »Na also! Hannes van Deest! Er ist doch Bestatter auf dem Ostfriedhof, und er war hier.«

»Nein. Hannes war in Sportklamotten hier, und ich versichere Ihnen, dass er sich niemals in Jogginghose auf dem Friedhof blicken lassen würde.«

Die Witwe wiegte den Kopf, goss den kalten Kaffee in einen Becher, der herumstand, und nippte. Dann erst hatte sie eine Antwort parat: »Unsinn. Es war doch eine Ausnahmesituation in jener Nacht. Und vielleicht war Herr van Deest noch im Dunkeln auf dem Friedhof, wozu auch immer, und um diese Uhrzeit war es ihm egal, was er trug.«

»Nachts ist die Toilette abgeschlossen, Frau Schellhorn. Wir können es drehen und wenden, wie wir wollen, es muss jemand anders bei Ihnen gewesen sein als Hannes van Deest.«

»Aber ich habe ihn doch erkannt!« Die Witwe regte sich auf. »Außerdem frage ich Sie mal als Gärtnerin: Wie viele von diesen Pflanzen existieren denn in unserer Gegend? Ihre Spur vom Herrenklo kann von überall her stammen.«

»Ja, das muss ich zugeben. Eine Laboruntersuchung steht noch aus. Kann aber umgehend in Auftrag gegeben werden.«

Jetzt kam die Witwe heran und musterte Gesine, kampfbereit das Kinn vorgereckt. In den Furchen ihrer Lippen hatten sich die Reste von roter Farbe gesammelt. Wie hatte Marina Olbert bloß annehmen können, dass diese Frau dem Geschmack von Hannes entsprach?

»Wie ist es an dem Abend wirklich gewesen, Frau Schellhorn? Herr van Deest wird Ihre Geschichte in der Luft zerreißen, sobald er kann. Und Sie sollten auch nicht allzu sehr auf Leon setzen. Er ist nur ein Junge, aber er wird sich wehren, wenn Sie ihn weiterhin verleumden.«

Die Schellhorn wechselte mehrfach den Gesichtsausdruck, von ärgerlich zu betreten, von betreten zu verschlagen, als probiere sie aus, welche Miene am besten passte. »Meine Ehe ... war anders, als man es von außen gedacht hat. Und an dem Abend, auf dem Sie so gerne herumreiten möchten, war ich in der Tat besonders niedergeschlagen. Ich hatte Leon seit Wochen nicht mehr gesehen, und als er plötzlich auftauchte, war er, ja, er war nett. Ich gebe auch zu, dass ich mir eine Spur zu lange eingebildet habe, in unserem Gespräch mütterlich zu bleiben, und wenn Leon die Dinge abstreiten will, kann ich ihn verstehen. Immerhin ist mein Mann in dieser Nacht gestorben, und Leon und Herr van Deest stehen jetzt unter einem fürchterlichen Verdacht.«

Gesines Nacken zog sich zusammen. Noch nie war sie von jemandem für so dumm gehalten worden wie von Karin Schellhorn.

»Den Verdacht gegen die beiden haben ausschließlich Sie mit Ihrer Aussage ins Leben gerufen«, sagte sie kalt.

»Nein«, erwiderte die Witwe. »Die Polizei hatte Herrn van Deest doch schon von ganz allein auf der Liste. Darum ist er ja auch weggelaufen, oder nicht?«

Gesine ballte die Fäuste. »Hoffentlich ist Ihnen klar, was Ihnen blüht, wenn die Polizei Sie der Lüge überführt.«

Aber es hatte gar keinen Zweck. Die Schellhorn wich nicht einen Millimeter von ihrer verlogenen Aussage ab. Sie zuckte mit den Brauen, und das war alles. Und auch wenn es Gesine entsetzlich schwerfiel, musste sie es anders angehen.

»Klammern wir Herrn van Deest und Leon doch einmal aus«, sagte sie mit größtmöglicher Beherrschung. »Konzentrieren wir uns auf den Ausgangspunkt der Ereignisse. Ich würde von Ihnen gern etwas über Madeleine Jablin erfahren. Vielleicht zeigen Sie mir das Fach in Ihrem Institut, in dem die Verstorbene gelegen hat?«

»Es ist leer.«

»Das hoffe ich doch.«

Die Witwe zierte sich etwas, aber dann verließen sie doch das Wohnhaus und überquerten den Hof. Der Himmel hing tief, die Wolken baumelten wie schwer gefüllte Säcke. Bald würde es schneien. Ein Habicht zog Kreise über dem Anwesen. Aus manchen Fugen am Boden quälte sich Weidegras, gelblich und spärlich, als werde es den Winter nicht überleben.

Gesine machte sich auf alles gefasst. Sie hatte schon viele Kühlräume besucht, aber das Leichenhaus, in das sie jetzt kamen, war das größte und aufwändigste von allen. In einem eigenen Gebäude untergebracht, altes Fachwerk, neuer Boden, fand sich im Vorzimmer ein modern designter Schreibtisch, von dem lose Kabel herunterhingen. Normalerweise standen hier offenbar Computer, die Polizei musste die Geräte mitgenommen haben. In dem großen Raum dahinter lagerten polierte Särge, auch solche mit Silberbeschlägen, und an den meisten hingen Zettel mit Namen. Die Rollwagen, auf denen sie transportiert werden sollten, waren sorgsam gewienert und sogar gepolstert.

Schließlich öffnete Karin Schellhorn den Raum mit den Kühlfächern. Gesine zählte gut zwanzig Stück, immer zwei übereinander in Arbeitshöhe, mit blanken Metallklappen. Sie sahen aus wie Schließfächer an einem nagelneuen Bahnhof.

»Wer hat Zugang zu dieser Anlage?«, fragte sie.

Die Witwe antwortete ohne Zögern. »Jeder, der bei uns arbeitet, hat einen Schlüssel. Und jeder von uns ist dazu bereits von der Polizei befragt worden.«

Sie schritten die Reihe der Fächer ab. »Wie ich weiß«, sagte Gesine, »kämpfen viele Bestatter mit den hohen Kosten für die Kühlung. Kennen Sie diese gekachelten

Hallen bei Ihren Konkurrenten? Strom ist teuer, und darum wird sehr darauf geachtet, dass die Tür zum Kühlraum jederzeit geschlossen ist.«

»So ist es auch bei uns.«

»Aber Sie haben Einzelfächer, also kann es Ihnen egal sein, ob die Tür zu diesem Raum offen steht.«

»Wollen Sie uns vorwerfen, dass wir in eine moderne Anlage investiert haben?«

»Nein, ich will Ihnen nur klarmachen, dass ich weiß, wie es im Alltag läuft. Man geht von einem Raum in den nächsten, und weil man meistens etwas in der Hand hält, mag man nicht auch noch mit dem Schlüssel hantieren. Vor allem nicht, wenn es für die Energiebilanz unwichtig ist.«

Die Witwe seufzte. »Also gut. Es ist vorgekommen, dass die Tür offen stand. Aber nicht an jenem Abend, glaube ich.«

Zufrieden ließ Gesine sich das Fach zeigen, in dem Madeleine Jablin gelegen hatte, und fand es leer vor. Eine glatte hellgraue Zelle mit einer Schienenkonstruktion zum Herausziehen des Körpers. Gesine leuchtete hinein, aber die Zelle war bis zum Kopfende blank und sauber. Eine Stange mit einem Haken lag bereit, falls in der Tiefe des Fachs etwas verloren ging und man es hervorholen wollte.

»Und jetzt kommen wir zum Wetter«, sagte sie. »Seit Tagen friert es draußen. Ist es im Moment nicht einfach, eine Leiche im Freien zu verstecken? Es würde kaum ein Geruch entstehen.«

»Oh«, die Schellhorn klappte das Fach wieder zu. »Sie

denken sehr praktisch, wahrhaftig anders als die Polizei. Aber Ihr Gedanke ist richtig. Wir haben Dauerfrost, und der Verfall des Körpers würde draußen arg verzögert sein.«

»Wie groß war Frau Jablin?«

»Nicht groß.«

»Also leichter zu transportieren als Ihr Mann. Vielleicht sind die beiden deshalb ausgetauscht worden. Ihr Mann sollte den professionellen Weg der Verstorbenen nehmen, im Sarg zur Trauerfeier und schließlich zur Beisetzung, ohne dass man ihn entdeckte. Für Frau Jablin dagegen, die kleiner und leichter war, konnte man sich andere Transportmöglichkeiten überlegen.«

»Nämlich?«

»Ich weiß nicht. Waren Sie eigentlich dabei, als Frau Jablin in Ihr Institut eingeliefert wurde?«

»Ja natürlich. Ich arbeite meistens mit.«

»Aber in dem Krankenhaus, in dem Frau Jablin gestorben ist, war Ihr Mann alleine.«

»Auch das war vollkommen normal. Die Pflegekräfte helfen, den Verstorbenen in unseren Wagen zu laden.«

Die Witwe führte Gesine wieder nach draußen und bückte sich zum Türschloss. Ein Markenetikett hing aus der Strickjacke, teure Ware. Die Maniküre war dagegen wohl vernachlässigt worden, die Fingernägel waren eckig und achtlos geschnitten. Und es gab keinen Ehering.

Gesine dachte an Herrn Jablin. Madeleine und er waren nur Geschwister, aber ihre Bindung schien enger gewesen zu sein als die der Eheleute Schellhorn. Mit der Folge, dass seine Trauer ihn auffraß und dass Karin Schellhorn eher in der Schwebe blieb. Sie hatte einen Ehemann, aber auch eine Rolle verloren.

»Wie gut kannten Sie das Geschäftsgebaren Ihres Ehemanns?«, fragte Gesine. »Wussten Sie, dass er im Krankenhaus Verträge geschlossen hat, und zwar an Totenbetten, die noch warm waren?«

»Warm? Das ist eine geschmacklose Darstellung, Frau Cordes.«

»Aber ich kann es belegen, konkret am Fall von Maurice Jablin, dem Bruder von Madeleine. Herr Jablin hatte Pfarrer Franz Faust ins Krankenhaus gerufen, als es seiner Schwester schlecht ging. Pfarrer Faust hat Madeleine die Letzte Ölung gegeben und das Krankenhaus wieder verlassen. Madeleine lebte zu dieser Zeit noch, aber trotzdem kam schon ein Bestatter ins Zimmer, Ihr Ehemann Carsten, um mit Herrn Jablin den Vertrag zu besprechen.«

»Sind Sie sicher? Pfarrer Faust hat die Frau alleingelassen, noch bevor sie gestorben ist?«

»Warum finden Sie das seltsam? Seltsamer ist doch wohl die Tatsache, dass Ihr Ehemann aufgetaucht ist, während Frau Jablin noch geatmet hat.«

»Nein. Es mag für Sie ungewöhnlich erscheinen, aber genau das wird von Bestattern landauf, landab so praktiziert.«

»Herr van Deest praktiziert es jedenfalls nicht so.«

Immer schneller lief Karin Schellhorn über den Hof, die Atemwolken kamen stoßweise. Gesine blieb an ihrer Seite.

»Ich nehme an, der Pfarrer informiert Ihr Institut,

wenn jemand im Sterben liegt. Franz Faust verschafft Ihnen Aufträge, Frau Schellhorn. Wussten Sie das?«

Die Witwe nickte hastig, und sie tat es mehr, um Gesine loszuwerden, als um den Sachverhalt zu klären. Sie hatte sichtlich mit ihren Gefühlen zu kämpfen, mit Erregung und dem Wunsch nach Rechtfertigung, und wollte mit ihrem Chaos allein sein.

Doch dann blieb sie abrupt stehen. »Sie werden es nicht glauben, Frau Cordes, aber ich bin verrückt vor Angst. Ich bin auf den Tod meines Mannes nicht vorbereitet gewesen, und es ist, als hätte ich selbst ein Messer im Fleisch. Morgens kann ich kaum aufstehen, so schlecht ist mir, und ich weiß auch nicht, wofür es sich noch lohnt. Ich habe diesen Mann geliebt! Ja! Auch wenn man es mir jetzt absprechen will. Ohne ihn fehlt mir alles, was meine Tage ausgemacht hat. Die Welt ist gefährlich geworden. Kein Schritt mehr normal.«

»Ja, das kann ich mir vorstellen, und in dieser Hinsicht halte ich jedes Ihrer Worte für wahr.«

»Aber Sie sprechen mir alle anderen Empfindungen ab, und das ist ungerecht! Ich trauere nämlich auch um Madeleine Jablin. Die Vorstellung, dass sie nicht zur Ruhe gebettet werden kann, finde ich grässlich. Frau Jablin wurde uns anvertraut, unserem Institut, und wer einem Verstorbenen die letzte Ehre versagt, wer ihm ein Grab verweigert und damit seiner Würde beraubt, der wird selbst in der Hölle schmoren!«

»Sie leiden unter dem Schicksal von Frau Jablin?«

»Ja! Und ich frage mich, ob sich die Polizei auch genug mit diesem Aspekt der Geschehnisse befasst. Oder ob man Frau Jablin längst abgeschrieben hat, weil sie ja ohnehin verstorben war.«

Sie wollte weitergehen, bebend vor heller Empörung, aber Gesine versperrte ihr den Weg. Diese Frau war, abgesehen von Maurice Jablin, die einzige Person, die sich derart emotional für Madeleine engagierte. Und es konnte nur einen Grund geben, warum sie das tat.

»Sie waren das!«, rief Gesine. »Sie haben mir den Finger von Frau Jablin in den Benzinkanister gesteckt!«

»Den – was? Das ist ja widerlich!«

»Ich sollte auf Madeleine aufmerksam werden. Sie wollten mir einen Hinweis darauf geben, wo ihr Leichnam sich befindet, damit ich ihn entdecke und er würdevoll bestattet werden kann!«

Die Schellhorn holte aus, ihre Hand klatschte auf Gesines Wange. Gesine hielt sie am Ärmel fest.

»Wo ist Madeleine Jablin? Ich habe Ihren Hinweis nicht verstanden! Wann und wo haben Sie mir den Finger hinterlassen?«

»Wenn Sie mich nicht augenblicklich loslassen …«

Gesine zögerte, und ließ dann los. Die Witwe stolperte, fing sich und rannte zum Haus, ja sie flog fast über das Kopfsteinpflaster. Während Gesine mit wirbelnden Gedanken zurückblieb.

Sie war sicher, dass sie recht hatte. Jede andere, jede unschuldige Witwe hätte genug damit zu tun gehabt, um ihren Mann zu trauern und sich angesichts des rätselhaften Gewaltverbrechens zu fürchten. Karin Schellhorn hingegen hatte Kapazitäten für Frau Jablin frei, eine Fremde, die eines natürlichen Todes gestorben war. Vielleicht konnte es mit Schellhorns Bestatterethos zusammenhängen, dass sie eine würdevolle Beisetzung für Frau Jablin wünschte. Viel wahrscheinlicher aber war es, dass sie nach einem Umgang mit ihrer eigenen Schuld suchte.

Denn wer sehr große Schuld auf sich geladen hat und erkennen muss, dass er daran nichts mehr ändern kann, sondern ein Leben als Täter führen wird, der sehnt sich oft nach einem Ausweg, um sich besser zu fühlen und sein Selbstbild aufzupolieren. Der Mafiaboss schenkt einem Kind einen Rollstuhl. Der skrupellose Bankdirektor engagiert sich in der Kirche, und der Kinderschänder mäht der Nachbarin den Rasen.

Und die Witwe, die weiß, wo und warum ihr Mann getötet wurde, oder die ihn vielleicht sogar selbst erstochen hat, will dafür sorgen, dass ein anderer Leichnam zur Ruhe kommt. Eine schiefe Art von Gerechtigkeitsempfinden, geboren aus dem Wunsch, trotz allem eines Tages wieder in den Spiegel schauen zu können.

Doch leider hatte Gesine den Hinweis mit dem Finger nicht so unmittelbar erhalten wie geplant. Sie konnte nicht wissen, wann und wo die Schellhorn an ihrem Kanister gewesen war. Auf dem Friedhof? Im Dorf? Oder hier vor dem Institut? An irgendeinem Ort war der Pick-up in der Nähe der Leiche gewesen, aber es ließ sich nicht mehr rekonstruieren.

Erste Schneeflocken fielen, Gesine streckte die Hand aus. Spärliche, dick verklebte Kristalle, die kurz auf der Haut verweilten, bevor sie schmolzen.

Tollkirsche

Nachtschattengewächs, strauchartig, bis 2 m hoch.
Reich verzweigt, feine Behaarung.
Blätter eiförmig, jüngere Blätter mit stärkerer Behaarung, grünbraune Oberseite, grüngraue Unterseite.
Blüten ab Juni, bis 3 cm, glockig, waagerecht ausgerichtet, außen braunviolett, innen gelbgrün mit 5 Blütenblättern.
Reifezeit der Beeren uneinheitlich.
Erst grün-, dann schwarzglänzende Beere, kirschgroß an kurzen Stielen mit breitem Kelch.
Fruchtfleisch blaurot mit zahlreichen Samen.
Samen oval, braun, nierenförmig, hart, 2 mm.
Stark giftig.
Gift enthalten in allen Pflanzenteilen. Tropanalkaloide, Atropin, Hyoscyamin, Scopolamin.
Schon drei Beeren können bei Kindern tödlich sein.
Rote Haut, erweiterte Pupillen, Sprachstörungen, Unruhe, Weinkrämpfe, Herzrhythmusstörungen, Bewusstlosigkeit, Tod durch Atemlähmung.
Notarzt, keine eigenen Maßnahmen möglich.

23

Das Dorf zeigte am Nachmittag, kurz nach der Mittagspause, Anzeichen von Leben. Der kleine Supermarkt hatte geöffnet, Männer standen an der Straßenecke ins Gespräch vertieft, und zwei Wagen der Zivilfahnder parkten in der Nähe der Tankstelle. Als Gesine die Wagen erkannte, war es zu spät. Man hatte ihren Pick-up mit Sicherheit schon erfasst, als sie vorbeigefahren war.

Sie hielt vor der Gaststätte. Es schneite immer noch spärlich, die dicken Flocken betupften die alten Dachschindeln. Die Abluftanlage der Restaurantküche rauschte und verbreitete Kohlgeruch. Hinter den gelblichen Gardinen des Gastraums huschte jemand hin und her, eine Bedienung, die einen Tisch abräumte.

Plötzlich öffnete sich die dunkle Holztür, und die alte Frau, die neulich nachts ihren Hund ausgeführt hatte, kam heraus. Sie erkannte Gesine sofort, drehte ihr Gesicht weg und musste sich mit einer Hand an der Hauswand abstützen, so schnell wollte sie davonhumpeln. Den Hund hatte sie heute nicht dabei. Wahrscheinlich war sie froh, nicht angesprochen zu werden.

Seit dem Besuch bei Karin Schellhorn war Gesine in großer Sorge. Die Witwe würde ab jetzt unberechenbar sein, vor allem, wenn sie das Gefühl bekommen hatte, dass sie vor der Enttarnung stand. Vielleicht glitt sie in einen Ausnahmezustand hinein, und es eröffnete sich eine Spirale der Gewalt.

Wie viele Morde wurden begangen, um vorhergehende Morde zu vertuschen? Wie oft hatten Täter schon behauptet, dass sie zu immer neuen Verbrechen veranlasst worden waren, aus Angst vor Entdeckung? Die Polizei musste spätestens jetzt rigoros eingreifen, um die Spirale zu stoppen, denn wenn man zögerte und dem Täter nur noch mehr Angst einjagte, wurde es schlimmer.

Ein offizielles Eingreifen aber blieb Gesine verwehrt. Als Undercover-Ermittlerin hatte sie keine Befugnisse, und erst recht nicht, weil sie sich nicht mit der Teamchefin besprach.

Diese Chefin würde sich trotzdem nicht von ganz allein in Bewegung setzen. Nein, Mordermittlerin Olbert würde wie immer rückfragen, auf was man sich konkret stützen könnte, um die Handschellen klicken zu lassen. Nur auf Gesines psychologische Eindrücke und nur auf Nandina-Blattfetzen? Das wäre zu wenig.

Außerdem würde die Olbert wieder den möglichen Kontakt zwischen Hannes und der Witwe ins Spiel bringen, und dann müsste Gesine sich entscheiden: Polizei oder Freundschaft. Oder sogar mehr als Freundschaft und dann erst recht keine Teilnahme an den Ermittlungen mehr. Und das ginge nicht, weder das eine noch das andere, denn Gesine war noch nicht am Ende angelangt. Sie legte höchstens einen Zwischenstopp ein.

Sie klingelte an Leons Wohnung über der Gaststätte. Im Treppenhaus wartete der alte Mann mit dem dichten weißen Haar. Er guckte grimmig, dann winkte er sie in die kleine Wohnung, stellte sich als Leonhard Blumenberg vor und bot ihr in der Küche Wasser und Kaffee an. Als die Höflichkeiten erledigt waren und sie am kleinen Tisch saßen, legte er los.

»Sie sind nicht von der Presse«, sagte er. »Da habe ich mich ausnahmsweise getäuscht. Sie schnüffeln für das Institut Schellhorn, das weiß ich inzwischen.«

»Ich schnüffle nicht, ich mache mir Sorgen um Leon.«

»Ihr Auto stand heute in der Einfahrt der Schellhorns, die Bauern haben es gesehen. Sie fahren den Pick-up einer Friedhofsgärtnerei, und darum weiß das ganze Dorf, was Sie von Beruf sind, Frau Cordes.«

»Ich habe mit dem Bestattungsinstitut Schellhorn trotzdem nichts zu tun. Im Gegenteil, ich bin mit der Konkurrenz befreundet.«

»Mit wem genau?«

»Mit dem Institut van Deest. Die Polizei hat Sie doch bestimmt schon nach dem Inhaber befragt, Hannes van Deest.«

»Der Mann wird gesucht. Und Sie wissen, wo er ist?«

»Nein.«

Der Alte schlürfte den Kaffee und beäugte Gesine über den Rand der Tasse hinweg. Seine weißen Brauen waren zu einer Linie zusammengezogen. Sein Blick hätte jedem Scharfrichter zur Ehre gereicht.

»Wo ist Leon?«, fragte Gesine.

»Er sagt nichts mehr zu dieser Sache mit der gewissen Dame.«

»Das ist gut. Aber leider wird er von Frau Schellhorn immer tiefer in die Ereignisse hineingezogen.«

»Damit werden wir fertig. Wir haben Übung darin, diese Geschichten abzuwehren.«

»Das ist nicht genug, Herr Blumenberg.« Gesine schob ihre Tasse zur Seite. »Karin Schellhorn behauptet inzwischen, dass Leon sogar in der Nacht bei ihr war, als ihr Ehemann ermordet wurde.«

»Lächerlich. Aber sie kann es gerne behaupten, dann wird sie nämlich auch einmal eine Anzeige kassieren, und zwar von uns.«

»Sie behauptet, dass es Zeugen gibt. Hannes van Deest soll gesehen haben, wie Leon in der Mordnacht mit Karin Schellhorn auf dem Sofa lag.«

Der Alte zog die Schultern hoch und schluckte hart. »Dann wird Herr van Deest diese Aussage eben richtigstellen müssen. Oder will er das nicht? Wird es am Ende so hingedreht, dass Leon den reichen Bestatter ermordet hat, aus Habgier oder aus Eifersucht etwa? Der arme Junge.«

Er hustete und stand auf. Sein Flanellhemd war verwaschen, seine Cordhose ausgebeult. Er erinnerte Gesine an zu Hause, an Josef. Aber anders als Josef hatte dieser Mann Übung darin, die ganze Welt auf Abstand zu halten.

»Mein Enkel ist in Ordnung«, sagte er ruppig. »Ich habe den Jungen großgezogen, ich habe ihm beigebracht, wie man sich benimmt. Das Einzige, was ich ihn nicht gelehrt habe, weil ich es nämlich nicht für nötig hielt, ist, dass er sich vor mittelalten Frauen in Sicherheit bringen muss, die keinen Anstand im Leib haben.«

»Sie haben ihn gut erzogen«, erwiderte Gesine freundlich. »Ich habe ihn bisher ja nur ein einziges Mal gesprochen, aber mir ist gleich aufgefallen, wie stolz und selbstbewusst er ist. Ungewöhnlich in dem Alter, wo die meisten mit sich hadern.«

Herr Blumenberg nickte unwillig, aber seine Brauen wichen ein wenig auseinander. Er zog Gesines Kaffeetasse heran und füllte ungefragt das Wenige, das sie bisher getrunken hatte, wieder auf.

»Sie brauchen wohl Milch?«

»Hören Sie.« Gesine nahm ihm die Kanne aus der Hand. »Was ich Ihnen jetzt sagen werde, ist nicht leicht zu ertragen. Ich möchte, dass Sie mich ausreden lassen und sich alles so ruhig anhören, wie Sie nur können.«

»Ich lasse mir keine Anweisungen geben.«

»Es gab eine Hospitantin bei der Polizei. Sie hieß Nadine und hatte offenbar beschlossen, in der Bestatterszene zu recherchieren. Dabei muss sie auf etwas gestoßen sein, das mit dem Tod von Carsten Schellhorn zusammenhängt. Sie wurde ermordet, und ihre Leiche wurde meinem Freund Hannes van Deest untergeschoben.«

»Das ist schlimm, und ich will es nicht hören, Frau Cordes.«

»Ich erzähle es Ihnen als Beispiel dafür, wie skrupellos der Täter ist. Denn bei dem Mörder von Nadine Brinkmeyer handelt es sich höchstwahrscheinlich um denselben Täter, der Carsten Schellhorn umgebracht hat. Mit anderen Worten: denselben Täter, mit dem Leon sich möglicherweise angelegt hat.«

»Leon hat sich mit niemandem angelegt!«

»Vielleicht nicht bewusst. Aber um ihn herum werden Fäden gesponnen, die für den Täter wichtig sind. Und wenn Leon aus Versehen an diesen Fäden reißt, wird man ihn davon abhalten, mit aller Gewalt.«

»Sind Sie verrückt? Was reden Sie für grauenhafte Dinge!«

»Karin Schellhorn ist möglicherweise eine Mörderin. Wir können es jedenfalls nicht mehr ausschließen.«

Der Alte stützte sich auf die Stuhllehne und atmete heftig. Es war gespenstisch, denn er gab dabei kein Geräusch von sich. Minutenlang rang er nach Luft und war dennoch bis ins Letzte kontrolliert.

Gesine legte die Hände flach auf den Tisch. »Ich will, dass wir Leon in Sicherheit bringen. Am besten ziehen Sie beide sich für die nächsten Tage an einen anderen Ort zurück, Herr Blumenberg.«

»Ich verstehe nicht, warum Sie mich beunruhigen wollen.« Er richtete sich kantig auf und sah ihr fest in die Augen. »Sie sollten uns mit Ihren Angelegenheiten nicht belästigen. Es tut mir leid für Sie.«

»Nein, mir tut es leid, dass ich Ihnen nicht verdeutlichen kann, wie hoch das Risiko ist.«

»Doch, Sie sind sehr deutlich. Und ich weiß auch, dass wir mit dem Institut vorsichtig sein müssen, denn ich kenne sogar noch die Leute, die früher dort oben auf dem Berg gelebt haben. Abschaum in Reiterstiefeln, braunes Gesindel. Mein Enkel hätte dort niemals ein Praktikum machen dürfen! Bloß meinte er ja, dass die Schellhorns nichts mit damals zu tun haben und dass meine Erinnerungen heute egal sind. Dabei hält sich in diesen Mauern der alte Geist, Frau Cordes.«

»Möglich. Und dann spricht alles dafür, dass wir Leon schützen sollten, oder?«

»Nein. Gerade deshalb geben wir nicht nach! Weil es noch nie etwas gebracht hat, jemandem auszuweichen. Die einzig richtige Methode ist, sich zu behaupten, und zwar an dem Platz, auf den man gehört.«

»Dürfte ich denn mit Leon selbst darüber sprechen?«

Am Kücheneingang bewegte sich etwas. Der Junge kam herein, in Jeans und T-Shirt. Die Haare standen in alle Richtungen ab, als habe er bis eben im Bett gelegen.

»Lassen Sie meinen Opa«, sagte er. »Und auch mich. Wir werden auf keinen Fall vor irgendwem die Rübe einziehen, erst recht nicht vor der Schellhorn.«

»Hast du gehört, was ich für möglich halte? Was Karin Schellhorn getan haben könnte?«

»Ja. Aber ich finde das komisch. Ich wünsche der Frau wirklich die Pest an den Hals, aber wenn Sie recht hätten und sie wäre eine Mörderin, hätte die Polizei sie doch längst einkassiert.«

»Die Polizei ist ihr schon auf den Fersen.«

»Das stimmt doch gar nicht. Soweit ich weiß, ist die Polizei Ihrem Herrn van Deest auf den Fersen, und vielleicht geht es Ihnen eher darum? Dass es Ihnen lieber wäre, die Schellhorn wäre diejenige, welche, und nicht dieser Mann?«

Wie betäubt verließ Gesine die Wohnung und überquerte die Straße, ohne nach rechts und links zu gucken. Sie fühlte sich leer. Sie hatte sich vollkommen verschätzt. Sie besaß weder die Kompetenz noch die Autorität, um Gespräche so zu lenken, dass sie zu einem Ziel führten. Sie hatte zuerst die Schellhorn nicht wirklich knacken können. Hatte dann bei den Blumenbergs unglaubwürdig gewirkt. Und wusste jetzt nicht mehr weiter.

Oder war ihre Verfassung gar eine Folge von Hannes, ein Kollateralschaden, weil er weg war und doch nicht weg war? Weil sie ihn verteidigen wollte und es nicht konnte? Dann sollte sie dringend zu ihrer alten Form zurückfinden. Kuss und Schluss. So hatte sie doch die gesamten letzten Jahre verbracht. Nur ohne Kuss.

Sie startete den Pick-up und verließ das Dorf, um zum Institut Schellhorn zurückzufahren. Dass sie keinen Zweig von dem Himmelsbambus mitgenommen hatte, um ihn im Zweifelsfall in einem Labor vorzulegen, war ein Fehler gewesen. Ein kleiner Fehler nur, eine Winzigkeit unter all den Dingen, die sie falsch gemacht hatte, aber sie würde wenigstens diese Winzigkeit wiedergutmachen.

Auf der Ladefläche klapperten die Arbeitsgeräte in der Halterung, der Spaten, der Besen, die Harke. Vertraute Geräusche, geliebte Geräte, die sie anzufeuern schienen.

Das Licht wurde schwächer, es fing an zu grieseln. Die feinen grauweißen Körner sammelten sich in den Furchen der Felder. Die Schollen wölbten sich daraus hervor, dunkel und rund wie die Rücken verendeter Krähen.

Diesmal fuhr Gesine bis ganz nach oben vor das Wohnhaus der Witwe, aber sie parkte dort nicht allein.

Der silberne PKW des Pfarrers stand vor der Tür, und sie wurde von ihm auch schon an der Haustür empfangen.

»Schön, Sie zu sehen, Frau Cordes. Allerdings geht es Frau Schellhorn leider nicht gut. Als ich vorhin hierherkam, habe ich sie in einem bedauernswerten Zustand angetroffen. Sie hat den Besuch von Ihnen wohl nicht gut verkraftet.«

»Das tut mir leid, richten Sie es ihr bitte aus. Ich wollte auch nur rasch etwas hinten aus dem Garten holen.«

»Aus dem Garten?« Er trat nach draußen, trotz des Schneegriesels, und zog die Tür halb zu, als müsse er das Innere des Hauses beschützen. »Frau Schellhorn hat sich hingelegt, und Sie sollten einen anderen Zeitpunkt wählen.«

»Sie wird daran interessiert sein, mit mir zusammenzuarbeiten. Sagen Sie, ich hätte ihren Fingerzeig nun endlich verstanden.«

Er schüttelte den Kopf. »Warten Sie kurz hier draußen.« Er verschwand und kam mit einer blauen Wachsjacke und einer Mütze zurück. Um den Hals schlang er einen feingewebten Schal. »Mir tut die frische Luft auch einmal gut. Lassen Sie uns ein paar Schritte gehen.«

Er führte sie über das Kopfsteinpflaster Richtung Leichenhaus, als sei es ein gemütlicher Spaziergang. Aber der Schnee nahm zu. Unter die Grieselkörner mischten sich immer mehr Flocken, und das Pflaster war rutschig geworden.

»Nachdem Sie neulich bei mir waren«, sagte der Pfarrer, »habe ich nachgedacht. Und es tut mir leid. Ich hätte Ihnen sofort zusagen sollen, dass ich Sie mit Karin Schellhorn in Kontakt bringe. Meine Einwände waren dumm, und Ihre Begegnung mit ihr wäre sicher etwas sanfter verlaufen, wenn ich zwischen Ihnen beiden vermittelt hätte.«

»Ich habe mir selbst zu helfen gewusst, Herr Pfarrer.«

Der Schnee wehte ihnen ins Gesicht, verfing sich in Gesines Locken und haftete auf der Mütze des Pfarrers, aber sie kehrten nicht um. Franz Faust schritt großzügig aus, obwohl seine Schuhe Ledersohlen hatten. Erst als sie am Leichenhaus ankamen, suchte er Schutz unter dem Vordach.

»Auch was Herrn van Deest angeht, war ich nicht offen genug, Frau Cordes. Aber ich denke, Sie wissen inzwischen, warum ich Ihre Begeisterung für diesen Mann nicht hundertprozentig teilen kann?«

»Wirke ich begeistert?«

»Ich hätte Ihnen deutlicher sagen sollen, dass ich sein Alibi für die Mordnacht nur zu einem Bruchteil mittragen kann.«

»Für Mordnacht Nummer eins, in der Carsten Schellhorn getötet wurde? Oder für Mordnacht Nummer zwei, in der Nadine Brinkmeyer ums Leben kam?«

Der Pfarrer verzog unwillig den Mund, aber Gesine war nicht mehr danach zumute, um den heißen Brei herumzureden. »Sie haben ausgesagt, Sie hätten zu Beginn der Mordnacht Nummer zwei mit Hannes telefoniert. Ich weiß, dass das nur die halbe Wahrheit war, Herr Faust. Hannes war später nicht mehr zu erreichen.«

»Ja, furchtbar. Ich hätte Ihnen das gerne erspart.«

»Aber es beweist doch gar nichts. Vor allem nicht, dass Hannes Frau Brinkmeyer ermordet hat. Nur weil er nicht ans Telefon ging.«

»Aber Mordnacht Nummer eins, um mit Ihren Worten zu reden, die Nacht, in der Carsten starb, steht inzwischen ja auch zur Debatte. Herr van Deest war hier auf diesem Grundstück. Wie finden Sie das?«

»Er war hier, aber er hat nur an der Haustür geklingelt. Was Frau Schellhorn ihm unterstellt, hat nie stattgefunden.«

Der Pfarrer schaute in das Schneetreiben. Wild, fast verspielt wirbelten die Schneeflocken vorbei. Gesine sehnte sich danach, in ihrem Wohnwagen zu sitzen und zuzuschauen, wie die Weide zugedeckt wurde. Ganz still würde es werden, friedlich und weiß.

»Begleiten Sie mich kurz auf die Terrasse, Herr Faust?«

»Nein, es tut mir leid, ich bin gerade etwas befangen. Warum sind Sie so sicher, was Herr van Deest in Mordnacht Nummer eins hier getrieben hat?«

»Er …« Gesine stockte. Durfte sie das verraten? »Er hat es mir selbst gesagt.«

Der Pfarrer zog fröstelnd den Kopf zwischen die Schultern. »Er geht damit hausieren?«

»Es war ein eher persönliches Gespräch.« Eher persönlich. Vielleicht aber auch nicht.

»Sie sind eine ganz besondere Frau«, sagte Franz Faust. »Wissen Sie das?«

»Ich glaube, ja.«

»Man schaut Sie an, Frau Cordes, und sieht unter der Friedhofsgärtnerin eine zweite Person durchschimmern. Die ehemalige Kommissarin, nehme ich an, aber damit nicht genug: Unter der Kommissarin sehe ich sogar die Mutter, die Sie einmal waren, und unter der Mutter sehe ich noch einmal Sie als ein kleines Kind, das wohl unglücklich aufwachsen musste.«

Sie trat von ihm weg, hinaus in den Schnee. Was hatte er bloß für einen Drang, immer wieder über Grenzen zu gehen? Schon bei ihrem ersten Kennenlernen auf dem Friedhof hatte es Gesine gestört, wie er Kontakt aufnahm. Mit dieser heiligen Lust, anderen Menschen an die wunden Stellen zu fassen.

»Sie wissen, dass ich Mutter bin oder war?«, fragte sie rau. »Mit wem haben Sie über mich gesprochen?«

»Als ich neulich sagte, ich würde die Last, die Sie tragen, gern mit Ihnen teilen, meinte ich es ernst. Trotzdem sind Sie mit der Last ganz allein vorausgeeilt. Zum Beispiel haben Sie Herrn Jablin an die Kollegen der Diakonie übergeben, weil Sie eine Frau sind, die sich kümmert. So wie Sie auch dafür gesorgt haben, dass Ihre Nichten, Frida und Marta, auf den Bauernhof gebracht wurden, damit ihnen nichts mehr passieren kann.«

Nur mit Mühe hielt sie sich zurück. »Was wissen Sie über die Kinder?«

»Ich bin Seelsorger, Gesine, für mich darf kein Weg zu weit sein. Ich war heute Mittag bei Ihnen zu Hause.«

»Ich verbitte mir das!«

»Ich wollte mich einmal um Sie kümmern, das können Sie mir doch nicht verdenken. Nehmen Sie es als Geschenk. Leider waren Sie nicht daheim, sondern nur die Mädchen von dem Foto. Die Ihnen im Übrigen sehr ähnlich sehen.«

Sie stieß ihren Zeigefinger vor seine Brust. »Sie!«, sagte sie schneidend. »Sie sind jemand, der Sterbende an einen Bestatter verschachert. Aus dem Krankenhaus heraus geben Sie Meldung, wann ein Todesfall zu erwarten ist. Das verstehen Sie unter Kümmern. Und bleiben Sie mir bloß von den Kindern weg!«

»Frau Cordes!«

»Wie oft haben Sie das eigentlich praktiziert, gemeinsam mit Carsten Schellhorn, und was hat er Ihnen dafür bezahlt, dass Sie ihm die Aufträge zuschustern?«

»Ich verzeihe Ihnen Ihr Benehmen, Frau Cordes, wir sind alle einigermaßen angespannt. Aber ich muss Sie darauf hinweisen, dass Sie mich nicht dafür beschimpfen können, wenn ich einen Bestatter anrufe und es den Angehörigen leichter mache.«

»Ich warne Sie: Sollten Sie das systematisch betrieben haben, werden Sie mit Konsequenzen rechnen müssen.«

Sie drehte sich um und lief über das Kopfsteinpflaster zu ihrem Wagen zurück. Der Schnee trieb in Schleiern über das Gelände. Sie musste die Fenster des Pick-ups freifegen, verlor Zeit und hörte bald, dass auch der Pfarrer heranschlitterte.

»Gesine Cordes! Bitte!«

Entschlossen startete sie den Motor. Franz Faust wollte vor ihren Kühler springen und fiel dabei fast hin. Der Herrgott mag Sie. Sie spürte ein Stechen im Magen.

»Weiß die Polizei eigentlich, dass Sie bei uns waren?«, rief der Pfarrer laut. »Und wie Sie Karin Schellhorn zugerichtet haben?«

Zugerichtet? Und was bedeutete: bei uns?

Sein Gesicht kam ganz nah an die Scheibe. »Und weiß die Polizei, dass Sie Herrn van Deest decken, weil er in beiden Mordnächten hier auf dem Grundstück war?«

24

Inzwischen war es wieder sehr windig geworden. Böen kamen über die Felder. Die Scheibenwischer kämpften, und weil das Tageslicht weiter schwand, wurde die Sicht immer noch schlechter. Gesine musste langsam fahren, die Straße war glatt, es schneite wie aus kalten Kübeln, und sie musste sich beruhigen.

Ihr fiel ein, dass sie das Handy noch ausgeschaltet hatte. Seit dem ersten Besuch bei der Witwe war ihr nicht mehr nach Reden zumute gewesen. Sie ging auf Empfang, und wie befürchtet, war die Mobilbox voll. Marina Olbert hatte drei Nachrichten hinterlassen. »Bitte umgehend melden, das gehört zu unserer Vereinbarung, Frau Cordes.« »Bitte dringende Vorsicht, wenn Sie mit Karin Schellhorn sprechen, und um Himmels willen keine Konfrontation mit ihr in Sachen van Deest«, und schließlich: »Verdammt, jetzt habe ich aber die Schnauze voll!«

Danach allerdings hörte Gesine noch einen kleinen, leisen Anruf von Frida und Marta. Sie klangen verzagt, es schnürte ihr den Hals zu. »Gesine, wir möchten wissen, wann du endlich wiederkommst. Und ... überhaupt.«

Sie fasste das Lenkrad fester und trat stärker aufs Gas. Sofort schlingerte der Wagen, und nur mit Mühe fing sie ihn wieder ein.

Geduld und Ruhe. Wenn sie erst den Wald erreicht hatte, würden die Bäume Schutz geben, und der Asphalt würde griffiger sein.

Doch schon klingelte es auf dem Beifahrersitz. Das Handy, ein neuer Anruf, eine unbekannte Nummer. Nicht die Mädchen, auch nicht Marina Olbert, sondern jemand, der nicht in ihrem Adressbuch stand. Wie bei dem letzten Anruf von Nadine Brinkmeyer.

»Hallo?«, rief sie ins Mikrofon.

»Endlich!« Es rauschte und knackte, der Lautsprecher war nicht besonders gut. »Gesine?«

Ihr Herz blieb stehen. »Hannes!« Der Wald war noch sehr weit entfernt. »Hannes, bist du das?«

»Kurz nur ... Prepaid-Karte, aber bestimmt ... Telefonortung, oder meinst du nicht?«

»Leg nicht auf, bitte, tu das nicht!«

Sie ließ den Wagen ausrollen und schaltete das Warnblinklicht ein. »Kann dich kaum verstehen«, hörte sie Hannes sagen, dann nichts mehr.

»Hallo?« Das Geräusch der Scheibenwischer störte, das Gebläse, der Motor, sie stellte alles aus und lauschte. Der Wind rüttelte am Wagen, die Frontscheibe und die Beifahrerseite waren im Nu mit Schnee bedeckt. In der Leitung knackte und rauschte es für einen unerträglich langen Moment, dann meldete Hannes sich erneut.

»Besser?«

»Ja. Du!«

Er war plötzlich so deutlich und nah, dass sie zusammenzuckte, aber nur, um das Handy anschließend noch fester ans Ohr zu drücken. Warum atmete er so laut? War er verletzt? Oder zweifelte er daran, dass es richtig war, mit ihr zu telefonieren?

»Ich will dir helfen«, sagte sie.

»Du klingst so anders«, antwortete er.

»Weil ich durcheinander bin, Hannes. Ich würde gern wissen, wo du bist.«

»Sag schnell, ob du glaubst, dass ich Nadine Brinkmeyer umgebracht habe.«

»Nein!«

»Oder Carsten Schellhorn?«

»Wirklich nicht.«

»Und was glaubt die Polizei inzwischen? Ist sie weitergekommen? Und vor allem: Lässt sie dein Telefon überwachen?«

»Die Polizei ... Ich habe das im Griff, darauf kannst du dich verlassen.«

»Was heißt das?«

»Ich habe einen ziemlich guten Einblick in die Ermittlungen bekommen.«

Er schwieg, und ihre Gedanken jagten. Wenn er bloß nicht auflegte. Sondern ihr vertraute! Sie konnte die Vereinbarung mit der Olbert nicht so schnell erklären, aber sie musste ihm dringend Fragen stellen. Und er musste sie richtig verstehen und antworten.

»Warum bist du weggelaufen?«, fragte sie und ließ die Scheibenwischer laufen, einmal, zweimal, um etwas mehr Licht in den Wagen zu lassen.

»Ich ... Es tut mir leid, wenn du dir Sorgen gemacht hast, aber ich hatte Angst, dass alles immer schlimmer wird. Ich wollte Zeit gewinnen. Einen klaren Kopf kriegen. Die tote Hospitantin ... und du ... das war einfach zu viel, Gesine.«

»Aber ich helfe dir doch. Mir war auch sofort klar, dass man dir die Leiche von Nadine Brinkmeyer untergeschoben hat.«

»Wirklich? Aber mein Alibi ... für den Abend ... Ich war ja gar nicht bis Mitternacht im Büro.«

»Ach, Hannes. Der Pfarrer hat mehrfach bei dir angerufen, und du warst nicht da. Das weiß ich längst.«

»Und es stört dich nicht?«

»Nein. Wir sind alle bestens im Bilde, sogar Marina Olbert.«

»Aber ... der Termin ... das Treffen, für das ich losgefahren bin. Dir ist klar, dass ich es dir einfach nicht sagen konnte?«

Sie zögerte. »Wir sollten darüber reden, wenn wir uns wieder gegenüberstehen.«

»Also bist du sauer. Wie befürchtet.«

»Nein.«

Doch ein Verdacht stieg in ihr auf. Wo er gewesen sein könnte. Warum es ihm unangenehm war, an jenem Abend weggefahren zu sein, in Mordnacht Nummer zwei. Es war abstrus und schrecklich, aber er wand sich, und ihr fiel nur ein einziger Grund dafür ein. Nur ein einziges Treffen, das er ihr peinlich berührt verschweigen würde, und zwar unter allen Umständen.

»Wie bist du denn dahintergekommen?«, fragte er.

Ihr Herz fing an, noch schneller zu klopfen. »Das spielt keine Rolle«, sagte sie und betätigte noch einmal die Scheibenwischer. Die weiße Wüste draußen.

»Ich werde dir alles erklären, Gesine. Und ich hoffe, es bringt uns nicht auseinander. Auch wenn du dir die Zukunft sicher ganz anders vorgestellt hast.«

Die Schellhorn. Es war wirklich wahr! Er war wirklich bei der Witwe gewesen! Und Marina Olbert hatte recht gehabt. Es ging um ein heimliches Treffen, einen diskreten Kontakt. Den Grund für sein auffälliges Verhalten.

»An die Zukunft verschwende ich nicht viele Gedanken«, sagte sie blechern wie ein Automat.

Und Hannes räusperte sich nur. Verlegen natürlich, wenigstens das, wenigstens bekam er einen Hauch der abgrundtiefen Peinlichkeit zu spüren. Peinlich für ihn! Und auch für sie. Denn sie hatte seinen Kuss auf dem Friedhof überinterpretiert.

»Also, Gesine, es tut mir leid, das musst du mir glauben, und es ist auch verrückt, dass ich neuerdings ständig Angst haben muss, die Wahrheit zu sagen. Aber ich habe alles immer nur in bester Absicht getan, und ich wollte dich nie aufregen! Und als ich die Leiche der Hospitantin in meinem Wagen sah, wusste ich, was auf mich zukommt. Dass ich die Wahrheit über den Abend sagen muss, um nicht als Mörder dazustehen.«

»Ja, das hättest du tun sollen. Die Wahrheit sagen.«

»Aber du standest neben mir, und ich konnte dir doch nicht ins Gesicht sehen und dich vor allen Leuten damit konfrontieren. Nicht so aus dem Stand heraus, im Schock, auf dem Parkplatz. Schon allein die Vorstellung hat mich überfordert. Ich konnte nur loslaufen, wie in einer Kurzschlussreaktion.«

Du dicke, schreckliche Katastrophe. Wie blöd war Gesine gewesen? Doch vielleicht …? Sie öffnete die Jacke.

»Du warst nicht zufällig als Geschäftsmann … bei dem Treffen? Also hatte es etwas mit deinen Institutsfinanzen zu tun?«

»Nein, natürlich nicht. Ich trenne das Geschäftliche und das Private, vor allem jetzt.«

Das Warnblinklicht klackte nervenzerreibend. Der Wind pfiff am Fensterrahmen, und weil die Scheiben so schnell verschneiten, machte sich etwas wie Klaustrophobie breit.

Lauter und schärfer als eben sprach Gesine ins Handy: »Ich habe mittlerweile keine Lust mehr auf deine Geschichten. Auch nicht, wenn du mit vollem Körpereinsatz rangehst. Ich bin nämlich die Einzige, die zu dir gehalten hat, jederzeit, angefangen von deiner blödsinnigen Idee mit der Armbanduhr bis hin zu Nadine Brinkmeyer. Aber dass du mich im Dunkeln gelassen hast wegen deiner Besuche am Institut Schellhorn, treibt mich zur Weißglut.«

»Wieso im Dunkeln? Ich habe dir doch verraten, was ich da gemacht habe.«

»Das ist ja wohl absurd.«

»Ich habe dir wahrheitsgetreu geschildert, wie ich an dem Abend, an dem Carsten Schellhorn ermordet wurde, am Wohnhaus geklingelt habe.«

»In Mordnacht Nummer eins, ja. Fehlt da nicht noch was?«

»Ich hatte eine Kapuze auf dem Kopf, ich bin rumgeschlichen wie jemand, der etwas im Schilde führt, das war alles in allem sehr dumm. Reicht das?«

»Ich weigere mich, auf diesem Niveau zu reden.«

»Bitte?« Er wurde hörbar aggressiv. »Ich habe geklingelt, und niemand hat geöffnet, und am Ende bin ich wieder gegangen. Was willst du denn noch?«

Mit einem Hieb stellte Gesine das Warnblinklicht aus. Den Scheibenwischer an. Und aus. Ihr standen Tränen in den Augen, und auf gewisse Weise hätte sie nichts dagegen gehabt, wenn jetzt ein anderes Auto mitten in sie hineingekracht wäre.

Aber draußen schneite es nur, in wuchtigen Massen, und sie umklammerte immer noch das Telefon, anstatt es wegzuwerfen, weil sie trotz allem auf einen neuen Laut von Hannes wartete, auf irgendetwas, ruhig auch etwas Kleines, ein Stöhnen, Seufzen oder kurzes Grunzen, Hauptsache, sie könnte ihm entnehmen, dass das Gespräch ein Missverständnis war.

Und was war es auch für eine bittere Niederlage, sich bei aller Empörung so verschreckt zu verhalten! Ja, es war eine heftige, beißende Schmach, sich immer noch nach ihm zu sehnen. Und nicht nur das. Leider. Denn langsam, Faser für Faser, links in der Brust, riss ihr das Herzgewebe ein. Ging unaufhaltsam kaputt. Genau da, wo es neulich verheilt war.

»Gut. Dann bleiben wir beide bei dieser einen Geschichte«, sagte sie mühsam beherrscht.

»Sag mal, Gesine, heulst du?«

»Natürlich nicht.« Sie hielt den Ärmel unter die Nase, drehte das Telefon vom Mund weg und holte tief Luft: »Es ist auch sowieso besser, wenn ich nicht zu viele Einzelheiten weiß.« Sie wollte weiterreden, und doch nicht reden, wollte ihn hören und ihn gleichzeitig los sein.

Und schwieg.

»Ich weiß nicht«, antwortete Hannes, »hier läuft doch irgendetwas schräg. Gesine. Ist es ... wegen unserer Sache neulich auf dem Friedhof?«

»Ach, Quatsch.«

»Du weißt, was ich meine? Wie wir uns plötzlich ...«

»Nein.«

Er stockte, schrecklich, als ob er sie schonen wollte. Mitleidig. Eklig verständnisvoll und demütigend. So wie auch ihr eigenes andauerndes Lauern eklig war. Dieses Festhalten und Flehen um jeden Preis, diese Sehnsucht, dass alles ein Versehen war und dass er sie mochte.

Aber konnte er überhaupt aus Versehen gehandelt haben? Und wenn nicht: Warum schenkte sie ihm den Raum und setzte nicht einfach einen Schnitt?

»Ich meine nur, Gesine, du hast mich ja genauso ... förmlich in den Arm gerissen, nach all den Jahren. Es war für dich doch auch schön, oder etwa nicht?«

»Schön. Ja.«

»Und jetzt macht es mich ganz konfus, wenn du so sachlich klingst, Gesine. So ... anders.«

Aha. Die billige Tour, als ob sie die Person sei, mit der etwas nicht stimmte!

Sie schnellte nach vorn, als säße sie Hannes leibhaftig gegenüber und könnte zum Angriff übergehen. »Wenn ich dich daran erinnern darf: Es geht darum, dir den Hintern vor der Polizei zu retten. Wie sollte ich da wohl nicht sachlich sprechen? Und außerdem muss ich mich nicht dafür entschuldigen, wenn ich dir zuliebe meine eigenen Gefühle hintanstelle!«

»Tust du das?«, fragte er ebenso erregt. »Welche Gefühle sind das denn, die du meinst zu empfinden? Ich weiß überhaupt nichts davon!«

»Das ist auch besser so!« Sie verlor vollkommen die Beherrschung, aber oh Wunder, es war ihr egal. »Und du kannst sicher sein, Hannes: Wenn wir mit solchen Diskussionen anfangen würden, mit meinen sogenannten Gefühlen, könnte ich dich auch vor der Olbert nicht mehr lange in Schutz nehmen.«

»Und dann?«

»Werden es alle erfahren, wo du an dem Abend gewesen bist, als Nadine Brinkmeyer ermordet wurde.«

»Ja und? Es wäre eine Erleichterung für mich! Denn dann würde ich endlich allen erklären können, warum ich das getan habe.«

»Ach. Erklären? Der Polizei? Würdest du sagen, dass du nicht widerstehen konntest, weil du ja auch nur ein Mann bist?«

»Ich würde sagen, dass ich total bescheuert war, mich sogar als Mörder verdächtig zu machen, und zwar nur, um dir die Wahrheit zu ersparen.«

»Wie reizend, dein Edelmut. Aber dann solltest du auf jeden Fall verschweigen, dass du mich zwischendurch auch noch abgeknutscht hast.«

»Zwischen was?«

»Und wie du das getan hast! So richtig überzeugend warst du, das sollte wirklich keiner wissen.«

Schweigen. Dann wieder Knacken und Rauschen in der Leitung. Und nur das Atmen von Hannes, oder eher das Hecheln jetzt, aber das konnte sie wieder nur ganz schlecht hören, die Verbindung wackelte. »Hallo?«, »Ich …«, und riss ab.

Und war tot.

Entgeistert drückte sie die rote Taste. Ihre Hand zitterte, ihre Knie auch, ihr gesamter Körper wurde von Zorn geschüttelt. Oder von etwas anderem, das schrecklich wehtat und das sie auf keinen Fall ergründen oder vertiefen wollte.

Karin Schellhorn also und Hannes, auf dem weißen Ledersofa, oder vor dem Kamin und auf dem Teppich. Mit oder ohne Leon als Nebenbuhler, das war jetzt auch schon egal.

Oder doch nicht egal, denn auch Leon war ja wohl nur Verfügungsmasse gewesen, benutzt, gebraucht, um von dem eigentlichen Geheimnis abzulenken: der skandalösen Affäre von Hannes mit der Ehefrau seines ärgsten Konkurrenten.

Desselben Konkurrenten, der sterben musste. Aber hier verwirrten sich Gesines Gedanken.

Ebenso bei den Lügen und Ausreden, denen sie ausgesetzt gewesen war. Die ganze Zeit über. Diese infame Heimlichtuerei von Hannes!

Und wie naiv sie gewesen war.

Und wie großartig sich Hannes wohl gefühlt hatte, als sie so gar nichts ahnte, sondern ihm auf dem Friedhof auch noch in die Arme gesunken war. Eine Genugtuung für ihn, vielleicht ein kleiner Triumph nach der langen

Zeit, in der sie ihn nicht erhört und sein Werben nicht beachtet hatte.

Denn er war doch einfach nur ihr Freund gewesen. Und sie hatte, je mehr Jahre ins Land gegangen waren, nicht mehr daran gedacht, dass man sich ineinander verlieben könnte. Und dass Hannes ja auch tatsächlich einmal in sie verliebt gewesen war, ganz zu Anfang, dass sie ihn aber rigoros zurückgewiesen hatte. Damals. Als sie noch bei Sinnen gewesen war.

Warum hatte sie bloß nicht daran festgehalten? Warum hatte sie es so weit kommen lassen, dass er sich an ihr rächen konnte? Denn damals war für sie doch eindeutig Schluss mit dem Thema gewesen, und Hannes hatte sich damit abgefunden, das hatte er jedenfalls gesagt. Er hatte sich sogar so gut damit abgefunden, dass keinerlei Spannung mehr übrig geblieben war. Im Gegenteil. Es war Platz gewesen, so dass sich in Gesine etwas lockern konnte. Ganz unbemerkt und mit viel Zeit. Es hatte sich gelockert, und dann hatte es sich verschoben, leider zu seinen Gunsten. Und es war ihr nicht einmal aufgefallen, nein, sie hatte einfach aufgehört, vorsichtig zu sein, und in aller Naivität registriert, wie anziehend er war. Wie humorvoll und männlich und klug und ehrlich.

Ha! Wem konnte sie am meisten vorwerfen – ihm oder sich selbst?

Und konnte sie es sich eigentlich leisten, sogar jetzt noch ihr Gehirn auszuschalten? Denn wenn sie nicht einmal jetzt darüber nachdenken wollte, was die grauenvolle Affäre für den Tod von Karin Schellhorns Ehemann zu bedeuten hatte, konnte sie sich gleich in ihren Wohnwagen einschließen und nie wieder blicken lassen!

Die Scheibenwischer kratzten. Der Schnee trieb quer über die Straße, das Licht wurde schwächer, der Vorhang ging zu, und Gesine saß starr im Pick-up. Zu schwierig wäre es loszufahren. Zu kompliziert, auch nur das Gebläse anzustellen. Für einige Zeit.

Oder noch einmal das Warnblinklicht: klack, klack, und wieder aus.

Anziehend. Leider. Anziehend, männlich und klug. Und Karin Schellhorn hatte ein Geheimnis, es war lachhaft, dass dieser Gedanke Gesine vor Stunden noch wie ein Ermittlungsschritt vorgekommen war.

Mit Mühe umklammerte sie das Lenkrad. Es tat weh, und es war hässlich, aber sie war es sich schuldig, alles zu Ende zu denken. Alles. Denn wenn es stimmte, dass sie Hannes anziehend und klug fand, schlossen sich für sie automatisch eine Menge Eigenschaften aus, die nötig gewesen wären, ihn für einen Mörder oder für den Mitwisser einer Mörderin zu halten. Insofern blieb alles beim Alten, und man musste es mit dem Wort ›verblendet‹ zusammenfassen.

Oder man sollte sich anstrengen und mit größtmöglicher Nüchternheit berücksichtigen, dass Gesine Hannes immer noch sehr gut kannte. Gekannt hatte. So gut und lange, dass die aktuellen Enttäuschungen und Schmerzen das Vergangene nicht vollständig überwuchern sollten. Oder doch?

Ihr Kopf dröhnte. Sie hob sich halb aus dem Sitz und leckte das Salz von den Lippen. Wo war ihr Ermittlergespür? Wo war der Kern, der immer vorhanden und immer unantastbar gewesen war? In einer fernen Ecke ihres Körpers war doch etwas, das standhielt, das immer heil blieb, egal, was passierte. Wollte sie sich auch dieses Letzte noch kaputtmachen lassen?

Das Scheinwerferlicht konnte das Schneetreiben kaum durchdringen, und erste Verwehungen türmten sich auf der Straße auf. Aber der Pick-up zog nach vorn, langsam und stetig.

25

Vor dem Bauernhof parkte ein Streifenwagen. Es schneite inzwischen seit zwei Stunden so kräftig und mit sich steigernden Schüben, als müsse der Himmel sich erbrechen. Vom Bauerngarten war nichts mehr zu sehen, der Schnee lastete auf allem, hatte sich über Hof und Pflanzen gestülpt, verwirbelte hinterm Streifenwagen, hatte aber auch immerhin die gelben Winterlinge auf der Wiese versteckt und ihr Gift für die nächsten Tage weniger verlockend gemacht.

Der Motor des Streifenwagens lief, der Auspuff qualmte, und Bässe wummerten. Jemand hörte Musik. Gesine konnte nicht wortlos daran vorbeigehen. Es war ja nicht nur eine Umweltsauerei, vor dem Hof die Abgaswolken in die Winterluft zu pusten, sondern es war auch unmöglich, dass überhaupt jemand bei diesem Wetter im Auto warten musste. Vermutlich hatte sich Marina Olbert von einem Streifenbeamten kutschieren lassen und ihn dann nicht in die gute Stube mitnehmen wollen.

Bestimmt war die Olbert darauf aus, sich mit ihr zu streiten. Weil sie seit Stunden vergeblich bei Gesine anrief und weil sie garantiert wissen wollte, wie es bei Karin Schellhorn gewesen war. Bei Karin Schellhorn. Bei Karin. Allein beim Klang des Gedankens fingen Gesines Knie schon wieder an zu zittern.

Sie klopfte auf das Dach des Streifenwagens, und der Polizist hinterm Steuer zuckte zusammen, bevor er die Musik stoppte und die Scheibe keine Zweifingerbreit herunterließ.

»Gesine Cordes? Ich sage drinnen Bescheid.«

»Nicht nötig. Kommen Sie einfach mit mir ins Haus. Doch natürlich, es ist vollkommen in Ordnung.«

In der Bauernhofstube war es warm, und es roch nach Plätzchen. Um den großen Tisch hatte sich eine fröhliche Runde versammelt und spielte ›Mensch ärgere dich nicht‹. Josef, Frida, Marta und Marina Olbert waren vollkommen vertieft, aber dann hob Frida den Kopf und stürmte Gesine entgegen. »Endlich!« Auch Marta wirbelte herum und warf sich in Gesines Arme.

Sie begrüßte Josef und Marina Olbert, aber während Josef zu freundlichen Scherzen aufgelegt war, blieb die Olbert reserviert, hielt sich an ihrem Stuhl fest und tauschte Blicke mit dem Beamten, der sein Erscheinen in der Wohnstube wort- und gestenreich zu entschuldigen versuchte.

Das alles war berechenbar, dachte Gesine, ein klares, vorhersehbares Mit- und Durcheinander auf dem guten alten Hof. Der Kamin bullerte, dass es in den kalten Fingerspitzen stach. Bauer Josef rückte eine Figur auf dem Spielfeld zurecht, als gerade niemand hinsah, und die Mädchen rutschten auf dicken Wollsocken umher und johlten. Die beiden Außenseiter, die viel zu ernsten Halbwaisen.

»Wie siehst du eigentlich aus, Gesine?«, fragte Josef.

Sie verbarg ihr Gesicht, indem sie die Kinder noch einmal an sich drückte. Ganz schwach war ihr zumute, und sie dachte, dass auch das eines Tages vorbei sein würde. Sie roch das Aprikosenshampoo der Mädchen und stellte sich vor, wie alles verflog, alles verrann, alles taub werden würde. Eines Tages würde sie nicht einmal mehr den Griff von Frida und Marta spüren, würde Josefs Stimme nicht mehr hören und sein Lächeln nicht mehr sehen. Würde auch nicht fühlen, dass der Hund um ihre Beine strich, und, das wäre kaum zu ertragen, aber es wäre zwangsläufig so weit: Sie würde niemanden mehr in ihre Arme schließen.

»Oh ja, es ist verdammt ungemütlich draußen«, ließ Marina Olbert sich hören. »Die Kälte beißt auf der Haut.« Und als Gesine aufsah, schaute die Ermittlerin plötzlich so nett zurück, als könne sie ahnen, was in ihr vorging.

Mit Mühe riss Gesine sich zusammen. »Sie möchten wahrscheinlich mit mir reden, Frau Olbert?«

»Wir sollten uns zurückziehen, um die anderen nicht zu stören.«

»Also, ich bitte Sie!« Josef schob dem Polizisten einen Stuhl zu. »Sie setzen sich jetzt zu uns und beobachten, ob die Mädchen sich anständig benehmen, und ich mache in der Zwischenzeit eine heiße Suppe. Wer will vorher einen Punsch?«

Frida und Marta zerrten an Gesines Jacke, und Josef hielt im Nu dampfende Tassen in der Hand, aber Gesine schaffte es, ihn zu vertrösten. Es kostete enorme Kraft, sich von ihnen allen zu lösen, und wenn Marina Olbert nicht so forsch an ihr vorbeigeschritten wäre und sie geknufft hätte, hätte sie es vielleicht gar nicht geschafft. Dabei gab es so viel zu klären, in Bezug auf die Ermittlungen, und dabei war sie vor kurzem noch fast stolz darauf gewesen, den Undercover-Titel zu erhalten.

Sie folgte der Olbert zur Haustür, musste aber auf den letzten Metern von ihr nach draußen geschoben werden wie jemand, über den man das Kommando ergriff.

»Nicht so zögerlich, Frau Cordes!«, sagte die Olbert. »Oder finden Sie mich so schrecklich, weil ich den Kollegen im Auto zurückgelassen hatte? Es gibt halt Gründe zwischen Männern und Frauen, die einen Aufenthalt im selben Zimmer unmöglich machen.«

»Tut mir leid«, antwortete Gesine matt. »Hat der Pfarrer Sie angerufen, Frau Olbert?«

»Nein. Warum sollte er?«

»Oh. Ich dachte, er wollte mit Ihnen darüber reden, was ich über Hannes van Deest weiß und was nicht. Und was ich im Umgang mit Karin Schellhorn alles falsch gemacht habe.« Und zwar schon wieder falsch. Falsch gedacht, falsch eingeschätzt, von falschen Prämissen getragen.

Sie ging ein paar Schritte auf den Stall zu. Der Wind stand frontal auf den Hof und schnitt ihr in die Stirn.

Die Olbert setzte sich eine Fellmütze mit Ohrenklappen auf. »Sie gefallen mir heute Abend gar nicht«, sagte sie.

»Warum sind Sie hier, wenn der Pfarrer Sie nicht angerufen hat?«

»Weil Sie mich penetrant auf Ihre Mailbox umgeleitet haben. Und weil ich Neuigkeiten über den Finger habe, der in Ihrem Reservekanister steckte.«

»Das ist schön.«

»Wir wissen, dass er mit einer Art Bolzenschneider von Frau Jablins Hand abgetrennt wurde. Vielleicht auch mit einer scharfen Astschere, wie man sie in jedem größeren Garten benutzt.«

»Wir sollten das Institut Schellhorn nach einem solchen Gerät durchsuchen.«

»Zunächst müssen wir eine gemeinsame Haltung zur Witwe entwickeln. Auch wenn es Ihnen schwerfällt, wir müssen unsere Erkenntnisse zusammenführen.«

Gesine blickte zum Hof zurück. Aus den Fenstern fiel nur ein jämmerliches Licht in das Schneegestöber. Die Flocken tanzten siegesgewiss zu Boden, als sei nicht jede einzelne von ihnen ein filigranes Gebilde, mit der bloßen Zungenspitze zu zerstören.

»Der Streifenwagen ist bald eingeschneit«, sagte Gesine. »Dann können Sie nicht mehr nach Hause fahren.«

»Auf mich wartet niemand.«

»Und Ihre Arbeit im Präsidium?«

»Ach je.« Fröstelnd raffte die Olbert den Kragen zusammen. »Als Kind war ich einmal bei meiner Oma eingeschneit. Zum Glück hatten wir jede Menge Konservendosen im Keller.«

»Josef könnte Sie mit dem Trecker freischleppen, wenn es hart auf hart kommt.«

»Was ist denn bloß mit Ihnen los? Ich denke, wir sollten unsere Besprechung gemütlich in Ihrem Wohnwagen durchführen.«

Und schon stapfte die Ermittlerin voran, als hätte Gesine ein Startsignal gegeben. Der Schnee reichte der Olbert bis an die Knie, sobald sie auf der Wiese stand, aber mit einer Art Storchengang gelang es ihr, die Hosenbeine trocken zu halten.

Gesine folgte ihr langsam. Sie ging, wie sie immer ging, den Blick fest voraus und in einer eigenen parallelen Spur. Von ihrem Wohnwagen war nur ein dicker Buckel in der weiß-dämmrigen Landschaft zu erkennen. Einsam und unförmig stand er da, das Dach trug schwer, die Deichsel war halb verschüttet worden.

»Wild romantisch!«, rief die Olbert in das Fauchen des Windes. »Jedenfalls, wenn man einen Sinn für Romantik hat.«

»Ziehen Sie die Stiefel bitte draußen aus«, erwiderte Gesine. »Und lassen Sie die Jacke lieber noch an.«

Sie brachte die Heizung im Wohnwagen auf Touren und nahm es hin, dass die Ermittlerin sich setzte und eine Kerze anzündete. Ein heftiger Windstoß ließ den Wagen erbeben, und als die Olbert lachte, war vor ihrem Mund eine kleine Atemwolke zu sehen.

»Fünf Minuten, dann wird es wärmer«, sagte Gesine und stellte eine Flasche Rotwein auf den Tisch, anstatt wie sonst den Teekessel aufzusetzen. Sollte es Probleme mit den Dienstvorschriften geben, würde sie sich nicht darum kümmern.

»Ich bin ja stets auf Ihre Einsilbigkeit gefasst.« Marina Olbert rückte sich auf dem Polster zurecht. »Aber ich weiß auch, dass Sie ein Profi sind. Also: Haben Sie, als Sie bei der Witwe waren, neue Erkenntnisse gewonnen?«

»Ja.« Gesine füllte die Gläser bis an den Rand. »Hannes van Deest hat in der Nacht, in der Carsten Schellhorn ermordet wurde, nicht bei den Schellhorns im Garten gestanden. Und Karin Schellhorn hat auch nicht mit Leon, dem Jungen aus dem Dorf, auf dem Sofa gelegen.«

»Weil?«

»Weil an der Hausecke ein Blumenkübel steht, an dem wohl jemand hängengeblieben ist, und es kann sich dabei nicht um Hannes gehandelt haben. Denn die fragliche Person hat – vermutlich mit ihrer Jacke – ein sehr markantes Blatt vom Kübel mitgerissen, das ich am nächsten Tag auf dem Friedhof gefunden habe. Und Hannes hatte inzwischen seine Klamotten gewechselt.«

»Na also. Es hat sich gelohnt, Sie von der Leine zu lassen, Frau Cordes!«

Die Olbert hob das Weinglas, ohne einen Tropfen zu verschütten, und trank es halb leer. Dann lehnte sie sich zurück und lauschte den Erklärungen.

So ruhig wie möglich beschrieb Gesine die Spur des Himmelsbambus vom Blumenkübel bis zur Friedhofstoilette und erläuterte auch, dass Hannes niemals im Jogginganzug auf den Friedhof ging. Doch jedes Mal, wenn sie seinen Namen erwähnte, spürte sie einen heißen Stich. Dann berichtete sie, dass sie Leon und seinen Großvater aufgesucht hatte, und versicherte, dass sie Karin Schellhorn für gefährlich hielt. Möglicherweise würde die Schellhorn versuchen, Leon zu einer Falschaussage zu zwingen. Mit Geld oder Gewalt.

Marina Olbert jedoch hakte kritisch nach. »Den Himmelsbambus kann ich halbwegs akzeptieren, auch wenn ein Blattfetzen ohne Laboruntersuchung für uns Ermittler kein Beweis sein kann. Aber dass Sie Leon und Hannes automatisch für so unschuldig halten, finde ich voreilig.«

»Es beruht auf Menschenkenntnis. Und weil ich die Witwe kennengelernt habe.«

»Na ja, ein leidenschaftlicher Moment kann einen Mann sehr plötzlich treffen, Frau Cordes, und zwar in den verrücktesten Konstellationen. Am nächsten Morgen mag er sich wundern, wie es dazu kam.«

Gesine biss die Zähne zusammen und schenkte der Olbert nach. »Wenn Sie den Himmelsbambus akzeptieren, gehen Sie doch auch davon aus, dass derjenige, der in Schellhorns Garten war, später auf dem Friedhof zur Toilette musste. Damit ist der Personenkreis eng, Frau Olbert. Im Winter herrscht dort wenig Betrieb.«

»Aber es gab die Trauerfeier für Madeleine Jablin und einen anschließenden Ermittleraufmarsch. Oder in welchen Intervallen wird die Toilette geputzt?«

»Laut Putzplan muss es wirklich der Tag der Trauerfeier gewesen sein, an dem das Nandina-Blatt verloren ging. Aber diese Trauerfeier war klein. Anwesend waren die Sargträger, der Pfarrer und Maurice Jablin als Angehöriger. Später dann, wie Sie richtig anmerken, kamen die Kollegen von der Polizei dazu, und Sie selbst natürlich, Frau Olbert. Aber das lässt sich doch auflisten?«

»Wir Frauen fallen weg, weil wir das Herrenklo nicht betreten. Und leider haben Sie jemanden vergessen: Hannes van Deest. Er saß an jenem Morgen auf dem Friedhofsparkplatz im Auto, versteckt hinter dem Grünzeug.«

»Er hatte sich umgezogen. Warum berücksichtigen Sie das nicht?«

»Weil es noch bewiesen werden muss.«

Gesine unterdrückte einen aufwallenden Schmerz. Es fiel ihr natürlich schwerer als sonst, Hannes treu zu verteidigen. Und zugleich war es nicht möglich zu schweigen, wenn die Ermittlerin ihn mit Verdächtigungen überzog.

»Gehen wir die Leute doch der Reihe nach durch«, beharrte sie. »Was halten Sie von den Sargträgern?«

Die Olbert stieg nur halbherzig darauf ein. »Es sind kräftige, zum Teil attraktive Kerle. Verdacht auf Schwarzarbeit.«

»Könnten es Anwärter auf einen Sofa- oder Terrassenplatz bei der amourösen Frau Schellhorn gewesen sein?«

»Vielleicht.«

»Dann haben wir Herrn Jablin. Er war auf der Friedhofstoilette. Außerdem hat er sich sehr über das Institut Schellhorn aufgeregt, allerdings erst nach der missglückten Trauerfeier und nicht schon einen Tag vorher. Für ihn passt in Bezug auf das Nandina-Blatt die zeitliche Abfolge nicht.«

»Das stimmt, möglicherweise.«

»Und was halten Sie von dem Pfarrer?«

»Gesine.« Die Ermittlerin nahm einen Schluck Wein und wälzte ihn im Mund. »Wir beide gehören nicht zu den Frauen, die ihr Herz leichtfertig verschenken, und ich verstehe, dass Sie immerzu von Hannes van Deest ablenken wollen. Aber bei der Bewertung der Witwe sollten Sie auf sämtliche persönlichen Aspekte verzichten.«

»Was halten Sie von dem Pfarrer, Herrgott noch mal.«

Sie sahen sich an. Die Augen der Olbert funkelten, als mache sich der Wein schon bemerkbar. Aber dann schien sie nachgeben zu wollen. Sie lächelte knapp.

»Herr Faust kennt sich überall gut aus.« Sie stockte, als dächte sie ernsthaft nach. »Er geht offenbar auch im Institut Schellhorn ein und aus. Kommt es Ihnen darauf an?«

Gesine bezähmte sich. »Ich habe den Pfarrer heute schon wieder erlebt. Ich kann mir nicht helfen, aber er hat mir erneut den Eindruck gemacht, als wolle er mir drohen.«

»Ihnen? Bitte, Gesine.« Die Ermittlerin verzog das Gesicht, als habe sie in eine Zitrone gebissen.

»Ja, er behauptet, ich hätte Karin Schellhorn zugerichtet. Was auch immer das bedeuten soll, es kann nur dazu dienen, mich zu beschädigen oder unter Druck zu setzen.«

»Also manchmal könnte man Sie regelrecht rührend finden! Ich denke eher, dass Frau Schellhorn nach dem Gespräch mit Ihnen wahrscheinlich erschöpft war. Das muss der Pfarrer gemeint haben, denn von allem anderen hätte ich gewiss gehört, in Form einer offiziellen Beschwerde oder gar Anzeige. Meinen Sie nicht?«

Gesine drehte sich zum Fenster und hüllte sich in Schweigen. Draußen sauste und brauste es über die Weide, und drinnen war für den weiteren Verlauf der Nacht gar nicht genug Rotwein zu finden. Und dann kam ihr auch noch eine Erinnerung in den Sinn. Grell wie ein Blitz.

Die Gewissheit, dass Hannes manchmal nach Lakritz roch. Und dass im Flur der Witwe eine Schale mit Konfekt stand. Warum hatte sie sich nicht die Zeit genommen, einmal genauer in diese verdammte Schale zu schauen?

Die Ermittlerin klopfte sacht auf den Tisch. »Hätten Sie vielleicht ein Glas Wasser für mich?«

Gesine rappelte sich hoch und holte neue Gläser. »Ich möchte meinen Undercover-Titel zurückgeben.«

»Das ist leider nicht möglich.«

»Doch. Denn es ist meine eigene Entscheidung, wo ich mitmache und unter welchen Umständen ich es tue.«

»Bitte setzen Sie sich wieder.« Die Olbert schien ärgerlich zu werden. »Es sieht Ihnen nicht ähnlich aufzugeben, Frau Cordes.«

»Nein. Aber Sie halten mich doch ohnehin für voreingenommen, und damit erledigt sich alles für mich.«

»Quatsch.« Die Ermittlerin spitzte den Mund. »Aber wenn Sie unbedingt wollen, können wir uns thematisch von Herrn van Deest abwenden. Zum Beispiel frage ich mich, wer eigentlich mit den Steinen nach Ihnen geworfen hat, spätabends am Institut Schellhorn? Wissen Sie das inzwischen?«

»Ja, aber es ist unwichtig.«

»Für mich nicht.«

»Ich vermute, diese Tat kann dem alten Mann zugeschrieben werden. Maurice Jablin. Er war früher ein erfolgreicher Leichtathlet, ein Speerwerfer.«

»Nein!«

»Doch, Frau Olbert. Und ich schätze, er hat sich an dem Abend am Institut Schellhorn aufgehalten, weil er sich Sorgen um die Rechnung gemacht hat. Ich weiß aber genau, dass er harmlos ist, kein Mörder, selbst wenn er sich aggressiv aufführt. Ihm fehlt das Vermögen zu planen.«

Die Olbert nickte übertrieben verwundert. So sehr übertrieben, dass klar wurde, sie hatte sich die Kenntnisse über Maurice Jablin und seine Vergangenheit als Leichtathlet schon selbst angeeignet. Sie war ja auch keine schlechte Ermittlerin, nein, das nicht, nur im zwischenmenschlichen Bereich haperte es extrem. Und jetzt verdunkelte sich ihre Miene schon wieder allzu bedeutungsschwanger.

»Und ... was glauben Sie ... was ist mit unserer Hospitantin Nadine Brinkmeyer passiert?«, fragte sie.

Gesine verschränkte die Arme. »Stopp jetzt! Sie bezichtigen mich einer gefühligen Verblendung einem Ihrer Tatverdächtigen gegenüber und möchten gleichzeitig meine Einschätzung hören?«

»Ich bezichtige niemanden. Und wenn es Ihnen hilft: Ich brauche Sie, Frau Cordes.«

»Sparen Sie sich das. Ihren Umgang mit Komplimenten kenne ich zu gut.«

»Was meinen Sie damit?«

»Sie manipulieren mit Ihrem spärlichen Lob. Merken Sie nicht, wie durchsichtig das ist? Jedenfalls für Menschen, die etwas älter sind, als Nadine Brinkmeyer es war.«

»Frau Brinkmeyer?«

»Tun Sie doch nicht so! Die Hospitantin hat nach Komplimenten gehungert. Sie wollte gefallen, Ihnen auch, Frau Olbert, und nur darum hat sie auf eigene Faust am Institut van Deest recherchiert.«

»Das ist unverschämt!« Marina Olbert wuchs in die Höhe. »Denn Sie vergessen, dass Sie die Erste waren, die Frau Brinkmeyer aufgefordert hat, mehr zu tun, als nötig gewesen wäre. Sie sollte die Sinnfrage stellen, Frau Cordes, oh ja, die Sinnfrage! Was haben Sie ihr denn damit aufgeladen?«

Die kleine Gasheizung knackte, und das Mineralwasser britzelte aufgeregt, so dass kleine Tropfen aus den Gläsern auf den Tisch springen konnten. Gesine und Marina saßen hochaufgerichtet da, wütend, aber auch sprachlos. Nur ihre Fingerspitzen bewegten sich, als gelte es, Waffen zu sortieren.

Nach einer Weile holten sie gleichzeitig Luft. »Wir sollten nicht ...«, sagte Gesine, und Marina im selben Moment: »Warum tun wir uns ...?« Dann brachen sie ab, schwiegen wieder, und Gesine fiel auf, dass Marina dunkelrot anlief. Aus Wut, oder nein, es sah eher aus wie Scham, und das war besonders schrecklich, denn das Moralische war doch kein Hoheitsgebiet, um das man kämpfte oder auf dem ausgerechnet Gesine triumphieren sollte.

Sie beugte sich vor. »Frau Olbert, ich wollte natürlich nicht andeuten, dass Sie am Tod der Hospitantin schuld sind.«

»Danke, Frau Cordes, aber auch ich habe mich im Ton und im Inhalt vergriffen. Wir beide nehmen uns wohl nichts.«

Aber auch das kam schon wieder so prompt und stolz, dass es Gesine förmlich erschlug. Sie nahmen sich nichts? Sie und Marina Olbert? Und dann, was folgte daraus?

Sie sah das Wasser, den Wein, die Ermittlerin in ihrem

Wohnwagen, absurd, und sie fühlte sich so bedrängt von allem, so voll von Vorwürfen, Erinnerungen und Fehlern, dass es bis an die Kante des Erträglichen schwappte. Und darum schien es ihr auch wie eine unvermeidbare Fügung, den Überlauf zu nutzen. Endlich einmal. Sie schluchzte.

Marina berührte ihre Hand. »Wissen Sie, ich kam mir neben Nadine Brinkmeyer fast ein wenig abgehalftert vor.«

»Wieso das denn? Mir war Nadine zu forsch«, erwiderte Gesine.

»Nein, sie war bloß jung. Aber sie hat mir das Gefühl vermittelt, in meinem eigenen Leben alles verpasst zu haben. Die Jugend vergeigt zu haben und nur noch auf einen Rest von bitteren Jahren zu blicken.«

»Tja, so kann man zur Projektionsfläche werden.« Gesine lächelte sparsam unter ihren Tränen. »Aber es stimmt. Ich hätte in ihrer Anwesenheit auch mal besser die Klappe gehalten, anstatt ungebetene Ratschläge zu geben.«

»Also sind wir Nadine beide etwas schuldig.«

»Nein. Nicht direkt, finde ich.«

Die Olbert seufzte. »Aber uns selbst sind wir schuldig, dass wir den Mord an ihr aufklären.«

»Ich brauche doch keinen besonderen Antrieb, um einen Mord aufzuklären. Für mich ist das selbstverständlich. Und schuldig muss ich mich dazu erst recht nicht fühlen.«

Gesine konnte mit ansehen, wie die Olbert sich zusammenriss. Ihre Lippen waren schmal, ihre Schultern verspannt. Und sie hatte es ja wirklich nicht leicht.

»Entschuldigung«, sagte Gesine.

»Halten wir fest, dass Nadine auf eigene Faust am Institut van Deest recherchieren wollte«, sagte Marina. »Wobei wir auch noch einmal erwähnen müssen, dass Hannes van Deest zu seinem Alibi zunächst eine falsche Angabe gemacht hat. Er behauptete, er sei bis gegen Mitternacht im Büro gewesen, also in Tatortnähe, tatsächlich aber war er unterwegs.«

»Das ist bekannt!« Und würde nie mehr diskutiert werden.

»Mehr als bekannt«, die Olbert blieb ruhig. »Es ist sogar bewiesen. Van Deests Handydaten bestätigen, dass er am Tatabend die Innenstadt verlassen hat.«

»Sie haben sein Handy überprüft?«

»Zu seinem Besten, wie Sie merken. Denn wer nicht in Tatortnähe war, ist weniger verdächtig. Oder?«

Gesines Herz klopfte unregelmäßig, ein ekelhaftes Gefühl in der Brust. Sie stand auf. Es wusste also inzwischen jeder Bescheid, zumindest Marina wusste es, und auch der ein oder andere Kollege bei der Polizei würde es wissen, dass Hannes bei der Schellhorn gewesen war. Es würde auch nicht mehr lange dauern, bis man es ihr genüsslich unter die Nase rieb: Hannes war auch in Mordnacht Nummer zwei ins Bergische gefahren.

»Zurück zu Nadine Brinkmeyer«, sagte sie hastig. »Der Täter könnte doch gezielt das Institut van Deest aufgesucht haben, weil er wusste, dass Hannes nicht da war.«

»Könnte, hätte, wollte.«

»Ich habe bei meinen Undercover-Ermittlungen den

Eindruck gewonnen, dass die beteiligten Personen mehr miteinander zu tun haben, als wir zu Anfang dachten.«

»Van Deest und Karin Schellhorn?«

Gesine achtete auf ihren kühlen Ton: »Führen wir uns als Ermittlerinnen den ersten Mord vor Augen. Der Täter hatte Carsten Schellhorn erstochen und ihn an Stelle von Madeleine Jablin in den Sarg gelegt. Jetzt hatte er aber immer noch ein Problem, er hatte nämlich eine Leiche zu viel am Hals. Madeleine Jablin musste noch weggeschafft werden. Ihr Körper war leicht, sie war besser zu transportieren als der schwere Carsten Schellhorn, aber es blieb die Frage: Wohin mit ihr? Da kam der Täter auf die Idee, die Leiche im Bestattungsinstitut von Hannes zu entsorgen.«

»Eine irritierende Überlegung«, meinte die Olbert. »Ein Mordopfer zu einem Bestatter zu bringen.«

»Es wäre aber plausibel, denn alles würde zusammenpassen. Der Täter nahm die Leiche von Madeleine Jablin und tauchte mit ihr im Hinterhof des Instituts van Deest auf. Aber er wurde von Nadine Brinkmeyer überrascht, die an diesem Abend recherchieren wollte. Der Täter entschied, auch noch Nadine zu töten, um nicht aufzufliegen.«

»Sie denken an einen Täter mit extremer Gewaltbereitschaft?«

»Oder an einen Täter, der besonders viel zu verlieren hat. Der zum Beispiel ein hohes Ansehen genießt und dessen Lebenswerk auf dem Spiel steht.«

»Na ja, er scheint zumindest Erfahrungen mit schwierigen Lagen zu haben, denn er konnte nach seiner Gewalttat immer noch planvoll handeln. Wenn man Ihrer Theorie folgt, Frau Cordes, hat der Täter ja spontan und sehr klug beschlossen, Nadine in van Deests Leichenwagen zu legen und Madeleine Jablin, die er eigentlich loswerden wollte, wieder mitzunehmen.«

»Exakt. Es könnte sogar bedeuten, dass er den Körper von Madeleine immer noch bei sich hat.«

Gesine spürte, dass sie richtiglag, und sie sah nur mit Unwillen, dass die Olbert beharrlich die Stirn runzelte. Vielleicht ging es der Ermittlerin gegen den Strich, dass sie die Zusammenhänge nicht von allein begriff. Oder dass Hannes zunehmend entlastet wurde. Aus polizeilicher Sicht.

Und richtig, die Olbert zog noch einmal alles in Zweifel: »Frau Cordes, woher soll der Täter gewusst haben, dass Herr van Deest nicht in seinem Institut war? Ich meine, van Deest wird kaum an die große Glocke gehängt haben, was er an jenem Abend vorhatte.«

»Der Täter wusste es, weil er mit Hannes telefonieren wollte und ihn nicht immer erreicht hat«, sagte Gesine und war davon selbst überrascht. So fühlte es sich an, zu kombinieren und zu lösen. So selbstverständlich und sicher, und die Wahrheit drängte sich plötzlich auf.

Marina Olbert dagegen hielt angespannt ihr Glas umklammert. Nicht das Wasserglas, sondern jetzt wieder das Glas mit Wein, und ihre Miene war weiterhin skeptisch.

»Falls Sie auf Pfarrer Franz Faust anspielen, Frau Cordes, müssen Sie mir viel erklären. Der Pfarrer soll also die Leiche von Madeleine Jablin gehabt haben?«

»Warum nicht? Weil er ein Pfarrer ist?«

»Und er soll mit der Leiche in die Stadt zum Institut van Deest gefahren sein, obwohl er sich mit den Instituten im Bergischen viel besser auskannte, weil sie in seiner Gemeinde liegen und er dort bessere, weil geläufigere Chancen zur Entsorgung gehabt hätte?«

»Vielleicht hatte Franz Faust geplant, Hannes ins Zwielicht zu setzen. Denn Hannes hatte sich in den Augen der Polizei im Mordfall Schellhorn ohnehin verdächtig gemacht. Jetzt wollte der wahre Mörder ihm auch noch die Leiche Jablin unterschieben, und dann wäre für Sie als Ermittlungsleiterin alles klar gewesen.«

»Nichts da. Zu diesem Zeitpunkt wusste noch niemand, dass wir van Deest verdächtigt haben! Der Mörder konnte diesen Plan also nicht stricken.«

»Niemand wusste davon? Auch der Pfarrer nicht? Oder ... Karin Schellhorn?«

»Nein, Frau Cordes! Nur meine Kollegen im Präsidium und ich hatten sich schon mit van Deest beschäftigt. Aber die öffentliche Fahndung und die breite Befragung von Zeugen in Sachen van Deest haben wir erst in die Wege geleitet, nachdem Nadine Brinkmeyer tot war.«

Unmöglich. Gesine stellte das Fenster auf. Es konnte sich doch nicht so richtig anfühlen und gleichzeitig so falsch sein! Der Wind fauchte, sie hielt das Gesicht in den kalten Zug, bevor sie weitersprach.

»Wissen Sie eigentlich, welches Geschäftsmodell Pfarrer Faust mit Carsten Schellhorn entwickelt hatte?«, fragte sie barsch. »Immer dann, wenn er als Geistlicher an ein Sterbebett gerufen wurde, hat er Schellhorn informiert und ihm einen Vorsprung vor den anderen Bestattern verschafft.«

»Ach.«

»So ist Schellhorn auch an den Auftrag Jablin gekommen. Ich denke, Faust wird dafür eine Provision kassiert haben.«

»Das wäre unglaublich und für uns leicht feststellbar. Allerdings würde es dagegensprechen, dass der Pfarrer der gesuchte Täter ist. Denn warum sollte er Schellhorn ermorden, wenn der Bestatter für ihn eine lukrative Einnahmequelle darstellte?«

»Verdammt, Frau Olbert. Ich weiß, dass es Hemmungen gibt, gegen einen Pfarrer zu ermitteln.«

Und dass die Polizei immer im Kriechgang bleiben würde. Sich millimeterweise durch alle Bedenken hindurchquälen, durch Gegenargumente und Scheinsorgen wühlen würde, während der gesunde Menschenverstand längst an Ergebnissen kratzte.

Marina Olbert erhob sich aus der Sitzecke und trat zu Gesine. »Verlassen Sie sich darauf, ich habe keine Hemmungen. Aber ich weiß auch, dass der Staatsanwalt nach einem Motiv fragen wird, und darauf muss ich eine Antwort haben – ich! Und nicht Sie.«

Für eine Sekunde sah es so aus, als wolle sich die Ermittlerin mit einer Umarmung von Gesine verabschieden. Aber dann griff sie doch zu ihrer Jacke und drückte die Wohnwagentür auf. Drüben in der Hofeinfahrt, hinter dem Vorhang aus Schnee, sah man die Scheinwerfer des Streifenwagens leuchten. Der Kollege wartete wieder.

Gesine sah der Ermittlerin nach, ihrem Storchengang,

ihrer Fellmütze, an deren Rand die Haare flatterten wie helle Wimpel. Und sie dachte, wie viel einfacher die Olbert es hatte, den Fall zum Feierabend liegen zu lassen, während sie selbst noch eine schwierige Strecke zurücklegen würde. Ja, sie würde sich noch heute Abend desensibilisieren. Sich eingewöhnen. Mit dem Umstand umgehen lernen, dass Hannes in der ersten und in der zweiten Mordnacht am Institut Schellhorn gewesen war. Es würde sehr wehtun, und es würde vielleicht die letzte Kraft kosten, intensiv über diese Besuche nachzudenken. Aber hier, und zwar nur hier, konnte Gesine die Erklärung dafür finden, warum Hannes ins Zwielicht geraten war.

Winterlinge

Hahnenfußgewächs, beliebt als erste Frühlingsblume.

5 bis 20 cm hoch, tritt oft in Mengen auf.

Gelbe Blüte ab Januar, öffnet sich bei Sonne, auch im Schnee.

Blüten einzeln an je einem dicken Stängel, 2,5 cm Durchmesser.

Meist sechs glänzende Hüllblätter.

Laubblätter erscheinen erst nach der Blüte, handförmig geteilt.

Pro Blüte 4 bis 8 Balgfrüchte, Stiel bis 1 cm lang, Balgfrüchte bis 1,5 cm. Mehrere Samen pro Frucht.

Stark giftig.

Gift enthalten in allen Pflanzenteilen, vor allem im Rhizom.

Glykoside, Khellinin.

Übelkeit, Erbrechen, Koliken, verlangsamter Puls, Atemnot, Herzschwäche, Herzstillstand.

Künstliches Erbrechen, Kohlegabe, Herz überwachen, Notarzt.

26

Die Männer im Räumfahrzeug hatten Spaß. Es kam nicht häufig vor, dass die Natur sie in so enormer Weise herausforderte, und es mochte die Arbeiter zufriedenstellen, dass der Schnee in einer außergewöhnlich dicken, stetigen Fontäne zur Seite flog. Die Maschine dröhnte, die riesigen Reifen gruben sich voran, und der eiserne Pflug zwang die weißen Massen unerbittlich zur Seite. Und hinter dem Fahrzeug, mitten in der frisch geräumten Spur, schlich der Streifenwagen der Polizei bergan. Immer weiter, immer höher stieß Marina ins Bergische vor, persönlich hinterm Steuer.

Es war ein spontaner Gefallen, den die Männer ihr erwiesen, der blonden Kommissarin. Aber es spielte natürlich auch eine Rolle, dass sie einen von ihnen wiedererkannt hatte, als sie das Räumfahrzeug mitten in der Nacht anhielt. Er war als Sargträger auf Madeleine Jablins Trauerfeier gewesen, tatsächlich als Schwarzarbeiter, und als Marina ihn jetzt wiedertraf, in seinem angestammten Beruf beim Räumdienst der Stadt, stand ihm sofort die Panik in den Augen. Er musste nicht lange überlegen, ob er für die Polizei einen Umweg fahren würde, sondern startete durch, und Marina war zufrieden. Sie brauchte eine unbürokratische Möglichkeit, durch die Schneewüste ins Bergische zu gelangen, dringend und sofort.

Im Zuckeltempo erreichten sie das Dorf, das Räumfahrzeug stoppte, und Marina konnte den Männern ein Zeichen zum Abschied geben. Als das orangefarbene Warnlicht im Flockengestöber verschwunden war, ließ sie den Streifenwagen an Ort und Stelle stehen, nahe der Gaststätte. Sie würde bald Verstärkung aus dem Präsidium anfordern, und dann könnte sich jemand um das Auto kümmern, das in den nächsten Stunden zweifellos unter einer weißen Decke verschwinden würde.

Sie hatte es eilig. Die Lösung der Mordfälle drängte sich näher, aber bevor sie zugriff, musste sie die Zusammenhänge ergründen, die Gesine Cordes angedeutet hatte. Was war mit dem Pfarrer los? Hatte Marina wirklich etwas übersehen? Etwas, das Gesine aufgefallen war?

Franz Faust hatte sich nach dem Tod von Carsten Schellhorn fürsorglich um die Witwe gekümmert. Er hatte sogar geschäftliche Belange für sie geregelt, indem er half, das Auftragsvolumen abzubauen, Kunden auf Konkurrenzbetriebe zu verteilen und Frieden in der Bestatterszene zu schaffen. Insgesamt war er Marina sehr engagiert vorgekommen. Wenn es allerdings stimmte, dass er ständig Hintergedanken hatte, und wenn er im Umfeld der Morde etwas vertuschen wollte, weil er sich gemeinsam mit Carsten Schellhorn an den Todesfällen der Region bereichert hatte, dann musste eine neue Bewertung her.

Mit seiner Friedensmission könnte Franz Faust versucht haben, sich bei verschiedenen Bestattern einzuschleimen, damit ihn niemand anschwärzte. Vielleicht hatte er sich gedacht, dass sein unethischer Umgang mit Sterbenden schon allseits aufgefallen war – und dass nur Marina sich von ihm so vorzüglich blenden ließ. Und wie stand er eigentlich zu Karin Schellhorn?

Marina rekapitulierte den Morgen, an dem sie dem Pfarrer unverhofft vor dem Institut van Deest begegnet war. Er hatte behauptet, van Deest geschäftlich besucht zu haben. Angeblich hatte er zuvor mit Karin Schellhorn über die schwierige Lage der kleinen Unternehmen gesprochen und war mit ihr übereingekommen, Hannes zu helfen.

Wenig später hatte die Witwe denselben Vorgang allerdings ganz anders geschildert. Ihrer Aussage zufolge hatte der Pfarrer eigenmächtig gehandelt, als er Hannes aufsuchte. Sie hatte sich sichtlich darüber geärgert und war nicht damit einverstanden gewesen, ausgerechnet van Deest zu unterstützen.

Marina waren die Widersprüche in der Darstellung aufgefallen, aber sie hatte eher dem Pfarrer geglaubt als der Witwe. Möglicherweise ein Fehler? Aus einer persönlichen Antipathie gegen die Witwe heraus? Wenngleich ihre Antipathie nicht so stark gewesen sein dürfte wie das, was Gesine Cordes empfunden haben musste. Nicht so stark, und somit nicht so hinderlich.

Karin Schellhorn war Marina wie eine oberfrustrierte Frau vorgekommen. Sie zeigte alle Symptome einer missglückten Affäre, bog sich die Vergangenheit zurecht und ließ sich gehen. Aber vielleicht hatte sie gar nicht immer dann gelogen, wenn man es dachte, und auch nicht immer dann die Wahrheit gesagt, wenn es so schien? Sondern vielleicht war stattdessen der Pfarrer derjenige, der die Strippen zog, und Marina hatte die Lage nicht überblickt.

Es könnte Geldgier im Spiel gewesen sein, und nur wenig oder überhaupt kein sexuelles Begehren. Einzig ein Geflecht aus Bestattungsaufträgen und fiesen Geschäften mit Hinterbliebenen. Und in einer Nische, irgendwo zwischen den Maschen des Geflechts, hing Hannes van Deest. Aber wo und wie? An der Seite des Pfarrers? Eher als an der Seite der Witwe?

Nein, nein, nein! Marina knirschte mit den Zähnen. Sie kam ja ganz durcheinander. Und das war nur Gesines Schuld. Denn selbst wenn es richtig sein mochte, den Pfarrer bei den Ermittlungen neu einzuordnen, sollte Marina doch an einer eigenen These festhalten: Der Täter, zumindest für den ersten Mord, war weiblich. Eine Täterin hatte Carsten Schellhorn erstochen, das hatte Marina bereits bei der Obduktion vermutet, und diese Vermutung war etwas wert. Eine gestützte Intuition, eine begründete Annahme einer erfahrenen Mordermittlerin, da brauchte sie ihr Licht überhaupt nicht unter den Scheffel zu stellen. Nur weil Gesine Störfeuer zündete. Das Einzige, was sie zu tun hatte, und zwar noch heute Nacht, war – und dieses Bild gefiel ihr gar nicht –, die Brandgefahr von Gesines Gedanken zu überprüfen.

Marina suchte neben der Gaststätte die Klingelschilder ab und schellte an der Wohnung Blumenberg. Erstaunlich, wie schnell der Türsummer ertönte. Als habe man um diese Uhrzeit jemanden erwartet. Und der alte Herr Blumenberg kam ihr sogar auf der Treppe entgegen: »Was ist mit Leon?«, rief er und sah beängstigend blass aus.

»Ihr Enkel ist nicht zu Hause?«, fragte sie zurück, fing den Mann auf, bevor er stolperte, und stützte ihn auf dem Weg wieder hoch in die Wohnung.

Leon war seit Stunden fort. Er hatte sich zuvor mit dem Großvater gestritten, weil ihn das, was die Witwe Schellhorn über ihn und das Sofa in der Gegend herumerzählte, unheimlich aufregte. Er hatte sich zu der Aussage verstiegen, seine Ehre sei beschmutzt, und als der Großvater ihm erklärt hatte, dass die wahre Ehre eines Mannes in anderen Gefilden angesiedelt sei als in den Phantasien mittelalter, verwöhnter Frauen, war Leon aus der Wohnung gerannt. Ohne Jacke, ohne Handy und ohne Geld. Dafür mit Wut aufgeladen bis in die Haarspitzen.

»Sie denken, er wollte sich zum Anwesen der Schellhorns durchkämpfen? Im Pullover im Schnee?«, hakte Marina nach.

»Nein«, entgegnete Herr Blumenberg aufgeregt. »Ich denke, er ist ins Pfarrbüro gelaufen. Ich Esel habe ihm nämlich auch noch verraten, dass ich seinetwegen bei Pfarrer Faust gewesen bin.«

»Ach, verdammt!«

»Wirklich, Frau Olbert, der Katholizismus ist keine friedliche Religion, und es stört mich, welche Macht die Kirche in unserem Dorf hat. Aber ist es so schlimm, den Pfarrer um Hilfe zu bitten?«

Marina ließ sich auf den Küchenstuhl sinken. »Nein,

Herr Blumenberg, aber bitte erzählen Sie der Reihe nach, was vorgefallen ist.«

Der Alte war viel zu verstört. Riss sich zusammen, zitterte aber vor Anstrengung, sich hilfreich zu erinnern. »Leon war kein Messdiener, natürlich nicht«, sagte er. »Aber Franz Faust hatte ihm persönlich zur Bar-Mizwa gratuliert. Und darum bin ich davon ausgegangen, dass dem Pfarrer etwas an dem Jungen liegt. Und nachdem Frau Cordes uns heute aufgesucht hatte, bin ich ins Pfarrbüro gegangen und wollte Unterstützung finden. Gegen die da oben.«

»Das war im Prinzip ein logischer Einfall.«

»Ich habe mich vertan! Der Pfarrer hat sich hinter die Witwe Schellhorn gestellt. Er hat mir ins Gesicht gesagt, mein Enkel hätte sich an der Schellhorn vergriffen. Mir ist fast schwarz vor Augen geworden.«

»Gut. Aber diese Vorwürfe gegen den Jungen sind nicht neu.«

»Doch! Franz Faust behauptet, von den Übergriffen zu wissen. Zu wissen! Er könnte persönlich eine eidesstattliche Versicherung dazu abgeben, als Zeuge. Und dass Leon hart bestraft werden müsste.«

»Eidesstattlich? Persönlich? Er war doch gar nicht dabei!«

»Sagen Sie es schon: Es war falsch, das alles Leon zu erzählen.«

»Nein, aber es war ganz schön mutig, dass Leon daraufhin tatsächlich zum Pfarrer aufgebrochen ist.«

Der Alte nahm sich nun auch einen Stuhl, verfehlte aber beinahe die Sitzfläche und versank anschließend in kummervollen Gedanken. Bei Marina dagegen hatten sich die letzten Adrenalinschleusen geöffnet. Sie telefonierte mit dem Präsidium und gab eine Suchmeldung nach Leon in Auftrag. Der Alte beschrieb den Pullover, in dem der Junge unterwegs war, und sie leitete ein Foto von ihm an die Kollegen weiter. Für alle Fälle ließ sie auch den Staatsanwalt wecken, damit geklärt wurde, ob man das Institut Schellhorn oder sogar die Pfarrei durchkämmen könnte. Als sie aber merkte, dass der Behördenweg noch einige Zeit in Anspruch nehmen würde, ebenso wie die Organisation schneetauglicher Polizeifahrzeuge mitten in der Nacht, machte sie sich selbst auf den Weg, entschlossen und konzentriert. Den Großvater ließ sie in der Wohnung zurück.

Es schneite etwas weniger, dafür hatte der Frost noch angezogen. Das Dorf lag wie erstickt unter dem pludrigen Polster, und Marina sog die Luft unwillkürlich tiefer in die Lungen. Es kribbelte in den Schleimhäuten, sie fühlte sich aufgeputscht. Ab jetzt kam es nur noch auf sie an. Auf die Ermittlungsleiterin der Mordkommission. Sie würde den Pfarrer aufschrecken und ihm erläutern, dass einzig die Polizei für Strafen zuständig war, solange man auf Erden wandelte. Und dass Meineid eine Straftat war. Und dann würde sie Leon finden.

Der Vorteil von Schnee war, dass niemand umherschleichen konnte, ohne Spuren zu hinterlassen, und derzeit waren die Straßen und Wege im Dorf unberührt. Die Häuser lagen im Dunkeln, und es gab kein einziges Geräusch außer dem Rascheln von Marinas Jacke und dem leichten Knatschen der Stiefel.

Sie kam zügig voran. Der Kirchturm diente als Orientierungspunkt. Er trug eine weiße Mütze wie im Märchenbuch, und als sie das Pfarrhaus erreichte, war auch hier manche Hässlichkeit der Siebzigerjahre verdeckt. Doch sie ließ sich nicht irritieren. Es hieß aufpassen, sich genau umsehen. Wann war zuletzt jemand vor der Haustür von Pfarrer Franz Faust gewesen? Konnte sie unter der obersten Schneeschicht Leons Fußabdrücke entdecken?

Sie fächelte mit der Hand über den Boden, um die lose Schicht aufzuwirbeln. Es gab tatsächlich Fußspuren darunter, aber das Licht des Handys war zu grell, um Feinheiten zu erkennen, und die Tritte waren zu zahlreich, um sie auf die Schnelle auseinanderzuhalten.

Sie drückte die Haustürklingel. Niemand öffnete, auch nicht nach dem zweiten und dritten Mal. Es war zu spät.

Sie suchte nach der Telefonnummer von Franz Faust und rief bei ihm an, sie hörte es sogar im Haus läuten, aber niemand nahm ab. Da atmete sie durch, blieb mit den Füßen am Fleck, um so wenig neue Spuren zu machen wie möglich, und wusste, dass es schwierig werden würde.

Was sollte sie zuerst tun? Den Pfarrer zum Gespräch zitieren oder nach Leon suchen? Oder gab es eine sinnvolle Handlung, bei der sie zwei Fliegen mit einer …

Sie lauschte. War da eine Bewegung? Nichts. Alles war starr, und auch die Verstärkung aus dem Präsidium blieb noch für lange Zeit aus. Na gut, sie würde zunächst die Rückseite des Hauses in Augenschein nehmen.

Vorsichtig stapfte sie durch den Garten. Wo der Weg verlief, war nicht auszumachen, denn wo andere Leute

Bewegungsmelder und Strahler installiert hätten, vertraute der Pfarrer offenbar auf Gott.

Oder aber er hatte sich in weiser Voraussicht keine Lampen anbringen lassen, um selbst die Möglichkeit zu haben, im Dunkeln herumzuschleichen. Nachts das Haus zu verlassen oder spät nach Hause kommen zu können, ohne von den Nachbarn bemerkt zu werden.

Der Garten hinter dem Haus war klein und rechteckig, am Ende war so etwas wie ein Schuppen zu sehen. Der Boden davor sah uneben aus, vielleicht zerwühlt, das würde man später noch gründlich betrachten. Zunächst aber wollte Marina dicht am Haus bleiben. Ein paar Stufen führten zur Terrasse hoch, überwölbt vom Schnee, und wie sie wusste, befand sich unter solchen Stufen häufig ein Hohlraum. Sie selbst hatte bei ihrer Oma unter der Treppe gerne Verstecken gespielt, und so traute sie auch dem Jungen zu, sich jetzt dort verkrochen zu haben.

Aber bei dem Wetter?

Sie bückte sich. Ja, unter den Stufen war Platz, und nein, Leon hockte nicht hier, sondern hier war etwas anderes gelagert, das fast den ganzen Raum einnahm. Etwas, das in eine Plastikplane eingehüllt war. Hart, groß, aus Metall, Holz, oder aber nur hart gefroren. Und es war zu schwer, um es hervorzuziehen.

Und wenn es doch der Junge war? Nur tot?

Aber nein, Marina atmete durch, es gab an der Treppe doch gar keine menschlichen Spuren. Auch nicht unter der obersten Pulverschicht, seit Stunden war dieser Boden nicht mehr betreten worden.

Trotzdem löste sie ihre Waffe aus dem Holster. Zögernd, denn eine Waffe zu halten zweigte auch immer etwas Aufmerksamkeit ab.

Mit der freien Hand aktivierte sie die Taschenlampe des Handys. Da! Etwas lief von den Stufen weg, nach hinten, leichtfüßig über den Schnee. Eine Ratte. Und noch eine hüpfte hervor, hielt inne, rote Augen im Kegel des Lichts. Schnurrhaare, an denen etwas Bröckeliges klebte. Und das Plastik knisterte von neuem verstörend, eine dritte Ratte rannte davon.

Marina legte die Waffe weg, nahm den Autoschlüssel und riss ein kleines Loch in die Folie. ›Eins eins null‹, dachte sie und pulte die Plane auseinander. ›Eins eins null, sobald ich mir sicher bin.‹

Und dann kam etwas Gewölbtes zum Vorschein. Eine Wange, dunkelfleckig und stumpf. Ein Wust grauer Haare stand daneben, und ein Unterarm, der unnatürlich hochgebogen war. Marina hielt die Luft an und leuchtete tiefer in die Folie hinein. An der Hand der Leiche fehlte ein Finger, die Wunde war schwarz und trocken.

Sie blieb in der Hocke und stützte sich im Schnee ab. Die Bisswunden setzten ihr zu, die Fraßspuren im Gesicht von Madeleine Jablin. Und das überwältigende Entsetzen, Pfarrer Franz Faust dermaßen unterschätzt zu haben. Den Kirchenmann, den gierigen Priester. Wem galt seine Gier?

›Eins eins null‹, dachte sie wieder und stand mühsam auf. Ihr war schwindelig, und sie hatte die Waffe auf dem Boden vergessen, irgendwo im Schnee. Das war ihr noch nie passiert.

So wie es ihr noch nie passiert war, Gewaltverbrecher

so krass zu verkennen. Nach einer Liebesgeschichte zu suchen, wo ... ja, was denn eigentlich ... wo es um etwas anderes ... aber um was? Und wäre es nicht mal wieder angebracht, Undercover-Gesine zu informieren?

Ja. Später zumindest, wenn die Reihenfolge eingehalten ... und die Waffe wiedergefunden ...

Da hörte Marina jemanden hinter sich. Drehte sich ein wenig taumelnd um und erkannte, dass die Schritte zu schnell auf sie zukamen, um harmlos zu sein. Und schon war es wieder zu spät. Sie drückte nur noch reflexhaft die Notruftaste auf ihrem Handy und hob die andere Hand zum Schutz, da spürte sie schon den scharfen Luftzug, als der Fremde einen großen Gegenstand hochriss, hoch über ihren Kopf. Sie sah den Schatten oben, und dann von den Seiten den ganz großen Vorhang. Sadistisch langsam zog er sich zu.

27

Gesine stand im dunklen Garten vor Karin Schellhorns Wohnzimmer. Sie stand dicht an der Hauswand, neben sich den Kübel mit dem Himmelsbambus, der sich unter der Schneelast bog, über sich eine drohende Lawine, die halb vom Dach gerutscht und halb an der Rinne hängengeblieben war, und vor sich sah sie das unangenehm hell erleuchtete Zimmer.

Von Karin Schellhorn waren nur die Beine zu erkennen, die hinter dem Sofa hervorguckten. Die Seidenstrumpfhose war zerfetzt, und um die Fußgelenke war graues Klebeband gewickelt. Die Füße selbst wirkten nass und schmutzig, so als wäre die Witwe zuletzt ohne Schuhe draußen unterwegs gewesen.

Die Beine bewegten sich nicht, oder genauer gesagt: In den drei bis vier Minuten, die Gesine bisher auf dem Beobachtungsposten verbracht hatte, hatten sie sich nicht bewegt. Die Witwe konnte tot oder schwer verletzt sein, oder sie hatte einfach nur aufgegeben, sich gegen die Fesseln zu wehren, und war schlaff zu Boden gesunken.

Gesines Herz raste. Sie war drauf und dran, die Scheibe

einzuschlagen und der Schellhorn zu Hilfe zu eilen. Auch wenn sie nicht herausfinden konnte, ob ein Täter im Wohnzimmer lauerte, die Ecken waren nicht einsehbar. Aber die Schellhorn brauchte Hilfe, daran gab es kaum einen Zweifel.

Sie setzte an. Hob den Arm, winkelte den Ellbogen ab – und zögerte. Sah genauer hin und war schockiert. Duckte sich geschmeidig weg, wieder zum Himmelsbambus zurück, und lief dann, ohne es kontrollieren zu können, noch tiefer in den Garten hinein. Die Dunkelheit umschloss sie wie Packeis.

Es herrschte Not. Drinnen. Und ja, sie musste helfen, sie war die Einzige, die einschreiten konnte, aber sie wusste nicht mehr ... Oder hatten ihre Augen sie getäuscht?

Verkrampft, wie mit einer Bleiweste bekleidet, schlich sie zur Terrasse zurück. Wagte kaum, wieder ins Wohnzimmer zu sehen, musste aber klug sein und alles bedenken, sollte sich auch lieber bewaffnen, zum Beispiel mit einem Stein, aber es half ja letztendlich nicht! Sie stand da, mit hängenden Armen und hämmerndem Herzschlag, und blinzelte ins Licht.

Über der Sofalehne von Karin Schellhorn hing ein Mantel. Braun meliert, ein feiner, doch auch starker Stoff, und es war unwirklich, hier, jetzt, heute Nacht vor der Scheibe, aber Gesine wusste, wie der Stoff sich anfühlte, wenn man mit den Lippen darüberstrich. Sie wusste auch, wie er roch, neulich auf dem Friedhof nach Sandelholz und oft auch ein ganz klein wenig nach Lakritz. Der Mantel von Hannes. Auf der Sofalehne der Schellhorn. Während die Schellhorn selbst gefesselt am Boden lag.

Und wie der Mantel dort abgelegt war! Nicht etwa in Eile hingeschleudert oder am Rande eines Kampfes heruntergefetzt, sondern sorgfältig zusammengefaltet. So, wie Hannes es machte.

Und wo steckte er? Und was hatte er getan?

Gesine zwang sich aus der Starre, musste sich bewegen, sonst würde sie schreien. Sie huschte über die Terrasse auf die andere Seite des Fensters. Natürlich zertrampelte sie damit den Schnee, und natürlich würde jeder, der zufällig in den Garten schauen würde, darauf aufmerksam werden. Aber dann war es eben so! Dann würde der Angreifer sich wenigstens klar und deutlich zeigen!

Doch niemand kam. Es blieb ruhig. Die Witwe lag, der Mantel hing. Die Lampen brannten, und überall waren Ordner und Papiere verstreut, wie schon am Nachmittag. Eine Kaffeetasse stand auf dem Tisch. Eine einzelne Tasse.

Gesine war schrecklich kalt, von innen und von außen. Zum Glück schneite es inzwischen nicht mehr, und auch der Wind hatte sich gelegt. Aber es war gerade der unbewegte Frost, der sich in sie bohrte.

Wenn sie Hilfe rufen würde, könnte ein Krankenwagen in einer halben Stunde hier sein. Ihr eigener Pick-up hatte es ja auch den Berg hoch geschafft, denn sie hatte die Spur eines Räumfahrzeugs nutzen können, das vor kurzem erst über die Landstraße gefahren sein musste. Genau das würde sie am Telefon sagen: ›Wir brauchen Sie, schnell.‹

Würde sie sagen. Wenn sie anrufen würde. Und Hannes damit verraten würde.

Hannes, der sich irgendwo in der Nähe aufhielt, aus unklaren Gründen.

Oder könnte es sein, dass er selbst zum Opfer geworden war? Dass er vielleicht drüben in der Küche am Boden lag, gefesselt und regungslos wie Karin Schellhorn?

Gesines Gesicht tat weh, das Kinn war inzwischen fast taub. Sie musste sich entscheiden. Endlich einmal handeln. Denn um wie vieles wäre es besser gewesen, wenn sie sich am Nachmittag, bei ihrem letzten Besuch, auch schon entschieden hätte, aktiv zu werden, anstatt sich abwimmeln zu lassen. Ja, wäre sie doch bloß stutzig geworden, als Pfarrer Faust an der Haustür behauptete, die Witwe könne niemanden empfangen, sondern müsse sich ausruhen. Die Witwe sei zugerichtet worden! Aber sie hatte nichts begriffen.

Und war Hannes zu diesem Zeitpunkt denn auch schon im Wohnhaus gewesen? Nein, unmöglich, Hannes hatte später noch mit ihr telefoniert. Wie hatte er dabei denn geklungen? Wie jemand, der draußen unterwegs war, oder wie jemand, der drinnen beim Kaffee saß, oder – machte er mit dem Pfarrer gemeinsame Sache?

Sie beugte sich vor. Wenn sie sehr dicht an die Fensterscheibe herantrat, könnte sie in einen noch besseren Sichtwinkel gelangen und knapp hinter das Sofa spähen, wo der Kopf der Witwe liegen musste.

Sie pirschte sich an, der Schnee knirschte sehr leise, und ja, da erkannte sie die dunklen Haare der Frau, wirr ausgebreitet auf dem Parkett. Eine Rolle Klebeband und ein Scheit Kaminholz lagen daneben. Das Holz wohl als Schlagwaffe.

Und da hielt sie es nicht mehr aus. Sie lief zurück zur anderen Hausecke und hob einen der kleineren Terrakottakübel hoch. Wie ein Rammbock krachte er in die Fensterscheibe, Scherben stürzten im Schwall ins Wohnzimmer, Splitter rieselten nach, und die Beine der Schellhorn fingen hinter dem Sofa an zu zucken.

Gesine schlängelte sich nach drinnen, vorsichtig, aufs Äußerste angespannt, um auf jeden Laut aus dem Haus sofort zu reagieren, aber die Witwe schlug mit den Füßen aufs Parkett und randalierte. Sie schlug, rollte und wand sich, und als Gesine sich neben sie hockte, begann sie zu weinen. Ein Knebel steckte in ihrem Mund, ein Küchenhandtuch, und aus ihrer Kehle kamen die schlimmsten Töne.

Gesine zog den Knebel trotzdem nur langsam heraus, die Schellhorn sollte leise sein, und sie verstand es, zum Glück. Ängstlich hielt sie still, so gut es ging. In ihren Haaren klebte Blut, sie hatte eine Platzwunde, die sicher genäht werden musste. Das Klebeband schnitt an Armen und Beinen ein, die Haut war dunkel verfärbt, aber das würde sich geben, sobald man die Fesseln durchtrennte. Also nicht jetzt, noch nicht, denn für Gesine war noch zu vieles unklar.

Gesine half der Witwe, sich aufzusetzen und trotz der Fesseln ans Sofa zu lehnen. »Wo ist Hannes van Deest?«, flüsterte sie ihr scharf ins Ohr.

Die Schellhorn hob klagend die Hände, da hielt Gesine ihr den Mund zu. »Ist Hannes im Haus, Frau Schellhorn? Nicken oder Kopfschütteln reicht.«

Keine Antwort.

»Oder der Pfarrer, Franz Faust?«

Die Schellhorn wehrte sich gegen die Hand auf ihrem Mund und versuchte sogar zu beißen.

»Verdammt, Frau Schellhorn, ich helfe Ihnen doch, aber Sie müssen still sein!« Sie lockerte den Griff. »Wer Sie niedergeschlagen hat, kann zurückkommen. Oder nicht?«

»Die Polizei wird mir alles in die Schuhe schieben«, flüsterte die Witwe und sackte in sich zusammen. Unkooperativ, sogar jetzt noch.

Durch die zerbrochene Scheibe stürzte kalte Luft ins Wohnzimmer. Gesine riss einen neuen Streifen Klebeband von der Rolle und verschloss Karin Schellhorn aufs Neue den Mund. Dann nahm sie den Mantel von der Lehne und durchsuchte Hannes' Taschen. Sie waren leer.

Sie öffnete die Tür zur Küche und überprüfte die großen Schränke. Es war niemand zu sehen. Auch im Flur nicht, im Hauswirtschaftsraum nicht und ebenso nicht auf der Treppe, die nach oben führte.

An der Garderobe hingen nur Damenjacken. Auf der Matte standen keine Schuhe. Und in der Konfektschale lagen ausschließlich Honigbonbons.

Heiser rief sie die Treppenstufen hoch: »Hannes?«

Nichts. Nur das Gepolter der Schellhorn im Wohnzimmer. Konnte Gesine es wagen, die obere Etage zu inspizieren und die Witwe unten allein zu lassen? Hannes musste doch irgendwo hier sein, irgendwo hier im Haus!

Im Wohnzimmer stürzte etwas um, mit lautem Getöse. Gesine lief zurück. Karin Schellhorn hatte sich vom Boden aufgerappelt, war nach vorn gehüpft und über den Sofatisch gefallen. Wütend schaute sie hoch und versuchte zu schimpfen, guttural und mit einer Vehemenz, dass Gesine ihr den Klebestreifen wegreißen musste, damit sie nicht erstickte.

»Er ist längst weg«, rief die Schellhorn schrill. »Und Sie sollen mich losmachen!«

»Wer ist weg?«

Die Witwe krümmte sich. Die Wunde hatte wieder angefangen zu bluten.

»Wer ist weg, und wer hat Sie niedergeschlagen, Frau Schellhorn? Wer?«

Ihre Schultern zuckten, als ob sie wieder weinte, aber sie machte keine Anstalten, Auskunft zu geben. Gesine wählte die Telefonnummer von Marina Olbert und erreichte nur die Mobilbox.

28

Marina Olbert roch den Schweiß des pubertierenden Jungen, den Übergang zum Mannsein. Sie kannte das, sie erinnerte sich, ja es war eine altvertraute Szene. Sein Schweiß und ihr Genuss, und irgendwo in der Nähe musste doch auch ein Pfarrzentrum sein? Aber warum war es zugleich so kalt? Und warum lief keine Musik? Klammerblues war ein albernes Wort.

»Scheiße«, sagte Leon und strich ihr die Haare aus der Stirn.

Marina öffnete die Augen. »Du?«

Sie lag auf dem Rücken im Schnee, den Jungen über sich. Er kniete auf ihren Oberarmen, eine Katastrophe!

Sie ruckte hoch, und er fiel ungelenk zur Seite, fast auf ihr Handy, das noch immer auf Taschenlampe geschaltet war. Sie schnappte danach und richtete den Strahl auf ihn. Sein Gesicht war zerschunden, ein Auge blutunterlaufen und die Unterlippe geplatzt. Er trug nur Jeans und Pullover, beides war nass und dreckig, und er schien entsetzlich zu frieren. Ebenso wie sie.

»Ich habe Sie im Dunkeln nicht erkannt«, jammerte

er und versuchte, seine Augen vor dem Licht zu schützen.

»Habe ich dich etwa so heftig verprügelt?«, fragte sie und ihre Stimme klang undeutlich und heiser.

»Eher nicht. Das war ein Mann. Vorher.«

Ihr Schädel brummte. Sie sollte die Mütze besser nicht berühren, die auf ihren Schläfen klemmte. Als sie das Handy in die Hosentasche steckte, gehorchten die Finger nur widerwillig.

»Was für ein Mann?«, wollte sie wissen.

»Wenn ich das wüsste. Sind Sie sehr schlimm verletzt?«

»Ich bin im Einsatz, Leon, und frage dich zum letzten Mal, was hier vorgefallen ist!«

»Ich habe bei Pfarrer Faust geklingelt, und keiner hat aufgemacht. Allerdings hatte ich drinnen Licht gesehen, also bin ich ums Haus gegangen, und dann hat mich plötzlich jemand aus dem Gebüsch angegriffen. Total feige.«

Der Pfarrer? Oder Hannes van Deest? Sie hörte den Jungen vor Kälte schnattern, zog die warme Jacke aus und reichte sie ihm.

»Beschreib den Mann.«

»Was ist das?« Leon deutete auf ihr leeres Schulterholster. »Haben Sie da eine Pistole?«

Erst jetzt fiel ihr wieder das Ungeschick ein. Sie bückte sich und tastete im Schnee herum. Die Waffe! Und wie es hinter der Stirn pochte, die Mütze schien fünf Nummern zu klein zu sein, aber da, immerhin, sie fand die Pistole und konnte sie sichern.

Leon kroch dankbar in die wattierten Ärmel und

schloss den Reißverschluss bis zum Kinn. »Ich hatte echt keine Chance«, sagte er drängend, als müsse er sich rechtfertigen. »Der Typ hat mir brutal in die Fresse gehauen. Und dann war ich plötzlich in dem Gartenhaus dahinten, und er war verschwunden.«

»Du warst bewusstlos?«

»Echt! Ich lag da rum, zwischen den Scheißfahrrädern und dem Gartenzeug, und wusste nicht, wie ich dahingekommen bin. Aber dann habe ich Sie gesehen. Also Sie, ohne zu wissen, dass Sie es sind, natürlich.«

»Wie lange hast du mich beobachtet?«

»Wohl nicht lange genug. Ich habe den Schneeschieber genommen, mich angeschlichen und Sie einfach ausgeknockt. Leider.«

»Mich knockt man nicht aus, Junge.«

»Kriege ich eine Anzeige?«

»Ach, das ist doch Quatsch. Es geht viel eher um den Mann, der dich überfallen hat. Irgendwas wird dir doch aufgefallen sein, woran du ihn erkennen kannst. Oder vielleicht hat er etwas zu dir gesagt?«

»Nein.«

Der Junge war unruhig und sah immer wieder auf Marinas Schulterholster. »Was haben Sie eigentlich hier gemacht?«, fragte er. »Was liegt da unter den Treppenstufen?«

Sie schob ihn nach hinten. »Trug der Mann zum Beispiel einen Mantel?«

»Ja, ich glaube schon.«

»Braun?«

»Dunkel auf jeden Fall, ja.«

»Budapester Schnürschuhe? Einen Anzug?«

»Keine Ahnung. Was sind Budapester Schnürschuhe?«

Er versuchte, an Marina vorbeizugucken, um unter der Treppe etwas zu erkennen, da dirigierte sie ihn um das Haus herum, zur Straße zurück, wo es heller und sicherer war. Für sie beide.

Brauner Mantel. Kraft zum Zuschlagen und die Entschlossenheit, einem Jungen wehzutun. Passte das zu Hannes van Deest?

Sie befahl Leon stillzustehen. Als Erstes musste sie die Kollegen anrufen und fragen, wo sie blieben. Dann dafür sorgen, dass das Fachpersonal die Leiche von Madeleine begutachtete. Schließlich den Großvater von Leon beruhigen und für den Jungen selbst eine ärztliche Untersuchung organisieren.

Er schwieg gehorsam, während sie telefonierte, aber was er mit anhörte, nahm ihn sichtlich mit. Sein Veilchen unterm Auge schien noch dunkler zu werden, und immer wieder leckte er sich die blutige Lippe. Als er sich auf die kleine Vorgartenmauer setzen wollte, musste sie ihn hochscheuchen, denn sie wollte das Spurenchaos nicht noch verschlimmern.

»Sie lassen den Pfarrer suchen?«, fragte er beklommen. »Warum ihn?«

Sie legte Leon eine Hand auf die Schulter. »Du sagtest, du hast bei ihm Licht gesehen, als du hierherkamst?«

»Ja. Die Gardine war nicht richtig zu.«

»Das Haus sah also anders aus als jetzt?«

»Klar, jetzt ist es ja dunkel. Aber nicht, dass Sie mir da wieder einen Strick draus drehen.«

»Wieso wieder?«

»Weil es genauso angefangen hat! Licht an, Licht aus.«

»Hier im Pfarrhaus?«

»Natürlich nicht, sondern am Institut Schellhorn! Aber mit dem Pfarrer. Das habe ich doch schon tausendmal erzählt!«

»Falls du von der Anzeige sprichst, die Karin Schellhorn gegen dich gestellt hat, kannst du gern noch einmal von vorn anfangen. Ich kenne leider nur die Zusammenfassung aus dem Protokoll.«

»Typisch Behörde. Aber ich habe gar nichts gemacht. Ich bin an diesem beschissenen Morgen pünktlich zum Praktikum bei Schellhorn erschienen. Mein vierter Arbeitstag, immerhin, und weil von den anderen noch keiner im Büro war, bin ich runter zum Leichenhaus gelaufen. Das wissen Sie wohl.«

»Besser, du lässt dir nicht alles aus der Nase ziehen.«

»Ich wollte Papierkram wegschaffen, das war mein Job, aber die Tür war abgeschlossen. Und drinnen war Licht. Ich habe Stimmen gehört. Pfarrer Faust und Frau Schellhorn, so ein komisches Gekicher. Ich habe geklopft, ganz normal, aber plötzlich ging das Licht aus, und es wurde still. Komisch, dachte ich, da will sich wohl einer verstecken.«

»Konnten der Pfarrer und Frau Schellhorn sich nicht denken, dass du sie gehört hast? Wie laut waren sie denn?«

»Laut. Aber jetzt kommt's: Ich gehe wieder zurück zum Haupthaus und will oben in der Einfahrt warten. Und wissen Sie, was dann passiert? Frau Schellhorn kommt plötzlich oben aus der Haustür. Aus dem Wohnhaus! Obwohl ich sie gerade noch unten im Leichenhaus gehört hatte. Und als ich sie danach frage, regt sie sich unheimlich auf. Und als wäre er von dem Streit angelockt worden, kommt noch der Pfarrer dazu. Allerdings von unten, und er besteht trotzdem darauf, nicht im Leichenhaus gewesen zu sein.«

»Das klingt wirklich seltsam, Leon.«

»Eben. Und die Schellhorn kann auch nicht den normalen Weg zum Haus hochgelaufen sein, sonst wäre sie an mir vorbeigekommen. Also hat sie einen Riesenumweg durch die Wiesen gemacht, nur um demonstrativ aus der Haustür spazieren zu können.«

»Und was denkst du, warum sie das getan hat?«

»Keine Ahnung! Was kann man denn so Geheimnisvolles mit einem Pfarrer in einem Leichenhaus treiben? Mir fallen da nur ganz eklige Sachen ein.«

Marina auch. Sie dachte sogar wieder an den fiesen Nekrophilie-Verdacht. Aber diesmal nicht in Bezug auf Carsten Schellhorn, sondern in Bezug auf seine Frau Karin und auf Pfarrer Franz Faust. Ekelhaft. Und zu viel. Zu viel Phantasie!

»Ich wollte mich jedenfalls nicht verarschen lassen«, fuhr Leon fort. »Und habe wohl ein paarmal zu viel über die Sache reden wollen.«

»Während Frau Schellhorn und Herr Faust dachten, die Geschichte könnte in Vergessenheit geraten.«

»Ja.« Leon tastete sein Veilchen ab. »Denn damit gingen die Probleme los. Plötzlich hieß es, ich stünde bei der Arbeit zu nah an der Schellhorn dran, und plötzlich glotzte ich ihr angeblich in den Ausschnitt, und plötzlich fragte mich der Pfarrer, ob ich Pornos auf dem Handy habe.«

»Du meinst, sie wollten dich loswerden. Aber du bist immer wieder zur Arbeit erschienen.«

»Ich brauchte das Praktikum für die Schule. Und ich hatte doch nichts getan!«

»Und dann hat Frau Schellhorn dich rausgeschmissen.«

»Nein. Herr Schellhorn hat mich rausgeschmissen, weil sie ihm wohl den ganzen Quatsch über mich erzählt hat, und er hat ihr geglaubt. Ich schätze auch, er hat sie überredet, zur Polizei zu gehen und Anzeige zu erstatten. Von sich aus hätte sie das nicht getan, denn mit der Anzeige plusterte sich die Sache immer weiter auf.«

»Du hast aber ebenfalls keine Ruhe gegeben und wurdest immer wieder am Institut gesehen. Das steht im Protokoll.«

»Hätten Sie das denn auf sich sitzen lassen? Die Schellhorn ist eine alte Schachtel! Ich wollte nicht, dass so was über mich erzählt wird!«

»Und in der Nacht, in der Carsten Schellhorn ermordet wurde?«

»Das fragen Sie jetzt nicht im Ernst, oder?«

»Nein.«

»Ich war zu Hause. Wirklich. Auf unserem eigenen Sofa, und garantiert nicht bei der alten Kuh.«

Marina meinte, Motoren zu hören, und dann sah sie auch schon das Blaulicht. Eine Kolonne an Einsatzfahrzeugen kroch heran. Die Räder wühlten sich durch die Schneemassen, und wie immer, wenn Marina sehnsüchtig auf etwas gewartet hatte und es dann endlich eintraf, zogen schwere Gewichte an ihren Armen. Sie hatte den Wunsch, sich anzulehnen.

29

Die obere Etage des Wohnhauses war leer. Niemand versteckte sich in den beiden Schlafzimmern, im Badezimmer oder auf der Empore. Selbst auf dem Dachboden hatte Gesine niemanden finden können, und jetzt stand sie auf der Treppe und merkte, wie ihre Tatkraft nachließ.

Es war doch ein Hohn, was sie hier versuchte. Mit Herumschleichen und Um-die-Ecke-Gucken denjenigen zu finden, der Karin Schellhorn niedergeschlagen und möglicherweise Carsten Schellhorn und Nadine Brinkmeyer ermordet hatte. Zugleich auch Hannes zu finden, oder zumindest herauszufinden, warum sein Mantel auf dem Sofa hing. Nichts stand ihr zur Verfügung außer Augen und Ohren. Keine technische Ausrüstung und auch kein Spezialteam, das anrücken könnte, um nach Spuren zu suchen, oder nach Blut, Gerüchen oder Haaren, die in den dicken teuren Teppichen stecken mochten.

Sie durfte auch keine Unterstützung anfordern, denn wenn sie es täte, würde man ihr augenblicklich die Fäden aus der Hand nehmen, und sie könnte Hannes nicht mehr schützen. Sie verfügte ja nicht einmal über einen Dienstausweis. Und Karin Schellhorn lag, anstatt mitzuhelfen, seit einer geschlagenen Stunde im Wohnzimmer und schwieg.

Da war diese Angst. Angst um Hannes. Angst, dass sein Mantel nicht aus Zufall auf der Sofalehne lag. Dass er hier war und hierbleiben wollte. Oder aber, dass er wehrlos in der Nähe lag, versteckt, gefesselt und verwundet, und sie wäre bloß zu dumm, ihn zu finden.

Die Angst riss an ihr und zwang sie fast in die Knie. Ihr Kiefer schmerzte, ihr Magen hatte sich zu einem Knoten verdreht. Die Hände waren nass geschwitzt und kalt. Sie war ein Abklatsch von früher, die Farce einer Undercover-Ermittlerin. Mitten im Geschehen und nicht in der Lage, das Entscheidende zu erkennen.

In einem letzten Versuch, etwas zu tun, drückte sie die Lichtschalter, die sie in der Nähe der Haustüre fand, und sah aus dem Fenster. Auf dem Vorplatz leuchteten sämtliche Scheinwerfer, eine jungfräuliche Schneedecke funkelte. Aber auch das konnte eine Täuschung sein. Eine Decke, die etwas Wichtiges verhüllte.

Sollte sie zugeben, dass sie die Situation nicht im Griff hatte, und doch den Notruf wählen? Sollte sie, ohne noch wertvolle Zeit zu verlieren, einfach darauf setzen, dass es für alle besser wäre, wenn die Einsatzwagen anrückten und Hannes entdeckt würde, auch wenn er es selbst unter Umständen nicht wollte?

Marina Olbert hatte bisher leider nicht auf ihren Anruf reagiert. Vielleicht war die Nachricht auch nicht deutlich genug gewesen, obwohl Gesine um eine sofortige Rückmeldung gebeten hatte. Aber sie hatte die Dringlichkeit nicht in vollem Umfang angegeben, hatte nur von einem Überfall auf Karin Schellhorn gesprochen – und den Mantel von Hannes verschwiegen.

Sie fand Karin Schellhorn im Wohnzimmer auf dem Parkett, sie lag genauso da wie eben, gekrümmt und wütend. Sie war der Schlüssel zu allen Geheimnissen, wie unangenehm sie auch sein mochten, und darum entfernte Gesine den Knebel und setzte sich neben die Witwe auf den Boden. Es zog eiskalt um ihre Beine, aber man konnte sich daran gewöhnen, ebenso wie an das Chaos im Zimmer. Der Couchtisch lag auf der Seite, und auch die letzten Stapel von Geschäftsordnern waren umgeworfen worden.

Sie gab der Schellhorn zu trinken. Die Witwe war misstrauisch und roch an der Flasche Wasser, die sie ihr reichte. »Ich habe gehört, Sie führen ein Gift-Tagebuch«, sagte sie.

»Kein Tagebuch, sondern ein Notizbuch über giftige Pflanzen«, erwiderte Gesine und fragte sich, woher die Witwe davon wusste. Von Hannes?

Die Schellhorn nippte vorsichtig, dann trank sie und wurde immer gieriger. Als sie die Flasche absetzte, war sie fast leer.

»Sie wenden Ihre Kenntnisse nicht an, Frau Cordes?«

»Doch. Aber ich notiere, wie man Vergiftungen vermeidet und heilt, nicht, wie man sie herbeiführt.«

Die Witwe lehnte ihren Kopf an das Sofa. »Ich kann trotzdem nicht verstehen, dass Franz so schnell von Ihnen fasziniert war.«

»Franz Faust?«

»Erst dachte ich, er ist vor Ihnen auf der Hut und holt deshalb die Erkundigungen über Sie ein. Aber dann wurde Ihr Kontakt ja wohl enger.«

»Über welche Erkundigungen reden Sie?«

»Sie haben es doch kennengelernt, wie er sich ein Bild von den Leuten macht. Er findet heraus, woran ihr Herz hängt. In Ihrem Fall sind es wohl zwei kleine Mädchen, mit denen Sie verwandt sind. Außerdem Ihre komplizierte Vergangenheit, Ihr Wohnwagen, Ihr Freund van Deest und Ihr Notizbuch. Franz konnte gar nicht aufhören, darüber zu reden.«

»Es ist nichts Geheimnisvolles oder gar Faszinierendes an mir«, sagte Gesine, obwohl ihr der Schweiß ausbrach. Karin Schellhorn war eifersüchtig, und es ging um den einzigen Mann, dem jede Tür offenstand.

Sie nahm der Witwe die Wasserflasche weg. »Erinnern Sie sich an unser kleines Gespräch über den Umgang, den Pfarrer Faust mit Sterbenden pflegt?«

»Ich erinnere mich, dass Sie über meinen Mann hergezogen haben, Frau Cordes. Weil Carsten schneller war als die Konkurrenz.«

»Das Gemauschel zwischen Ihrem Mann und dem Pfarrer ist das eine. Das andere ist aber, wie der Pfarrer mit Madeleine Jablin umgesprungen ist. Ich habe Ihnen erzählt, dass er sie im Krankenhaus alleingelassen hat, als sie starb. Und Sie waren ziemlich entgeistert, davon zu hören.«

Die Schellhorn zog ein trotziges Gesicht. Aber Gesine sah auch das Glimmen ihrer Pupillen und ließ nicht locker.

»Sie hatten Franz Faust ganz anders eingeschätzt. Richtig, Frau Schellhorn? Sie waren regelrecht erschrocken über sein Benehmen.«

»Quatsch. Ich war irritiert, ja, aber das waren Sie doch auch.«

»Sie hätten es schön gefunden, wenn Frau Jablin besser behandelt worden wäre. Während sie starb, und auch danach. Sie fanden, wir sollten den Leichnam entdecken, damit bei all den schrecklichen Umständen wenigstens dieses eine kleine Unrecht beseitigt werden könnte. Sie hätten ein schönes Begräbnis organisiert.«

»Selbstverständlich hätte ich das. Aber warum stellen Sie das so heraus?«

»Weil es typisch ist. Weil es zeigt, dass Sie Schuld abbauen wollen. Dass Sie daran leiden, eine Täterin zu sein, oder auch eine Mittäterin. Ihr schlechtes Gewissen war Ihr Antrieb, mir Frau Jablins Finger in einen Reservekanister zu stecken.«

Die Witwe begann, rhythmisch mit dem Hinterkopf an das Sofa zu klopfen. »Absurd. Und furchtbar.«

»Nein, absurd ist es nicht. Es ist, wie in Treibsand zu geraten. Am Anfang steht ein kleiner Schritt. Eine Grenze, auf die Sie nicht geachtet haben, zum Beispiel mit dem Pfarrer. Vielleicht sind Sie auch noch einen zweiten Schritt gegangen, aber dann fing es schon an zu rieseln. Wie war das denn, Frau Schellhorn?«

»Machen Sie endlich meine Hände los.«

»Dann haben Sie gemerkt, dass Sie nicht mehr zurückkönnen. Es rieselte stärker, und Sie kamen ins Rutschen. Sie mussten erkennen, dass Sie nie wieder den sicheren

Boden erreichen. Nichts von dem, was Sie getan haben, lässt sich ungeschehen machen, erst recht nicht vor dem lieben Herrn.«

Endlich hielt die Witwe den Kopf wieder still. »Gerade Sie müssen über Grenzen reden, Frau Cordes! Ich habe Ihren Wagen doch vor dem Pfarrhaus gesehen. So spät am Abend, und Sie waren bei Franz zu Besuch. Da musste ich mich doch ernsthaft fragen, in welchem Verhältnis Sie eigentlich zueinander stehen.«

Der Abend, an dem Gesine versucht hatte, bei Franz Faust Informationen zu gewinnen, die für Hannes nützlich wären. Wenn sie bloß gewusst hätte, was unterdessen draußen am Pick-up geschah.

»Hatten Sie den Finger schon bei sich, Frau Schellhorn, als Sie zum Pfarrhaus kamen?«

»Nein.«

»Also war die Leiche dort in der Nähe? Sie haben den Finger spontan abgetrennt und ihn mir hinterlassen?«

»Es ging mir aber nicht nur darum, dass Sie die Jablin finden und ihr Leichnam zur Ruhe gebettet werden kann. Wenn Sie nur ein bisschen nachgedacht hätten, Frau Cordes, hätten Sie die Botschaft besser begriffen: dass ein Besuch bei Franz nie ohne Folgen ist. Egal, wie Sie ihn mit Ihren schönen Locken und Ihren schlauen Notizen bezirzen. Er ist gefährlich.«

Etwas knirschte an der Terrassentür. Schnee und Scherben.

»Begehre niemals deines Nächsten Weib«, sagte eine tiefe Stimme.

Gesine fuhr hoch und sah, wie der Pfarrer durch das

Loch in der Scheibe stieg. Er war mit einer Eisenstange bewaffnet und rang nach Luft, als sei er gelaufen.

Karin Schellhorn schrie und versuchte, trotz der Fesseln aufzuspringen. »Setz dich«, fuhr der Pfarrer sie an und drohte mit der Stange.

Auch Gesine hob die Hände. »Legen Sie das weg, Herr Faust. Sie machen alles nur noch schlimmer.«

»Das glauben Sie doch selbst nicht.« Er riss sich die Mütze vom Kopf. Sein Schädel war rot, und ihm schien heiß zu sein. »Schade, Frau Cordes. Ihr Weg ist zu Ende.«

»Ihr Weg allerdings auch, Herr Faust. Für Sie als Pfarrer und für Sie beide als Paar.«

»Wir sind kein Paar«, ließ die Schellhorn sich hören. »Fragen Sie ihn doch mal nach seinen Grenzen.«

»Du solltest schweigen.« Franz Faust bückte sich, um der Witwe ins Gesicht zu sehen. »Du hast jedes Maß verloren, sonst wäre überhaupt nichts passiert.«

»Ich lasse mich halt nicht entsorgen, Franz.«

Die Eisenstange hing über ihrem Kopf. Der Pfarrer schien unschlüssig. Gesine trat zu ihm: »Bitte.«

»Nein.« Er stieß sie zurück. »Karin war es doch, die uns auf Abwege geführt hat. Und die kein Ende finden wollte. Nicht einmal, nachdem wir fast von ihrem Praktikanten erwischt worden waren. Ich habe darin ein Zeichen gesehen umzukehren, und es wäre noch rechtzeitig gewesen.«

»Ja, du wolltest ständig die Kurve kratzen!« Die Witwe schien Mut zu fassen, weil Gesine so nah war und einen Hieb mit der Stange abfangen könnte. Hoffentlich täuschte sie sich nicht.

»Der Praktikant war das erste Zeichen«, beharrte

Franz Faust, »und dass der Junge sich nicht so leicht aus dem Institut scheuchen ließ, war das zweite.«

Gesine nickte. »Und wann ist Carsten Schellhorn dahintergekommen?«

»Ach, Carsten!« Er hielt die Stange jetzt mit beiden Händen. »Karin hat es einfach nicht geschafft, sich so zu benehmen wie immer. Und Carsten hat natürlich erst den Praktikanten verdächtigt, dass er etwas mit ihr angefangen hätte. Immerhin konnten wir dadurch für einen Moment das gleiche Ziel verfolgen, nämlich den Jungen loszuwerden.«

»Mein Ziel war es nicht!«, klagte die Schellhorn. »Ich wollte Carsten einfach die Wahrheit sagen, dann wäre alles ins Lot gekommen. Andere Familien überleben es schließlich auch, wenn eine Ehe scheitert.«

»Aber ich bin Pfarrer!« Franz Faust starrte sie an, als sei er verblüfft, dass sie es immer noch nicht verstand. »Für mich geht es um viel mehr als für dich!«

»Was haben Sie mit Carsten Schellhorn gemacht?«, fragte Gesine laut.

»Karin hatte mir eine Falle gestellt!«, rief er. »Sie wusste, dass Carsten an dem Abend früher nach Hause kam, und hat mich trotzdem zu sich bestellt. Sie wollte erzwingen, dass es zur Offenbarung kommt.«

»Erzwingen? Ich?« Die Schellhorn zog die Beine an, die Füße bebten. »Du hast immer das Kommando geführt. Du hast mir das Messer gegeben und verlangt, dass ich ihn angreife.«

»Ach! Deine mimosenhaften Stiche in den Rücken. Nicht einmal dein Mann hat das ernst genommen, und du hast ihm auch noch Pflaster gegeben. Ein absoluter Irrsinn!«

»Und warum hast du es nicht dabei belassen? Warum hast du das Messer an dich genommen?«

Die Witwe brach in heftige Tränen aus, und Gesine wünschte, sie hätte sie längst von den Fesseln befreit. Zu zweit hätten sie den Pfarrer vielleicht überwältigen können. Falls die Schellhorn dazu bereit gewesen wäre.

Pfarrer Faust suchte Gesines Blick. »Karin hat das meiste erledigt. Ohne ihre Fachkenntnis wäre es gar nicht möglich gewesen, die Spuren zu verwischen, den Körper zu versorgen und den Platz im Sarg auszutauschen.«

Die Witwe trat nach ihm. »Aber du hast auch noch die junge Frau getötet, die Polizeihospitantin, und davon wusste ich nichts. Weil ich dich für einen ganz anderen Menschen gehalten habe.«

Er wich vor ihren Tritten zurück. »Ich wollte es nicht. Ich wollte nur den Leichnam von Frau Jablin im Institut van Deest unterbringen. Die junge Frau hat mich ertappt. Was hätte ich denn tun sollen?«

»Das war doch kein Grund, Franz! Du hattest keinen Grund, Carsten zu töten, und keinen Grund, dich an der Frau zu vergehen!«

Seine Arme zuckten, und er umklammerte die Stange so fest, dass seine Knöchel weiß waren. Gesine schob sich entschieden in sein Sichtfeld.

»Was hatten Sie beide mit Hannes van Deest zu tun?«, stieß sie aus.

»Weg da, Frau Cordes«, antwortete der Pfarrer.

»Sie wollten Hannes belasten, indem Sie eine Leiche in

seinen Wagen legen. Aber warum hatten Sie es ausgerechnet auf ihn abgesehen?«

Die Stange sackte tatsächlich ein wenig in Richtung der Witwe. »Van Deest war an dem Abend, an dem Carsten uns erwischt hat, hier am Wohnhaus, und Karin bildete sich ein, er hätte uns beobachtet.«

»Er war hier!«, rief die Schellhorn. »Er ist hier herumgeschlichen!«

Gesine ließ den Pfarrer und die Eisenstange nicht aus den Augen, aber sie merkte, dass ihr schwindelig wurde. »Hannes war nur an der Haustür und hat geklingelt«, sagte sie.

»Ja, so war es, aber Karin meinte, er hätte nur deshalb geklingelt, weil er von uns etwas mitgekriegt hatte. Ich bin sofort über die Terrasse in den Garten gerannt, um mich zu verstecken. Dabei war es gar nicht nötig durchzudrehen, denn van Deest ist einfach wieder gegangen.«

Und dabei hatte der Pfarrer den Himmelsbambus mitgerissen, dachte Gesine, und ihr Herz zog sich zusammen. So nah war Hannes an einer Katastrophe gewesen.

»Ich hätte van Deest danach auch in Ruhe gelassen«, fuhr der Pfarrer fort. »Aber Karin lag mir ständig in den Ohren, er hätte uns beobachtet und könnte gefährlich werden. Und dann kamen wir auf die Idee, bei ihm die Jablin loszuwerden und den Blick der Polizei auf ihn zu fokussieren. Es wäre das Beste gewesen.«

Die Eisenstange, mit der er drohte, war seltsam geformt. An dem einen Ende war ein kleiner Haken befestigt. Gesine erstarrte. Sie kannte die Stange, ja sie erinnerte sich, wo sie sie schon einmal gesehen hatte!

»Kommen Sie zurück zum Sofa, Frau Cordes. Oder ich ...«

Franz Faust deutete an, die Schellhorn schlagen zu wollen, aber Gesine ballte die Hände. »Heute ist Hannes wieder hier aufgetaucht. Wo ist er jetzt?«

»Sie sehen ja, was er mit mir gemacht hat!«, rief die Schellhorn.

»Nein«, Gesine klang energischer, als sie sich fühlte. »Hannes schlägt nicht zu. Franz Faust und Sie, Sie haben sich ganz allein gestritten, und diesmal hat Hannes Sie wirklich gestört und ertappt. Sie, Herr Faust, haben Frau Schellhorn niedergeschlagen, damit sie Ihnen nicht dazwischenfunkt. Und Sie werden auch Hannes etwas angetan haben.«

Etwas flog durch die Terrassentür in den Raum und qualmte. Eine Blendgranate. Tränengas.

»Polizei!«, schrie eine Frau draußen im Dunkeln. Marina Olbert. Durch alle Fenster brachen schwer bewaffnete Polizisten. Auch zur Haustür kamen sie herein. Karin Schellhorn schrie, Franz Faust, eine Hand an den Augen, drehte sich wild hin und her und schien nicht zu wissen, wohin mit der Stange, dann verschwand er in der Nebelwolke.

Auch Gesines Augen tränten. Aber sie hatte längst die Haustür anvisiert, und sie wusste, dass die Eisenstange ins Kühlhaus gehörte, ins Leichenhaus unten auf dem Grundstück.

Sie rannte durch den Schnee, als sei er gar nicht vorhanden. Sie rutschte aus, fiel auf den Rücken, lief weiter, stolperte über eine verborgene Kante und schlug lang nach vorn. Aber nur, um sofort wieder aufzustehen und weiterzurennen. Mit der Stange zog man die Toten aus den Fächern.

Hinter ihr wurde gerufen. Egal. Die Strecke kam ihr länger vor, als sie es in Erinnerung hatte. Alles dehnte sich aus, das Rufen der Beamten am Wohnhaus, der Weg über das Pflaster, aber es war nichts, das ihr noch etwas anhaben konnte.

Und das Leichenhaus war abgeschlossen. Mit Wucht schlug sie ein Fenster ein, warf sich durch den Rahmen und fiel krachend auf eine Schreibtischplatte. Nur weiter, sie rannte in den Raum mit den Kühlfächern. Jede einzelne Klappe war zu. Jeder Hebel eingerastet.

Sie riss die Hebel nach oben, sah ihre Hände bluten, riss Zelle für Zelle auf, eine und noch eine und noch zwei weitere. Hier ein Körper, aber ein falscher, und woanders nur Leere.

»Hannes!«

Und da lag er endlich, ganz weiß und starr und konnte nicht sprechen. Hob nicht einmal den Kopf, als sie die Bahre nach vorne zog. War auch nicht überall weiß, nicht nur jedenfalls, sondern auch dunkel und blau. Aber seine Augen standen offen, und ja, er sah sie an. Seine Lippen bewegten sich. Und sein Puls schlug, langsam und stockend.

»Ich bin da«, sagte sie und umfasste sein kaltes Gesicht. Sie hauchte auf seine Wangen, er zitterte, dann legte sie sich zu ihm, um ihn mit jedem Zentimeter ihres Körpers zu wärmen.

30

Maurice Jablin trug wieder den schwarzen Mantel, der ihm zu groß war, aber die Schöße flatterten ihm heute nicht um die dünnen Beine. Kein Lüftchen wehte, dafür schien die Sonne aus allen Knopflöchern, und der Schnee lag in einem ruhigen, verharschten Polster. Seit vier Tagen hielt der starke Frost nun schon an, und was auf dem Friedhof auch immer locker oder schwankend gewesen sein mochte, jeder Stein, jedes Blatt und selbst die winterliche Brühe in den Gießkannen, war fest geworden. Außerdem hatte Herr Jablin Gesine regelrecht freundlich begrüßt.

»Sie sehen ein bisschen müde aus«, sagte er. »Sie sollten einmal zu uns zum Essen kommen. Ich kenne da ein paar nette Leute.«

»Danke, die Einladung nehme ich gerne an, aber erst einmal stehen Sie und Ihre Schwester im Mittelpunkt.«

Damit er etwas auf Madeleines Sarg legen konnte, drückte sie ihm einen kleinen Strauß Rosen in die Hand, und dann standen sie alle im Halbkreis vor der Grube. Hannes sprach ein paar Worte und versuchte, Madeleine dabei so zu beschreiben, wie er sie wirklich erlebt hatte.

Voller Zuneigung für ihren Bruder, dem sie die Kosten und Mühen ihrer eigenen Beerdigung abnehmen wollte, und auch voller Sorge um ihn, der von nun an wohl nie wieder nach Italien reisen würde.

»Madeleine hatte Witz und Charme«, sagte Hannes, »und sie hat manchen in die Verzweiflung getrieben, weil sie einen so großen Spaß daran hatte, fremde Münzen unters Volk zu bringen.«

»Obwohl sie es nicht nötig gehabt hätte!«, warf Herr Jablin ein.

Gesine sah die Sargträger grinsen, während Marina Olbert sich in ihrem feierlichen Gestus nicht stören ließ. Sie hatte sogar ein eigenes Trauergebinde mitgebracht, ein kleines Gesteck mit duftenden Viburnum-Zweigen, und Gesine freute sich, dass die Kommissarin zur Beisetzung gekommen war, obwohl die Olbert es natürlich nicht lassen konnte, forschende Polizeiblicke umherzuschicken, während Hannes seine Rede hielt. Sie schaute aus dem Augenwinkel auf Gesine, ob sie an Hannes' Lippen hing, und auf Hannes, ob er Gesine häufiger ansah als andere.

Es war wohl zu eindrucksvoll gewesen, wie sie beide sich im Leichenhaus präsentiert hatten. Nicht nur, weil sie so eng zusammen auf der Bahre lagen, sondern auch, weil sie sich aneinandergeklammert und unablässig Geständnisse gemacht hatten, selbst später noch, als der Notarzt im Laufschritt hereinkam.

Als Hannes schließlich mit dem Krankenwagen abtransportiert worden war, hatte Marina Gesine in den Arm genommen, einfach so, und sie tröstend an sich gedrückt.

Ein singuläres Ereignis, selbstverständlich, denn mit Sicherheit würde die Kommissarin Gesine nie wieder weinen sehen. Sie würde auch nie wieder mit ansehen dürfen, wie Gesine ein Bein um Hannes schlang, oder überhaupt mit ihm irgendwo lag. Oder mit ihm beieinanderstand oder -saß, so dass ihre Fingerspitzen sich berührten. Und sie ihre Wange an seine Wange legte und den Lakritz-Geruch inhalierte. Oder wie ...

»Und zu Staub wirst du wieder werden.«

Die Sargträger traten vor, um ihr Werk zu verrichten. Erfahrene Männer, die schon seit Jahren mit dem Institut van Deest zusammenarbeiteten, aber Herr Jablin war trotzdem nervös geworden: »Und wenn wieder etwas schiefgeht?«

»Ich verbürge mich für die Herren«, hatte Hannes freundlich versichert.

»Und wenn wieder etwas verwechselt wird? Was dann?«

»Die Kommissarin kann persönlich bezeugen, dass Ihre Schwester in diesen herrlich schlichten Sarg gelegt wurde und dass wir ihn sorgfältig verschlossen haben.«

»Nicht nur verschlossen«, Marina hatte die Finger zum Schwur erhoben. »Ich habe jedes einzelne Scharnier amtlich versiegelt, extra für Sie. Schauen Sie ruhig nach!«

Herr Jablin hatte die Siegel betastet und schließlich Gesine um Rat gefragt. »Würden Sie sich darauf verlassen, Frau Cordes?«

»Ja, unbedingt.«

Gesine lächelte, und bei anderen Beisetzungen wäre es vielleicht unangemessen gewesen, aber in diesem Fall wurde sie von einer Woge des Glücks überschwemmt. Wie gut sie zusammenstanden. Wie wunderbar sie alle dafür gesorgt hatten, dass Herr Jablin Abschied nehmen konnte und seine Schwester endlich in Würde unter die Erde kam.

Langsam und präzise senkten die Männer den Sarg in die Grube. Die kleinen Rosensträuße flogen aufs Holz. Ein Eichhörnchen lief an der nächsten Buche hoch und betrachtete das Geschehen aus der Höhe. Die Sonne hing in goldenen Fächern von den kahlen Ästen.

Nah am Hauptstamm hockten zwei gedrungene Körper. Zwei Waldohreulen. Die Schnäbel neigten sich einander zu, die spitz gefiederten Ohren schimmerten im Gegenlicht, wie kitschig.

Marina Olbert stieß Gesine an. »Wussten Sie, dass Eulen nur im Winter gesellschaftstauglich sind?«, flüsterte sie. »Im Sommer bleiben sie alleine, aber im Winter wollen sie zusammenrücken.«

»Der Eindruck täuscht«, antwortete Gesine. »Im Sommer denken sie jeden Tag aneinander, und im Winter gucken sie gewissenhaft nach, ob es noch stimmt, was sie sich über den anderen eingebildet haben.«

»Das glauben Sie doch nicht im Ernst.« Die Olbert verzog den Mund, dabei konnte man bei Eulen nie sicher sein.

»Kommt noch jemand auf einen Kaffee mit?«, fragte Hannes in die Runde.

»Das war nicht vorgesehen«, erwiderte Herr Jablin. »Sondern die Kommissarin wollte mich nach Hause bringen.«

»Ich halte mein Versprechen«, sagte Marina und verabschiedete sich von Hannes und den Sargträgern. »Ach, gucken Sie mal, wer da kommt!«

Über den Seitenweg rannten Frida und Marta auf Gesine zu, Bauer Josef stiefelte hinterher. »Wir wollen nicht stören«, rief er, von seinem Strickschal umwickelt und mit einer Gießkanne in der Hand.

»Oho! Das geheimnisvolle Date«, sagte Marina und zwinkerte Hannes seltsam zu. Er wurde rot. Wirklich? Ja! Seine Wangen färbten sich ein, und er wandte sich von Gesine ab, unfassbar, er lief lieber Josef entgegen, als ihr noch weiter in die prüfenden Augen zu schauen! Und was war überhaupt mit Date gemeint?

»Oh, Entschuldigung!« Marina schlug sich auf den Mund. »Aber hatten Sie nicht gesagt, Sie wüssten Bescheid, Gesine?«

»Ich denke nicht«, antwortete sie hölzern und wäre mit einem Mal am liebsten allein gewesen. Oder mit Herrn Jablin davongegangen, der ja längst das Weite suchte, weil er fremde Menschen nicht mochte.

Aber sie blieb natürlich am Fleck, denn da waren die Kinder, die ihr jetzt in die Arme stürzten und jubelten. Und es war schön, die beiden zu halten, denn es war ehrlich und wild.

Ehrlicher als die Aufarbeitung, die Hannes und Gesine betrieben hatten. Seine Unschuld war erwiesen, sicher, im strafrechtlichen Sinn. Seine Unschuld auch als möglicher Geliebter der Witwe Schellhorn. Aber was er in der Nacht, in der die Hospitantin in seiner Garage erdrosselt worden war, im Bergischen zu tun gehabt hatte, war immer noch offengeblieben. Gesine hatte nicht danach fragen mögen, denn er schien sich davor regelrecht zu fürchten. Warum sollte sie auch in allem stochern und bohren? Wenn doch sonst alles gut war?

Ein Date, über das die Olbert Bescheid wusste, anders als sie.

»Zeigst du uns, wie man Blumen gießt, obwohl es friert?«, fragte Marta.

»Gut, dass ihr daran denkt«, sagte Gesine und vermied es, Hannes nachzuschauen, der sich mit Josef entfernte. »Bei Frost vertrocknen viele Wurzeln, denn da vergessen die meisten Leute das Gießen.«

Marina Olbert gelang es, sich über Fridas und Martas Köpfe hinweg Gesines Ohr zu nähern. »Nicht aufregen«, flüsterte sie. »Ich meinte doch nur den Termin, den Herr van Deest an dem Abend hatte, als Nadine Brinkmeyer zu Tode kam.«

»Müssen wir das jetzt besprechen, Frau Olbert?«

»Nein.«

Frida hob das Gesicht. »Wer ist tot?«

»Niemand. Tut mir leid.« Die Ermittlerin tätschelte Fridas Locken. »Manchmal haben Erwachsene ein Talent, sich in die Nesseln zu setzen. Besser, ich gehe jetzt.«

Sie eilte zum Hauptweg, Herrn Jablin hinterher, und schüttelte im Laufen den Kopf, das konnte Gesine deutlich sehen. Mokierte sich die Olbert etwa über ihre Empfindlichkeit? Wollte sie so schnell alles wieder zunichtemachen, was sich gerade erst wie eine Andeutung von Frieden zwischen ihnen ausgebreitet hatte? Dabei war die Olbert es doch, die immer noch ein pikantes Geheimnis hütete. Für Hannes!

Gesine rannte hinter Marina her, bis sie nach ihrem Arm angeln konnte. »Was ist hier los?«, fragte sie mit mühsam unterdrückter Lautstärke. »Was wissen Sie über die Mordnacht Nummer zwei?«

»Ich möchte kein Salz in Ihre Wunden streuen«, sagte die Ermittlerin ebenso mühsam unterdrückt. »Aber nachdem wir ermittelt hatten, dass Herr van Deest ins Bergische gefahren war, mussten wir doch auch überprüfen, was er dort getan hat. Aber wenn Ihnen das Wort Date zu flapsig war, entschuldige ich mich.«

»Und? Was hat er getan?«

»Ja, Frau Cordes, es ist mir sehr peinlich. Aber wenn er nicht mit Ihnen darüber reden will, kann ich auch nicht daherkommen und Ihnen erklären, dass er beim Notar war.«

»Beim – was?«

»Dass Sie beide aber auch so anstrengend sein müssen! Menschen haben Münder, um zu reden! Unter anderem.«

Warum ging man zu einem Notar? Um Familienangelegenheiten zu regeln. Eine Patientenverfügung aufzusetzen, ein Testament zu klären. Nur schreckliche Dinge.

»Also Folgendes, bevor Sie mir umkippen«, Marina Olbert hielt sie fest. »Hannes van Deest ist es gelungen, den Käufer aus dem Rennen zu werfen, der sich für die Weide interessiert hat, vor der Ihr Wohnwagen steht.«

»Wirklich?«

»Herr van Deest hat eigenes Geld in die Hand genommen und die Weide selbst gekauft.«

Hannes? Hatte sich in ihre privaten Wohnwagenverhältnisse eingemischt? Würde künftig über den Grund verfügen, auf den Gesine ihre Füße setzte?

»Nun kommen Sie doch mal wieder zu sich«, Marina seufzte. »Wissen Sie, die höchste Summe, die je ein Mann für mich ausgegeben hat, waren 21 Euro 30. Für eine Pizza, ein Viertel Wein und ein Tiramisu.«

Gesines Gedanken wirbelten herum. Sie sah vor sich, wie Hannes davongelaufen war, nachdem die Leiche von Nadine Brinkmeyer in seinem Wagen entdeckt worden war. In diesem Moment musste ihm klargeworden sein, dass er den Termin beim Notar am Vorabend nicht mehr verschweigen konnte. Und dennoch ging es nicht, darüber zu reden: Er hatte Gesine ja kurz vorher erst geküsst und ihr nichts von dem Kauf der Weide gesagt. Er musste große Angst vor einem Streit gehabt haben, zumal die Stimmung zwischen ihnen seit Silvester so aufgeladen war. Er hatte es nur gut gemeint und war urplötzlich in eine fatale Lage geraten.

»Wissen Sie noch, wie Herr van Deest vor mir weggelaufen ist?«, fragte die Ermittlerin.

»Ja.« Gesines Stimme wackelte. »Er hat darauf vertraut, dass wir seine Aussage nicht brauchen, um den Fall zu lösen. Er war sicher, dass wir alles aufklären können, auch ohne ihn.«

»Nun, dann haben wir die Erwartungen erfüllt, Frau Cordes, und zwar in bewährter Manier. Sie haben allem und jedem misstraut, vor allem natürlich dem Pfarrer. Und ich habe die Täter eher von Grund auf verstanden. Mir war ja bewusst, dass es sich um ein Beziehungsdrama handeln musste.«

»Wie Sie meinen, Frau Olbert. Ich habe Einwände, aber ich behalte sie für mich.«

Und dann umarmten sie sich tatsächlich noch einmal, begleitet vom Gekicher der Kinder.

Später, als Josef und die Mädchen, Marina Olbert und Herr Jablin längst fortgefahren waren, fegten Gesine und Hannes auf dem Friedhof den Schnee von der Sitzbank, die vor dem Feld der Kindergräber stand und auf der sie zu anderen Jahreszeiten zu picknicken pflegten. Meist schwiegen sie auf der Bank harmonisch und genossen ihre Zeit miteinander, und auch heute kamen die Worte, die sie sich schenkten, nur schleppend. Aber es lag nicht etwa daran, dass sie satt und zufrieden gewesen wären wie sonst, sondern sie tasteten sich über dünnes, frisches Eis. Jede Silbe konnte Folgen haben.

»Du bist immer noch gegen das Projekt mit der Spielscheune für die Kinder«, sagte Hannes.

Sie sah ihn kurz an. »Nicht mehr unbedingt.«

»Ich fand es genauso schlimm wie du, dass Josef die Weide verkaufen wollte. Aber dass er etwas für Frida und Marta tun will, ist doch klasse.«

»Ja.«

Und dieses ›Ja‹ klang komisch, saß viel weiter hinten im Hals, als ein ›Nein‹ gesessen hätte. Aber Hannes nahm es mit einem Lächeln hin. Er schien auch die Farbe in seinem Gesicht nicht mehr ablegen zu wollen. Er strahlte, und es stand ihm gut.

Ohne ihn zu berühren, wusste Gesine, wie warm er war. Dass sie ihn gerettet hatte und dass auch er sie ein bisschen gerettet hatte, vielleicht, und dass er unvorstellbar treu war. Dass sie sich aber auch daran gewöhnen musste, sinnlose Gedanken zu haben, zum Beispiel an Lakritz. Und an den frischen Riss links in ihrer Brust, der so wehgetan hatte. Und von dem sie noch nicht recht wusste, ob er auch eine Warnung war.

Hannes sah sie offenherzig an. »Ich dachte, wenn ich die Weide nehme, ist es eine gute Lösung für uns alle.«

»Die beste«, sagte sie.

»Ehrlich?«

»Es sei denn, du verlangst, dass ich den Wohnwagen woanders hinstelle.«

»Im Gegenteil!« Er lächelte breiter. »Ich wollte dir die Weide übertragen. Zumindest die Hälfte.«

Oh nein. Jetzt setzte ihr Puls aus und raste dann los, und jetzt war es an ihr, einmal Zeit zu gewinnen.

Sie streckte ihre Beine vor und betrachtete die Stiefel, drehte und wendete sie, als seien sie neu. Gute Gärtnerinnenqualität, auch für den Undercover-Einsatz, robust und vor allem gut zum Laufen.

»Nein, das will ich nicht, Hannes. Behalt du lieber deine Weide.«

»Warum?«

Weil sie nicht festwachsen durfte. Nie und nirgends. Denn wer nicht festwuchs, musste sich nicht losreißen. Und vor allem: Wer nicht festwuchs, kam auch nie in die Situation, gegen seinen Willen losgerissen zu werden.

»Weil ich dir vertraue«, sagte sie, rückte näher und legte den Kopf an seine Schulter. Aber nur leicht.

Danke

an Heide Kloth als Lektorin für die tolle Unterstützung und Inspiration.

an Katharina Hacka für die schon wieder wunderbaren Zeichnungen.

an das gesamte Team der Ullstein Buchverlage für die kreative Zusammenarbeit.

an André Hille von Hille & Jung für die gute Betreuung.

an Maria Knissel für die kritische Begleitung.

an meine Geschwister und ihre Familien für den Ansporn.

und besonders an S. und L.M. fürs immer wieder Durchhalten.